LE MASQUE
Collection de romans d'aventures
créée par
ALBERT PIGASSE

CONAN LORD
CARNETS SECRETS D'UN CAMBRIOLEUR

Né en 1951, Serge Brussolo devient dès sa sortie de l'université romancier professionnel. Il a écrit un grand nombre de livres dans des genres très divers, passant de la littérature générale au récit historique. Il se consacre principalement, désormais, au roman criminel. Certains journalistes s'accordent à voir en lui un maître de l'angoisse. Il se plaît à nous entraîner dans des lieux de mystère, où s'épanouissent d'inquiétantes légendes.

DU MÊME AUTEUR

DANS LE MASQUE :

ARMÉS ET DANGEREUX
LE VISITEUR SANS VISAGE
LE CHIEN DE MINUIT
(Prix du Roman d'Aventures 1994)

EN « GRAND FORMAT » :

LE SOURIRE NOIR

Serge Brussolo

CONAN LORD

CARNETS SECRETS D'UN CAMBRIOLEUR

Librairie des Champs-Élysées

Pour Madame Peel et John Steed,
with love...

1

C'était un enfant d'une dizaine d'années, au visage très pâle, d'une beauté un peu triste, aux cheveux blonds presque blancs, et que le vent du square faisait voler comme des fils de soie. Il était vêtu d'un manteau de drap bleu marine, probablement taillé dans une capote militaire retournée. Cela se devinait aux boutons d'uniforme dorés que le gosse arborait avec fierté. La nurse l'appelait Tiny, sans qu'on puisse savoir s'il s'agissait de son vrai prénom ou d'un sobriquet affectueux. Il marchait à pas lent. C'était véritablement un très beau garçonnet. Son nez et sa bouche avaient des transparences de porcelaine et ses dents, lorsqu'il parlait, semblaient des grains de riz à l'alignement parfait. En général, il avait le maintien un peu cérémonieux d'un petit lord Fauntleroy, une gravité que renforçait l'expression des yeux bleus, trop pensifs, presque chargés de soucis, et souvent les adultes le prenaient pour un orphelin. Un instant plus tôt, un gentleman de la City, en le croisant, avait pensé : « Encore une malheureuse victime de la guerre, un pauvre petit gars dont le Blitz a tué les parents. »

La nurse qui marchait à côté de l'enfant, était vêtue à la manière des *nanies* de Chelsea, d'un manteau de drap strict, à bavolet, et d'une coiffe blanche amidonnée qui lui donnait l'allure d'une infirmière. C'était une jeune femme blonde, belle mais sévère, aux pommettes slaves. Ses cheveux étaient roulés en chignon sur sa nuque. Quand on la regardait, on pensait immédiatement qu'elle avait un visage de figure de proue : noble et d'une grande énergie, d'une force rentrée totalement maîtrisée... presque dissimulée. C'était un profil de statue classique qu'on devait avoir le plus grand mal à tirer de son flegme. Beaucoup d'hommes essayaient de l'imaginer au lit, gémissante, défaite, les membres à la dérive, sans jamais parvenir à donner une consistance réelle à ce fantasme, tant il est vrai qu'on la voyait mal se soumettre à quiconque. Elle s'appelait Peggy Cableford, elle avait trente ans et un corps dont la musculature aurait surpris bien des rameurs de Cambridge.

– Ce sont eux, dit-elle à l'enfant. Là, près de la statue des Trois Grâces. Fais attention au gosse, il est méfiant... et méchant. Tu n'auras pas beaucoup de temps pour le convaincre.

– Je sais tout ça, dit le petit garçon. Est-ce que j'ai déjà échoué?

– Non, murmura la jeune femme. Mais prends garde à tes yeux, c'est ton regard qui te trahit. Les adultes le remarquent très souvent, et ils n'ont pas envie que leur fils côtoie un enfant triste.

– Je suis un petit garçon qui a eu des malheurs, dit Tiny en enfonçant les mains dans ses poches. Tu n'as qu'à leur expliquer tout ça. Les bombes, le Blitz...

– Je sais ce que j'ai à faire, répliqua Peggy Cableford avec une pointe d'agressivité.

Puis elle se reprit, saisit la main du garçonnet et la serra avec tendresse. Ils étaient tous les deux très tendus, comme chaque fois qu'ils se lançaient sur un coup, mais cela ne se voyait pas extérieurement.

Tiny se mit à sourire, et son regard triste s'emplit d'une lueur émerveillée, presque naïve. Lâchant la main de Peggy, il prit la direction du bassin de sable enchâssé entre les haies de buis bien taillées. Le square Carrington se trouvait dans une partie de Londres ayant échappé au pilonnement des V1. Lorsqu'on s'y tenait, on n'apercevait aucune ruine aux alentours et l'on pouvait se laisser bercer par l'illusion d'habiter une ville encore intacte. Beaucoup de nurses amenaient les enfants dont elles avaient la garde dans ce carré de verdure miraculeusement préservé. Sous un petit kiosque fraîchement repeint, un orchestre de horse-guards jouaient de la musique militaire. Des choses comme *Scotland The Brave* ou *Dumbartons Drums,* ou encore *The Princess Royal's March,* qui plaisaient beaucoup aux gamins et les faisaient se rassembler autour du kiosque en grignotant du chocolat Cadbury de marché noir. Tiny, quant à lui, préférait Kensington Gardens, sans doute à cause de la statue de Peter Pan, le petit garçon qui ne voulait pas grandir. Et de l'Albert Memorial, cette pâtisserie gothique, si victorienne. Il tendit toutefois l'oreille pour écouter la fanfare qui jouait *The 51st Division Retreat Ceremony* à la cornemuse. Cet air lui rappelait le cirque, et le fracas des cuivres, l'odeur de la sciure et de la pisse de tigre vers la fin de la représentation, quand les fauves devenaient nerveux, imprévisibles.

Il s'ébroua, se contraignant à revenir sur terre. D'un œil acéré, il jaugea la nurse assise sur le banc de pierre, à l'ombre de la statue. Une grosse fille plus très jeune, cachant ses cheveux roux sous un canotier de paille à cerises factices et moineau empaillé. Elle brodait, piquant dans la toile tendue sur un cerceau avec autant d'application douloureuse que si elle était en train de recoudre une blessure sur un champ de bataille. L'enfant, lui, affichait un air maussade, sa casquette d'écolier enfoncée au ras des sourcils, la cravate à rayures à demi défaite. Tiny se demanda pourquoi il portait les couleurs d'un collège puisqu'il bénéficiait en réalité des services d'un précepteur. Sans doute s'agissait-il là d'un caprice de fils unique sensible au prestige de l'uniforme?

« Il s'appelle Richard (Richie) Shieldrake, récita mentalement Tiny, il vient d'avoir dix ans. C'est un imbécile, vaniteux et méchant. Il est facilement sadique avec les animaux : il tire les chats et les oiseaux avec sa carabine à plombs. On le soupçonne d'avoir empoisonné le chien de sa mère, un welsh-corgi-cardigan trois fois primé. Il n'a aucun ami car personne ne le supporte très longtemps. Il a été à l'origine d'une histoire déplaisante avec une petite fille de Kensington High Road qu'il terrorisait au moyen de contes à dormir debout. La gamine a été victime d'une fièvre cérébrale qui a nécessité une longue convalescence dans un établissement spécialisé, en Écosse. Sa nurse se nomme Olivia Oldfoks. C'est une dinde. Une vieille fille irlandaise qui voue un véritable culte à la reine Victoria et collectionne les assiettes à son effigie. »

Tiny sourit, les fiches de Peggy étaient toujours très complètes. Olivia Oldfoks avait arrêté de broder, l'aiguille en l'air, elle regardait s'approcher le nouveau venu en essayant de ne pas en avoir l'air. Tiny décida de l'oublier, il devait se concentrer sur Richie Shieldrake. Le gosse, assis au bord du bassin de sable, était occupé à écraser des soldats de plomb à coups de talon. Il frappait si fort que certaines figurines se tordaient avant de disparaître dans le sable. À chaque coup, il produisait avec la bouche un bruit sourd qui pouvait passer pour une explosion.

C'était un enfant dodu, aux cuisses molles. Son visage très blanc était criblé de taches de rousseur plutôt foncées, qui produisaient un effet disgracieux car elles évoquaient moins une nuée d'éphélides qu'une maladie de peau. Il se tenait voûté, ramassé sur lui-même, et regardait le monde par en dessous. Tiny avala sa salive, tout allait se jouer maintenant, à la première réplique.

– Moi aussi j'enterre mes soldats, dit-il d'un ton très doux. Et je leur découpe des petites croix dans du carton. Ça fait comme un vrai cimetière militaire.

Derrière lui, Tiny perçut la voix de Peggy qui prenait contact avec Olivia la dinde : « Puis-je m'asseoir ? Cet endroit est vraiment charmant, les arbres font écran et nous préservent du bruit de la circulation. On se croirait à la campagne. En Irlande, ne trouvez-vous pas ? »

– C'est pas un cimetière militaire, grogna Richie, c'est juste pour les casser. Je voulais des soldats de plomb *allemands*, mais ma mère n'a pas voulu. L'uniforme des Allemands est beaucoup mieux que le nôtre. Et le casque... Surtout le casque. Je ne comprends pas qu'ils aient pu perdre la guerre avec un uniforme pareil.

– Vous avez raison, approuva Tiny en essayant de ravaler l'antipathie spontanée que lui inspirait le mioche. J'avoue que je trouve le casque anglais assez ridicule. On dirait un plat à barbe.

Richie Shieldrake s'esclaffa. Il avait un rire déplaisant, qui lui découvrait trop les dents et réduisait ses yeux à deux fentes, lui donnant l'apparence d'un magot chinois.

– Ce pauvre petit, disait Peggy, ses parents sont morts à Douvres. Un V1 s'est écrasé sur leur maison, un malheur effroyable. Il est maintenant le seul héritier du titre, savez-vous ? Sa fortune est administrée par un cabinet d'hommes de loi. Des plantations dans les îles. C'est un enfant très solitaire, mûri trop tôt. La guerre...

Olivia Oldfoks hochait la tête, les yeux écarquillés, ses petites mains grasses tripotant machinalement la broderie inachevée. Tiny prit le temps de se dire que Peggy avait grande allure dans son uniforme de nurse. Sa beauté un peu sévère donnait à chacune de ses paroles un poids inattendu. On l'imaginait sans peine infirmière major officiant sous une tente, au fond des jungles de Bornéo, épongeant la sueur sur le front des Tommies atteints de malaria.

– En fait, je n'aime pas beaucoup les jeux de guerre, décréta Richie Shieldrake. C'est un peu dépassé maintenant. Ce que j'aimerais, c'est jouer à Conan Lord.

– Conan Lord ? répéta Tiny en frissonnant malgré lui.

– Oui, le cambrioleur, insista Richie avec une certaine impatience. Celui dont parlent tous les journaux. J'aimerais bien faire comme lui, entrer dans les maisons, voler les bijoux. J'irais surprendre les dames, dans leur chambre, je leur mettrais un poignard sur la gorge et je leur ordonnerais de se mettre toutes nues.

– Oh ! fit Tiny, vous feriez ça ? C'est très choquant ! Moi, je n'oserais jamais.

Richie ricana. À présent, on lisait un mépris amusé dans son regard. Il s'était redressé, avait repoussé la casquette de collégien sur sa nuque.

– Moi, ça ne me ferait pas peur, affirma-t-il. Je porterais un costume effrayant, comme le bourreau de la Tour de Londres. Une cagoule rouge et une hache à la ceinture. J'ouvrirais les coffres-forts et je ferais brûler les billets dans la cheminée. Et je casserais tout, les meubles, les miroirs. Les belles dames, je les forcerais à se lever au milieu de la nuit pour me préparer un breakfast.

– Toutes nues?

– *Évidemment!* Je les obligerais à me faire griller des muffins, à me préparer des scones à la crème fraîche. Elles me serviraient le thé, à genoux. Elles auraient froid, elles auraient peur, je regarderais la chair de poule sur leur peau.

– Pour manger les scones, observa Tiny, une cagoule ce n'est pas très pratique. Vous risqueriez de la tacher. Mieux vaudrait quelque chose qui vous laisserait le bas du visage libre. Un masque, par exemple.

– Oui, dit Richie en fronçant les sourcils. Vous avez peut-être raison. Ce sont là des choses sérieuses et il vaut mieux être à plusieurs pour en discuter, sinon on est sûr d'oublier quelque chose. C'est mon drame, voyez-vous : je n'ai jamais pu me trouver un bon second, un écuyer fidèle.

– C'est très difficile, approuva Tiny. C'est là une vocation, ça ne s'improvise pas.

– Le masque, rêva Richie, vous le verriez comment?

– Du cuir ou du fer damasquiné, noir bien sûr. Il vous couvrirait le front et le nez, ne laisserait découverte que la bouche. Quelque chose de très inquiétant. Je pourrais le dessiner si vous y tenez?

– Oh! fit Richie. Vous feriez ça?

Son visage ingrat s'était à tel point illuminé, que Tiny en oublia son aversion l'espace d'une seconde. Comme ce gosse devait être seul...

– Oui, dit-il. Mais pour vous soumettre les

esquisses, il faudrait que nous puissions nous revoir. Et je ne passais dans ce square que par le plus grand des hasards.

– Vous pourriez venir chez moi, lança précipitamment Richie. Ma mère, Irina, possède du côté de Sloane Street une belle maison avec un parc. Nous pourrions y jouer. C'est un endroit intéressant, je vous l'assure. Shelton House... C'est là que le Coupeur de Têtes est mort au cours d'un duel. Vous avez entendu parler du Coupeur de Têtes? Non, je vous raconterai ça, c'est à frémir. Comment vous nommez-vous? Je suis Richard Matthews Gordon Shieldrake, troisième du nom.

Tiny se présenta. Il éprouva l'habituelle sensation de dégoût et de lassitude qui l'assaillait lorsque les choses allaient trop vite. Allons, encore une fois ce ne serait même pas difficile! Le mioche avait mordu à l'hameçon dès le premier lancer.

– Ce Conan Lord, chuchota Richie, quel homme tout de même! Mais il a tort de ne pas tuer... Moi, à sa place, je ne m'en priverais pas. J'emmènerai un fouet, et je flanquerais une bonne fessée à ces ladies qui se croient si malignes. Elles apprendraient à me respecter, oui.

– Personne ne connaît son visage, observa Tiny. On sait seulement qu'il signe son nom sur les miroirs avec un diamant de vitrier. *Conan Lord...* C'est beau.

– Oui, mais moi j'aurais mis : *Conan Lord, le Terrible.* Il est important de faire peur.

– Vous avez mille fois raison.

– Regardez les Français, c'est un peuple méprisable, je suis bien d'accord là-dessus, mais, au moins, ils ont su inventer la Guillotine!

Ils parlaient à mi-voix, très près l'un de l'autre, pour ne pas être entendus des nurses qui bavardaient toujours à l'ombre de la statue.

– Oh ! Vous avez fait la guerre ! s'extasiait Olivia Oldfoks, et dans les colonies. Ce n'est pas trop dur pour une femme comme il faut de côtoyer tous ces hommes ? Ce sont des héros, bien sûr, mais souvent si frustes. Les officiers, je ne dis pas, mais les hommes de troupe ! On doit parfois avoir du mal à rester honnête, non ?

– C'était bien sûr un dilemme, approuvait Peggy. Tous ces pauvres garçons qui allaient peut-être mourir à l'aube pour la patrie. Certaines infirmières étaient tentées de leur apporter un dernier réconfort. Un peu de chaleur humaine. Je fermais les yeux sur ces unions d'un soir. L'aumônier me l'avait conseillé, du reste. En temps de guerre la morale courante ne signifie plus rien.

– Mon Dieu ! haletait Olivia, je crois que je serais morte de peur. Surtout à Bornéo. Il y a des tigres, n'est-ce pas ?

Une fois de plus, Tiny admira la voix posée, un peu lointaine de Peggy. Une voix rauque semblable à celle de cette jeune actrice américaine : Lauren Bacall. Avec une telle voix, tout devenait crédible, les fables les plus fantaisistes, tout était dans le ton et dans le regard, flou, perdu.

– Vous allez rester à Londres ? interrogea Richie Shieldrake en se dandinant d'un pied sur l'autre. J'aimerais bien vous revoir, ma mère pourrait vous adresser une invitation, elle fait tout ce que je veux. J'ai beaucoup de jouets mais je m'ennuie.

– Vous n'allez pas au collège ?

– Non, j'ai un précepteur. C'est un barbon. Il refuse de me laisser lire le journal. Comme je m'intéresse au crime en général, il voulait me faire lire Sherlock Holmes, j'ai horreur des détectives. Je ne m'intéresse qu'aux assassins. Mon personnage historique préféré c'est Jack l'Éventreur... et le Coupeur de Têtes, bien sûr, puisque j'habite la maison où il est mort.

– Ça a l'air passionnant, fit Tiny en s'agenouillant dans le sable. Avez-vous vu son fantôme ?

– Non, mais il y a certaines règles à respecter si l'on ne veut pas avoir affaire à lui. Ceux qui passent outre en sont pour leurs frais.

– Si vous admirez les grands criminels vous n'avez sûrement rien à craindre de lui, observa Tiny. Il doit bien sentir que vous êtes un sympathisant.

– Sans doute, oui, fit Richie qui se rengorgea.

Tiny en avait assez. Il aurait voulu rompre, maintenant. Il avait besoin d'une cigarette et d'un verre d'alcool. Et plus tard, peut-être, dans la soirée, d'une pipe d'opium qu'il s'en irait fumer dans la cave clandestine du *Dragon de soie,* à Soho.

– Je serais très honoré d'aller vous voir, dit-il agenouillé aux pieds de Richie Shieldrake pour ramasser les soldats écrabouillés, dans la position d'un vassal rendant hommage à son seigneur. Il faudrait que Madame votre mère soit d'accord, bien évidemment.

Richie haussa les épaules.

– Ma mère fait ce que je veux. Et puis elle vient de se remarier, elle couve son nouveau mari comme une poule surveille son poussin. Elle préfère ne pas m'avoir dans les jambes. Elle sera contente de me savoir occupé. Pouvez-vous me laisser votre adresse ?

Tiny sentit son cœur s'accélérer. C'était maintenant que les choses allaient se jouer. Tout dépendrait d'un coup de fil et de l'insistance de Richie à le faire venir chez lui. Tiny tira un carnet à couverture de cuir de sa poche et y griffonna un numéro de téléphone à Belgravia dont la location coûtait les yeux de la tête, mais l'adresse, aristocratique (SW3 !), était imposante.

– C'est un beau calepin, dit Richie avec un regard d'envie.

– Je l'ai toujours sur moi, murmura Tiny. J'y note des idées de tortures.

Les yeux de Richie s'agrandirent de surprise.

– De tortures? fit-il avec une gourmandise non dissimulée.

– Oui, fit nonchalamment Tiny. J'aime parfois me raconter que je suis un moine de la Sainte Inquisition et que j'interroge des hérétiques ou des sorcières.

– De jeunes sorcières?

– Bien sûr. Les vieilles, je les laisse à mes subordonnés.

– Il faudra que vous me lisiez ça.

– Quand nous nous connaîtrons mieux.

Tiny savait qu'il devait s'en aller maintenant, avant que l'intérêt de Richie retombe. Il était ferré, il fallait le laisser sur sa faim. Il éternua trois fois de suite pour prévenir Peggy.

– Oh! s'exclama celle-ci, vous vous enrhumez *my lord,* il faut rentrer. Venez, d'ailleurs il est presque 4 heures, nous allons prendre le thé chez Fortnum, celui que vous aimez : à la bergamote.

Tiny fit un signe de connivence à Richie et s'éloigna. Dès que Peggy eut pris congé de la grosse Olivia, le petit Shieldrake se précipita vers l'Irlandaise pour lui parler avec fébrilité.

Tiny et Peggy s'éloignèrent entre les haies.

– Il a avalé l'hameçon? demanda la jeune femme sans tourner la tête.

– Ouais, grogna Tiny dont le regard était de nouveau redevenu grave. C'est un sale cafard. Un vicieux sans imagination. Je l'ai appâté, il ne devrait pas tarder à se manifester.

Il parlait d'une voix sourde, tranchante, qui contrastait étrangement avec son timbre enfantin. La main de Peggy chercha la sienne.

– Tu en as assez, hein? fit-elle en serrant les doigts fins du petit garçon.

– Ça devient de plus en plus dur, confirma Tiny. Ça me dégoûte de jouer la comédie. Je ne sais pas pourquoi.

– Pourtant, au début, ça t'amusait de les mystifier.

– C'était au début, Peggy. Probable que je vieillis. Dans ma tête sinon dans mon corps.

Ils grimpèrent dans une Bentley de location qui, en raison du rationnement, contenait tout juste assez d'essence pour les ramener à Belgravia.

Tiny s'installa sur la banquette arrière pendant que Peggy se glissait au volant. Seth aurait dû normalement tenir le rôle du chauffeur de maître, mais il avait eu ce matin une de ses crises qui le plongeaient dans une stupeur somnambulique dont rien ne pouvait le sortir, et il avait fallu faire sans lui.

– Ça a bien marché avec Olivia, soliloqua Peggy en démarrant. C'est une vieille fille, à la fois horrifiée et passionnée par la vie intime des hommes de troupe. Je lui ai fait le numéro de l'infirmière coloniale. J'ai commencé à lui raconter ma vie, elle attend le prochain épisode avec impatience.

Tiny ne dit rien. Il avait débouché une flasque d'argent et buvait au goulot pour s'étourdir. Dans quelques minutes il allumerait une cigarette.

– Chéri, interrogea Peggy en se penchant pour l'observer dans le rétroviseur. Est-ce que tu tiendras? C'est un très gros coup, tu sais?

Tiny appuya sa nuque sur le dossier de cuir.

L'alcool lui avait dessiné deux taches rouges sur les pommettes.

– Ça ira, dit-il. C'est juste un peu de fatigue. Je suis toujours comme ça à l'approche de mon anniversaire, tu le sais bien.

– Ça te fera vingt-sept ans?

– Oui. L'autre nuit j'ai rêvé que je rattrapais tout mon retard en une nuit. Je me couchais petit garçon, et je me réveillais dans la peau d'un homme. Tu étais là, et ça ne te surprenait même pas. Tu ouvrais une armoire et tu disais : « Je le savais, regarde, je t'ai commandé une nouvelle garde-robe! » Il y avait des costumes, des smokings... et tout était à ma taille. À ma nouvelle taille, je veux dire.

Peggy ne répondit pas. Elle avait crispé la bouche pour empêcher que ses lèvres ne se mettent à trembler, mais elle ne pouvait rien faire pour ses yeux. Ces fichus yeux qui se remplissaient d'eau et gênaient sa vision. Un coup à avoir un accident!

2

Les journaux étaient remplis des exploits de Conan Lord. Pour les Conservateurs, c'était un voyou, un anarchiste fomentant la désagrégation du corps social. Pour les plus extrêmes, il faisait partie de la cinquième colonne. C'était un *Werewolf*, un « loup-garou », l'un de ces nazis clandestins n'ayant pas admis la défaite du IIIe Reich et travaillant dans les ténèbres à des actions de sabotage désespérées. Il commençait par voler, bientôt il poserait des bombes, il assassinerait femmes et enfants. L'imagination des pisse-copie s'était emparée de ce fantôme dont on ne savait rien, sinon qu'il signait ses forfaits en rayant les miroirs et les marbres à l'aide d'un diamant de vitrier. Il y avait du vandale en lui, et à plusieurs reprises il n'avait pas hésité à lacérer un tableau de maître pour y inscrire sa signature, ou à balafrer de manière irrémédiable la poitrine d'une statue. Ce n'était ni un amateur d'art ni un gentleman. *Il volait.* Il volait efficacement, parfois sans qu'on puisse déterminer ni comment ni par où il était entré. Et toujours, derrière lui, il laissait quelque chose qui prenait valeur de provocation, d'insulte : une pièce de collection rarissime écrasée sous le talon, un apollon dont il cassait les doigts, un vase Ming réduit en miettes. Même si cela devait léser sa part de butin, il saccageait, comme si l'Art était pour lui une insulte.

Des médecins avaient émis l'idée que c'était probablement un être défiguré, une « gueule cassée », un ancien soldat meurtri par la guerre. Un infirme ayant perdu un membre, peut-être un manchot, mais la plupart penchaient – allez savoir pourquoi – pour un aviateur au visage ravagé. Un as de la R.A.F. ayant pris part à la Bataille d'Angleterre, un pilote dont le *spitfire* avait heurté un V1, et qui avait sauté de justesse en parachute, transformé en torche humaine.

Le parti conservateur avait protesté contre une telle interprétation qui déshonorait les anciens combattants du royaume, mais cette fable renaissait par instants, au hasard des journaux.

Le mythe du visage détruit fouettait les imaginations. Comment Conan Lord faisait-il pour passer inaperçu dans la vie de tous les jours s'il était ainsi disgracié ? Pour Peter O'Connolly du *Morning Chronicle*, Conan Lord portait un masque de caoutchouc rose fabriqué à partir de l'enveloppe d'un ballon d'observation... ou bien une figure artificielle, de porcelaine très fine, qu'il maquillait adroitement. Peut-être était-ce un ancien comédien, un artiste de théâtre habitué à se grimer?

La police n'avait négligé aucune piste, même la plus stupide, enquêtant dans le milieu des « gueules cassées » comme dans celui du théâtre aux armées. Car on en revenait toujours là : Conan Lord était un tommy diminué cherchant à se venger des possédants qui l'avaient envoyé au casse-pipe.

Les caricaturistes le représentaient sautant en parachute d'un avion pour se poser sur le toit d'une maison, ou bien suspendu à un étrange appareil volant qui lui permettait de se déplacer le long des façades sans l'aide du moindre cordage.

On rivalisait d'horreur dès qu'il s'agissait de représenter son visage. Et les hommes, jaloux du succès romantique que le cambrioleur obtenait auprès des dames, se vengeaient bassement en le dessinant sous les formes les plus repoussantes. Tantôt c'était une face simiesque coiffée d'un bonnet de cuir d'aviateur, tantôt une caboche de Quasimodo où rien ne tenait en place, et plus couturée qu'une panse de brebis farcie. Les jeunes filles poussaient des cris en découvrant ces caricatures et se cachaient les yeux. Les enfants en rêvaient la nuit, ce qui ne les empêchait pas de les collectionner.

Et les élucubrations reprenaient de plus belle : funambule, équilibriste, ouvrier spécialisé dans la fabrication des coffres-forts, serrurier émérite...

Bref, on ne savait qui il était, mais il était bel et bien là, dans ce Londres qui renaissait lentement de ses cendres, où des rues entières avaient été transformées en champs de ruines et où il n'était pas rare de buter sur les débris de fonte de ces shrapnells que les gosses avaient maintenant cessé d'enfermer dans des bocaux à confiture, tant ils étaient nombreux.

Il y avait eu plusieurs affaires retentissantes et non résolues. Le vol des bijoux de Lady Colthram perpétré pendant que la bonne dame donnait justement une fête pour les orphelins de Londres, leur distribuant du thé chaud et des muffins confectionnés par ses propres cuisinières. La mise à sac du Musée Royal d'archéologie, pendant laquelle le scélérat écrasa à coups de marteau un scarabée sacré comme si c'était un simple cafard. Mais aussi le remplacement de la momie de Kamhénâton III par un mannequin de chez *Boots*, en toile de jute bourrée de son !

Il y eut aussi ce tableau de Constable, que Conan Lord découpa avec des ciseaux pour en faire un puzzle dont il mêla les pièces dans un sac ayant contenu des beignets à la morue. Quand on voulut le reconstituer, on s'aperçut qu'il manquait la pièce centrale, la plus importante.

De tels dérapages plongeaient les commentateurs dans la perplexité. À qui avait-on affaire ? Un bandit soucieux de s'enrichir, un vandale mené par d'obscures pulsions de vengeance ?

Un artiste raté ! titra le *Star*. *Un artiste blackboulé par la critique, et qui se venge de son insuccès sur les grandes œuvres nationales.*

Ainsi délirait la presse et s'échauffaient les esprits. Conan Lord était tout le monde, Conan Lord n'était personne.

Sorti des décombres, portant encore sur lui l'odeur chimique des explosions, Conan Lord accédait peu à peu au statut de fantôme. Pétri à partir d'une poignée de brouillard, il était comme le fog : insaisissable, anonyme, et s'infiltrant par la moindre ouverture...

Mais Conan Lord existait-il seulement ?

3

L'appartement de Belgravia était vide et glacial. Peggy, dès qu'elle en eut franchi le seuil, se dépêcha d'aller puiser une pièce dans le bocal à confiture qui lui servait de tirelire et de la glisser dans la fente du compteur. En raison des restrictions, la maison était alimentée au gaz de houille, très toxique, aussi n'aimait-elle pas laisser le radiateur allumé lorsqu'elle s'en allait. Un courant d'air aurait pu souffler la flamme de la rampe, l'appartement se serait alors empli de vapeurs empoisonnées sans que Seth songe un instant à quitter son fauteuil pour aller fermer la vanne d'alimentation. Quand il avait une crise, Seth Warkowsky était à peu près aussi dynamique qu'une momie dans son sarcophage.

Dès qu'elle eut allumé le radiateur, Peggy s'approcha de la fenêtre. Seth était resté tel qu'elle l'avait installé en partant : une couverture de l'armée ramenée jusqu'au cou, le regard fixe et vide. C'était un bel homme d'une quarantaine d'années, aux yeux très clairs, dont les cheveux grisonnaient sur les tempes et dont la lèvre supérieure s'ornait d'une fine moustache couleur de cendre, semblable à celle de Mandrake le magicien. De longues cicatrices, partant du sommet du crâne, traversaient son front pour rejoindre ses sourcils, comme si sa tête avait un jour éclaté à la manière d'un œuf, et qu'on avait eu le plus grand mal à recoller les fragments de la coquille émiettée. C'était un peu ce qui s'était produit, du reste.

Peggy se pencha, lui caressa la joue sans obtenir de réaction.

Seth avait été l'homme-obus du cirque Paddington. Pendant des années, tous les soirs, il était descendu dans le fût d'un canon, le corps enveloppé d'une combinaison d'amiante, le visage recouvert d'une cagoule, la tête casquée de fer. Il ne trichait pas, comme cela se pratiquait souvent dans les autres troupes. Chez Paddington, l'obusier était bel et bien rempli de poudre noire, et lorsqu'il tirait, c'était une vraie déflagration qui faisait vibrer le chapiteau. Seth Warkowsky jaillissait de ce tumulte, tout environné de flammes et de fumée. Son beau costume argenté couvert de suie. Il filait vers le haut de la tente, dans les airs, les bras le long du corps, frôlant presque la toile tendue, puis amorçait une courbe gracieuse et redescendait à la vitesse d'un homme tombant d'une falaise pour se réceptionner dans un filet pas plus grand qu'un matelas.

C'était un numéro terriblement dangereux, qui nécessitait beaucoup de précision. Seth avait tout calculé : la puissance de la charge, la courbe balistique, l'endroit exact de l'impact et sa force de pénétration. Ancien canonnier au *10th Battalion of the Royal Scots,* il possédait toutes les connaissances requises pour ce genre de travail.

– Tu es complètement fou, lui répétait souvent Peggy. Un soir tu brûleras vif à l'intérieur du canon. Ou bien la déflagration t'arrachera les jambes. Tu seras bien avancé, hein? Tu trouves que la guerre ne fabrique pas assez de mutilés?

Mais Seth ne voulait rien entendre. Il aimait être au cœur de l'enfer, quand la poudre enflammée crachait son haleine de diable. Alors il se sentait emporté par la tourmente, arraché de terre par la force d'un cyclone.

– Tu ne peux pas comprendre, disait-il à Peggy.

C'est comme si j'habitais le cratère d'un volcan au moment de l'éruption, et que je jaillissais vers le ciel avec la lave! C'est extraordinaire!

Non, décidément non, Peggy ne comprenait pas. C'était vraiment des histoires d'homme, des folies de trompe-la-mort. Comme elle l'avait prévu, les choses s'étaient mal terminées. Un soir, la charge trop puissante expédia Seth plus haut que de coutume. Sa tête percuta la toile du chapiteau, la creva, et l'homme-obus continua son trajet à l'extérieur, dans la nuit, comme s'il comptait torpiller la lune. Au moment de retomber, par bonheur, il heurta de nouveau la tente qui amortit sa chute, mais il percuta tout de même le sol avec une rare violence.

Le casque l'empêcha de se tuer; il fallut toutefois rafistoler les os de son pauvre crâne fracassé comme on recolle les miettes d'une potiche tombée d'une cheminée.

La jeune femme caressa une nouvelle fois le visage couturé de l'ancien homme-obus.

– Je vais faire du thé, annonça-t-elle. Qui en veut?

Personne ne lui répondit, et elle s'aperçut que Tiny était déjà parti s'enfermer dans sa chambre. Il n'aimait pas la voir manifester trop de tendresse envers Seth, il était jaloux. D'une jalousie discrète mais terrible, que les années n'affaiblissaient en rien.

Peggy soupira, la poitrine comprimée par un mélange d'inquiétude et de tristesse. Frissonnante, elle alla se placer devant le radiateur à gaz qui chuintait en répandant une lumière bleutée au travers de ses micas. Il faisait encore trop froid dans l'appartement pour qu'elle puisse se débarrasser de sa cape de nurse. Elle était angoissée, elle avait englouti les derniers sous de la bande dans la location de ce logement nécessaire au montage du « coup ».

Ils avaient beau accumuler les vols, les cambriolages, au bout du compte ils se retrouvaient toujours aussi pauvres, l'argent obtenu des receleurs passant presque intégralement en consultations médicales pour Seth et Tiny. Les spécialistes se faisaient payer fort cher il est vrai, et les charlatans encore plus! Peggy ne voulait négliger aucune chance, mais cela aboutissait à une situation bizarrement paradoxale : alors que tout le monde les croyait riches à millions, ils en étaient réduits à se nourrir de thé, de morue bouillie et de frites, quand ce n'était pas simplement de tartines de margarine.

La jeune femme passa dans la cuisine, alluma le brûleur sous la grosse bouilloire. Il restait à peine une poignée de thé dans le caddy, et Tiny l'aimait très noir, additionné de lait concentré sucré qui coûtait une fortune au marché noir.

Elle s'assit sur un tabouret, les yeux fixés sur la bouilloire, attendant que le jet de vapeur fuse enfin du bec de tôle.

Tiny Flush, c'était autre chose.

Elle l'avait connu lui aussi au cirque Paddington, et, de prime abord, elle avait cru avoir affaire à un enfant de huit ou dix ans. Elle l'avait trouvé très beau, terriblement intelligent, s'exprimant avec des mots qui n'étaient pas de son âge. Sa première pensée avait été : « C'est un surdoué... Un gosse capable d'additionner trois cents chiffres en moins d'une seconde, ou quelque chose comme ça. »

Longtemps, elle crut que Tiny parlait douze langues, ou qu'il récitait intégralement la Bible à l'endroit et à l'envers, ou qu'il suffisait de lui donner n'importe quel numéro de téléphone de l'annuaire de Londres pour qu'il vous annonce sans se tromper le nom de l'abonné. Elle avait souvent vu ce genre de choses par le passé, sous d'autres chapiteaux, mais Tiny n'avait pas cette arrogance des enfants-vedettes, des phénomènes en culotte courte. Il était triste et grave, pensif, ne jouant jamais avec les autres mioches du cirque.

– Si personne ne vous a encore mise au courant, je vais le faire, lui déclara-t-il un jour. Je sais que le vieux Paddington préfère que la chose ne s'ébruite pas, mais je n'ai pas envie que vous me considériez plus longtemps comme un gosse. En réalité j'ai vingt-cinq ans.

Peggy avait d'abord souri, croyant à une plaisanterie, mais le visage crispé de Tiny l'avait dissuadée de prendre les choses à la légère.

– Je ne suis pas un nain, insista « l'enfant ». Comme vous pouvez le voir, je ne présente aucune des caractéristiques morphologiques propres à cette anomalie génétique. Je suis bien proportionné, mes membres ont la longueur voulue, j'ai le visage d'un gosse de dix ans *mais je suis un adulte.* Je suis un homme. En réalité je souffre d'une maladie inhibitrice de la fonction thyroïdienne : la néoténie, qui bloque tout le processus de maturation du corps. On appelle ça la pédogenèse. Ma croissance s'est définitivement arrêtée à l'âge de dix ans, et si je ne trouve pas un moyen de me soigner, j'aurai l'apparence d'un enfant toute ma vie, jusqu'à ma mort... Il y a, dans la nature, un animal qui subit le même sort : l'axolotl, vous en avez peut-être entendu parler? C'est une sorte de triton qui vit dans l'eau, bloqué au stade primaire de son évolution, alors qu'en réalité il a été conçu pour perdre ses branchies, remonter à la surface et s'en aller gambader sur la terre ferme comme n'importe quel lézard. Il est très rare qu'un spécimen parvienne à passer le cap de la maturité. Mais cela peut se produire... une fois sur des milliers. De temps à autre un axolotl réussit à muter, il devient adulte, perd ses branchies et sort de l'eau. C'est un phénomène assez mystérieux. Ce qu'il me faudrait, c'est mettre la main sur une substance capable de débloquer mes fonctions thyroïdiennes, mais pour cela il me faudrait de l'argent, consulter de grands spécialistes.

Peggy fut bouleversée par la détresse qu'elle lisait dans les yeux de Tiny, elle aurait voulu le serrer dans ses bras, mais elle craignait qu'il n'interprète ce geste comme un élan maternel qui l'infantiliserait un peu plus.

Lorsqu'elle rencontra le vieux Paddington, pour signer son contrat de dompteuse, elle ne résista pas au besoin de poser des questions. Le patron du cirque, un ancien funambule autrefois mondialement connu – qui s'était cassé la colonne vertébrale et ne tenait debout qu'au moyen d'un corset de fer – lui confirma les dires de Tiny Flush.

– C'est vrai, grogna-t-il en tortillant sa moustache blanche de Monsieur Loyal. Mais n'en parle à personne. Il ne faut pas que ça se sache. Le numéro de Tiny ne marche que parce qu'on croit justement qu'il est un enfant. Tu vas d'ailleurs travailler avec lui, alors fais gaffe. Il est très mal dans sa peau, et à chaque nouvel anniversaire il a des idées de suicide. Fourre-toi bien dans la tête que mentalement c'est un homme, un vrai. Tu vois ce que je veux dire? Les femmes ont toujours tendance à s'arrêter à son apparence, à le traiter comme un gamin. Souvent, elles se promènent devant lui à moitié nues, sous prétexte qu'à cet âge-là ça n'a pas de malice! Merde! Tiny a vingt-cinq ans. Il a des besoins d'homme contrairement à ce que pourrait faire croire son corps d'enfant.

Le vieux se dandina, mal à l'aise sous le regard de Peggy. Ses joues couperosées, soulignées par les favoris blancs, paraissaient violettes.

– Ma petite, murmura-t-il en jouant nerveusement avec son chapeau haut de forme, je vais te mettre les points sur les i. Tiny n'a jamais couché avec une femme, pigé ? Il pourrait, physiquement rien ne l'en empêcherait, mais il n'a jamais voulu passer à l'acte. Il a honte de son apparence. J'ai essayé de lui faire rencontrer des putains spécialisées dans le dépucelage des jeunots, il a toujours refusé d'aller au lit avec elles. Ce n'est pas sain, ça finira par lui monter à la tête. Les nains c'est tout le contraire, si on les écoutait ils bourriqueraient nuit et jour, la nature les a remboursés de cette manière-là du vilain tour qu'elle leur a joué par ailleurs. Mais Tiny c'est autre chose. Alors fais très attention, ce petit bonhomme, c'est de la dynamite.

La bouilloire chantait, Peggy s'ébroua. Elle ébouillanta la théière et y jeta quatre cuillerées de thé noir, du Keemun, un reste de splendeur. La station devant le fourneau à gaz l'avait réchauffée, elle ôta sa cape de nurse, la suspendit à un cintre et alla l'accrocher dans un placard. Puis, pendant que le thé infusait, elle se débarrassa de sa coiffe et se déshabilla rapidement devant la flamme bleue du brûleur qui raréfiait l'oxygène et rendait l'atmosphère de la cuisine irrespirable. Il fallait prendre soin de l'uniforme car elle devrait le porter en permanence dès qu'ils auraient réussi à s'introduire chez les Shieldrake. Les vêtements coûtaient cher, ils provenaient tous d'un tailleur de Savile Row, mais ils étaient indispensables à la crédibilité de leur couverture. Si l'on voulait que Tiny ait l'air d'un baronnet en puissance de fortune, il fallait mettre le paquet et ne pas lésiner sur les accessoires.

Peggy soupira ; deux mois plus tôt, après le coup des bijoux de Lady Colthram – que Tiny avait volés en se mêlant à la foule des orphelins de la fête de bienfaisance – ils avaient été momentanément très riches. Hélas, l'argent avait filé à une vitesse effrayante, comme toujours. D'abord il y avait eu ce médecin spécialisé dans les traumatismes de guerre qui prétendait pouvoir ramener Seth à la normalité au moyen de piqûres dans le cervelet... et puis ce charlatan de Notting Hill Gate, caché au fond d'une cave – un chimiste allemand de la cinquième colonne parachuté par le Reich pour empoisonner le circuit d'eau potable de Londres – et qui se déclarait capable de véritables prodiges génétiques. Il assurait qu'en échange de quelques milliers de livres sterling, d'un faux passeport et d'un billet pour l'Amérique latine, il débloquerait la thyroïde de Tiny et ferait de lui un « magnifique aryen de six pieds six pouces ».

Tout cela était affreusement dérisoire mais Peggy refusait de s'avouer vaincue. Seulement l'argent filait, en pots-de-vin, en faux papiers, en passages clandestins, en achat de substances chimiques extrêmement rares qu'on ne pouvait se procurer qu'à prix d'or... et l'on finissait par se retrouver à la case départ, les poches vides, en quête d'un nouveau coup à monter, n'ayant connu que quelques mois de répit à la campagne, loin de la police et des indicateurs.

La jeune femme enfila un gros chandail et une jupe élimée. Elle ôta également ses bas pour ne pas courir le risque de les filer, puis elle versa le thé, le sucra abondamment en essayant de ne pas penser aux restrictions, et prit une tasse dans chaque main. Elle alla retrouver Seth au coin de la fenêtre, entreprit de lui faire avaler le breuvage à petites gorgées. Elle n'aimait pas quand il sombrait dans ces crises de torpeur hallucinée. Il se mettait alors à bredouiller des phrases étranges qui sonnaient comme des prédictions sibyllines. Peggy était superstitieuse. Elle avait pris ce déplorable travers dans les milieux du cirque, en fréquentant les tireuses de cartes et les chiromanciennes. Quand Seth commençait à parler d'une voix détimbrée, qui faisait froid dans le dos, elle ne pouvait s'empêcher de penser qu'il entrait en contact avec les puissances supérieures gouvernant le monde, et elle notait sur un bout de papier tout ce qu'il disait pour essayer d'en percer le sens caché. C'était lui, d'ailleurs, qui avait suggéré sans même s'en rendre compte le pseudonyme dont la bande avait décidé de signer ses crimes : Conan Lord. Le nom était tombé un jour de ses lèvres et Peggy l'avait gardé en mémoire. Conan Lord. Cela sonnait bien. Cela éveillait en vous des images d'officier de l'armée des Indes affrontant, sabre au clair, une bande hirsute de montagnards Kurdes.

Tiny avait approuvé. En dépit de la disparition du cirque, ils restaient des artistes, il leur fallait donc un nom de scène. Chaque vol était pour eux une représentation, un numéro nocturne, dont le public ne prendrait connaissance que le lendemain, par l'entremise des journaux.

Seth s'étrangla avec le thé et toussa. Hors des crises, il était normal, bien qu'un peu rêveur. On lui confiait des tâches simples : conduire une voiture, faire le guet. Mais même pour cela il n'était pas entièrement fiable. Il arrivait qu'on le retrouve endormi à son volant ou absorbé dans une rêverie qui lui mettait le sourire aux lèvres. N'empêche, c'était un survivant du cirque Paddington, et il n'était pas question de l'abandonner à son sort.

Peggy lui essuya la bouche et lui parla doucement. Elle le trouvait beau malgré ses cicatrices. Il avait un corps élancé, bien musclé, à la peau très blanche. Elle avait été sa maîtresse dès le premier soir, à la fin de la représentation. Depuis, son accident elle continuait à faire l'amour avec lui, même s'il ne se rendait pas réellement compte de ce qui se passait. Elle se demandait parfois si elle était amoureuse, ou si elle essayait seulement de lui apporter un peu de réconfort. Lorsqu'ils étaient tous les deux au lit, elle se mordait le dos de la main pour étouffer ses gémissements car elle ne voulait pas que Tiny sache ce qu'elle était en train de faire.

Elle n'ignorait pas, en effet, que « l'enfant » l'aimait en secret et endurait les tourments d'une jalousie féroce. D'ailleurs il l'émouvait, lui aussi, et elle ne savait comment se partager entre ces deux êtres meurtris, elle que la nature n'avait affligée d'aucune injure physique.

Oui, elle était profondément émue par Tiny, et bien souvent, en dépit de cette vérité qu'elle connaissait parfaitement, elle était tentée de risquer une caresse maternelle, de l'attirer contre elle comme on réconforte un enfant triste. Elle se reprenait toujours à la dernière seconde, sachant que ce geste aurait blessé Tiny de la manière la plus cruelle. Oui, elle avait beau savoir, c'était dur de se persuader que ce visage de petit garçon cachait un cerveau d'homme, avec des sentiments d'homme, des pulsions d'homme.

Parfois, elle se disait que tout cela se terminerait

mal. Qu'ils finiraient par s'entre-tuer, qu'une telle situation était intenable et déboucherait inévitablement sur un drame.

Seth murmura quelque chose, la faisant frissonner. Elle tendit l'oreille. Il disait : « Il fait noir... Toute cette nuit. » Elle éprouva un sentiment d'appréhension. Elle se demanda s'il ne faisait pas allusion au tableau des Shieldrake, cette toile énigmatique sur laquelle pesait une malédiction. Elle avait beau se répéter que tout cela était idiot, elle ne parvenait pas à retrouver sa sérénité. On racontait que le tableau nocturne avait causé la mort prématurée de ses propriétaires successifs et qu'il ne faisait pas bon y toucher. Malgré cela, ou à cause de cela justement, il faisait des scores prodigieux chaque fois qu'une galerie le mettait aux enchères. Peggy avait peur de tout ce qui touchait aux ténèbres. À l'époque où elle était dompteuse, elle portait en permanence sous son uniforme écarlate une multitude de fétiches offerts par des bohémiens ou achetés à des marabouts penjabi. Elle n'entrait dans la cage aux fauves qu'une fois enveloppée dans cette armure illusoire composée d'une multitude de sachets mystérieux, de médailles et de débris d'os suspendus à des liens de cuir.

Elle écouta chuchoter Seth. L'affaire Shieldrake n'allait-elle pas leur porter malheur ?

Dans sa chambre, Tiny Flush s'était allongé sur le lit de camp disposé près du radiateur à gaz. Il avait ôté ses chaussures et s'était étendu tout habillé sous une couverture de selle portant la marque d'un régiment de cavalerie de sa Très Gracieuse Majesté décimé aux Indes dans une passe montagneuse de sinistre mémoire. Sur une caisse retournée, trônait sa pipe à opium et son nécessaire : aiguille, réchaud, mais il n'aimait pas garnir le fourneau lui-même, aussi ne fumait-il qu'en cas d'extrême nécessité, quand l'envie d'en finir avec la vie faisait monter en lui l'irrépressible envie de se jeter par la fenêtre. Aujourd'hui, il avait décidé de se contenter de ses cigarettes de marijuana qui l'engourdissaient agréablement. Peggy n'aimait pas qu'il fume, car le tabac marquait ses doigts et ses dents de traces révélatrices, étonnantes chez un « enfant » de cet âge.

Il se demanda s'il aurait le courage d'aller ce soir au *Dragon de Soie*. C'était risqué, bien sûr, mais chaque fois qu'il se glissait dans le quartier chinois de Soho, il prenait soin de se grimer en coolie de blanchisserie. L'habitude du cirque, des costumes, du maquillage, le poussait à se travestir le plus souvent possible. Il est vrai que les traits de son visage, très fins et d'une grande beauté, lui permettaient indifféremment de se costumer en jeune garçon ou en petite fille sans que les grandes personnes y voient malice.

Comme chaque fois qu'il fumait, les images du passé envahirent son esprit. Il revoyait le cirque. Paddy, l'ancien trapéziste, raide dans son corset, un fouet de postillon dans une main, un huit-reflets dans l'autre. Et le rond de sciure de la piste, la poussière dansant dans le faisceau des projecteurs.

Le vieux Paddington profitait de l'apparence de Tiny pour faire palpiter le cœur des spectateurs. N'hésitant pas à passer pour un bourreau d'enfant, il soumettait Tiny aux traitements les plus barbares.

Il y avait notamment ce numéro dans lequel le « petit garçon » était enfermé dans une camisole de force, une cagoule aveugle sur la tête.

– Mesdames et Messieurs! braillait le vieux. Regardez bien. Le tissu de cette camisole est enduit de soufre afin de flamber plus vite. Quant aux poches qu'on a cousues ici et là, elles sont remplies de poudre à canon! Cette ficelle attachée à l'arrière du costume n'en est pas une, en réalité c'est une mèche lente! Un cordon Bickford fait pour brûler deux minutes, pas une seconde de plus. Je vais l'enflammer, et elle va se consumer en 120 secondes. Quand la flamme atteindra le costume, la toile soufrée prendra feu, et la poudre noire contenue dans les poches explosera. Inutile de vous dire que si ce charmant petit garçon se trouve encore à l'intérieur à ce moment-là, il fricassera comme un poulet en cocotte et que nous ramasserons ses abattis avec une pelle et un balai, comme le crottin des chevaux!

À ce moment précis du discours, une partie de l'assistance poussait des cris de protestation tandis que les hommes levaient le poing et criaient des injures. Le vieux Paddy ricanait, se donnant des allures de mauvais diable. Le public n'osait pénétrer dans le cercle de sciure pour intervenir. On se regardait, incrédule. Était-ce vrai? N'était-ce qu'un numéro, une combine arrangée? Mais il y avait cet enfant, cet adorable petit garçon que l'affreux bonhomme ficelait au plus serré, bouclant lanières de cuir et cadenas. Pour prouver ses dires, le grand-père indigne avait prélevé une pincée de poudre dans la poche de la camisole et l'avait enflammée aux yeux de tous. On avait bien vu qu'il s'agissait de *gun powder* à la manière dont la farine noire s'était consumée en chuintant.

– Il n'y a aucune supercherie dans ce numéro, claironnait le vieux moustachu. Vous allez assister à un véritable tour de force, à une course contre la mort. Dès que j'aurai allumé la mèche, il ne restera à ce charmant bambin que deux minutes pour se libérer de cette authentique camisole provenant des surplus de l'asile de fous de Bedlam. Je dis bien : 120 secondes. Je vous demande de ne pas vous affoler si par malheur notre jeune artiste ratait son numéro. L'explosion ne serait pas assez forte pour vous atteindre, car la poudre a été dosée pour ne tuer qu'une seule personne : *lui!* Et lui seul. Attention, attention, *ladies and gentlemen*, vous allez connaître deux minutes d'effroi total.

Tiny, ligoté dans le vêtement de grosse toile, était alors assis sur un tabouret, la mèche déployée derrière lui, telle une interminable queue de souris. Paddy sortait alors sa boîte d'allumettes, en grattait une ou deux qui refusaient *bien sûr* de s'enflammer, pour faire durer le plaisir. Lorsque enfin le bâtonnet de bois daignait crépiter, il se penchait avec lenteur, approchant la petite flamme du cordon qui crachait des étincelles dorées. Dans les gradins on se levait pour voir la mèche se consumer avec des feulements de chat en colère. On rigolait pour essayer de se rassurer. « C'est truqué, affirmaient les hommes, c'est truqué, c'est sûr! »

Mais ils se trompaient, tout était vrai de bout en bout : le soufre, la poudre à canon, la mèche... les deux minutes.

La seule précaution prise par Tiny avait consisté à doubler la toile de la camisole avec de l'amiante pour se protéger des flammes, mais on n'avait rien pu faire en ce qui concernait la poudre noire. Si elle venait à s'enflammer, elle exploserait, arrachant les bras de « l'enfant » ou lui ouvrant un énorme trou dans le ventre. Paddy avait longtemps hésité avant d'accepter ce numéro, mais il n'avait pas tardé à se rendre compte que c'était justement son attrait morbide qui remplissait les gradins.

À chaque représentation, Tiny se battait avec les

lanières de cuir, les cadenas. Il avait assimilé tous les trucs du grand Houdini, et les serrures n'avaient plus de secret pour lui. Il était capable de les ouvrir avec n'importe quel fil de fer recourbé, mais un accident était toujours possible. Une fois, il se froissa un muscle en se tordant le bras pour accéder à un cadenas, la douleur fut telle qu'elle priva ses doigts de toute sensibilité et lui fit prendre un retard considérable sur le minutage déjà très serré. Ce soir-là, il fut à deux doigts de voler dans les airs et d'éparpiller ses tripes sur les curieux du premier rang.

Ses atouts consistaient en une extrême souplesse et une très grande force musculaire des doigts qui étaient pareils à des petits bâtons de fer. Sous ses dehors d'enfant rêveur, Tiny Flush pouvait tordre un clou de charpentier entre le pouce et l'index.

À grand renfort de gesticulation il finissait par s'extraire enfin de la camisole et s'éloignait le plus vite possible du costume en roulant sur lui-même. Il avait généralement à peine le temps de toucher le bord de la piste que le vêtement s'enflammait en crépitant, jetant une haute flamme éblouissante. Presque aussitôt, la poudre explosait dans un tonnerre de fumée, provoquant les hurlements des femmes et des enfants.

Quand le brouillard s'était enfin dissipé, le vieux Paddington s'approchait, triomphant, et soulevait la défroque du bout de sa canne à pommeau d'or, la présentant au public afin qu'il puisse bien constater qu'elle était déchiquetée.

– Aucun trucage ! annonçait-il. Cet enfant vient de risquer sa vie devant vous pour l'amour de l'art et du sport. Dites-le bien à vos amis, qu'ils viennent nombreux demain soir, car qui sait si le miracle se reproduira ?

Le numéro marchait bien, mais il coûtait une

camisole par représentation, et Paddington grognait souvent en faisant ses comptes. À la fin, par souci d'économie, et en raison des restrictions dues aux priorités militaires, on renonça à l'amiante. Tiny s'en moquait. Peut-être même espérait-il que la charge de poudre lui arracherait un jour la tête.

Ses pulsions suicidaires s'étaient calmées avec l'arrivée de Peggy Cableford. Elle était dompteuse, elle cherchait du travail car la plupart des cirques renonçaient à présenter des numéros de fauves, étant donné les difficultés rencontrées pour nourrir les bêtes. Le public aimait les dompteuses qui exhibaient de belles cuisses nues. On se plaisait à imaginer les dégâts que pourraient causer les griffes d'un lion vicieux sur une chair aussi douce, et l'on frissonnait de terreur et de plaisir mêlés.

Encore une fois, ce fut Tiny qui eut l'idée de transformer le classique numéro de domptage en un spectacle à faire dresser les cheveux sur la tête.

– Voilà, expliqua-t-il à Paddy. Imagine un peu. Je suis habillé en petit garçon, je suis assis au milieu du public, tout au bord de la piste. Tout à coup je me lève, je marche dans la sciure et je m'approche de la cage des fauves que les garçons de piste sont en train d'installer. J'ouvre la porte et je m'y faufile; brusquement entre le premier lion, je me retrouve nez à nez avec lui et je commence à pleurer. Dans les gradins tout le monde pousse des hurlements mais personne n'ose se risquer à me rejoindre, bien sûr. À ce moment Peggy sort du public, habillée en nurse, elle s'arrache les cheveux, supplie, prend Dieu à témoin. Finalement, elle entre dans la cage qui est maintenant complètement remplie de lions, et entreprend de les repousser. Alors commence le numéro de dressage proprement dit. Qu'est-ce que tu en penses?

Paddington pensa que c'était une foutue belle idée, mais il avait un peu peur que les cris de la foule n'excitent les bêtes, toujours extrêmement sensibles au tumulte. On décida de le présenter le soir même, après une brève répétition.

Ce fut un succès. Les mères de familles se dressèrent sur leur banc, hurlantes, se griffant les joues. Les hommes se mordaient les poings, désireux d'intervenir mais tenus en respect par les lions qui rugissaient dans un grand déploiement de crocs. Le duo de la nurse et de l'enfant trop curieux venait de naître. Il fit le bonheur des campagnes deux années durant, avant qu'un bombardement ne réduise le cirque Paddington en un monceau de décombres.

Peggy alluma le chauffe-bain pour laver Seth qui s'était oublié dans son pantalon. C'était assez courant lorsqu'il entrait en transe et demeurait des heures sans bouger, à fixer un spectacle qu'il était seul à voir. L'homme-obus se laissa déshabiller docilement. Bien qu'il eût cessé de s'entraîner, il avait encore une belle musculature, et un ventre que le quadrillage des abdominaux molletonnait de chair dure. La jeune femme l'aida à enjamber la baignoire et à s'y asseoir.

« Des survivants, pensa-t-elle en savonnant le torse de Seth. Nous sommes les derniers survivants du petit cirque Paddington. »

Ce soir, elle avait envie de pleurer. En caressant du bout des doigts les cicatrices de l'ancien trompe-la mort, elle revit la toile grise du chapiteau, « couleur peau d'éléphant » avait-elle pensé la première fois. Elle regrettait ce temps : les bravos, la lumière des projecteurs, l'odeur des fauves hargneux. À la fin du numéro, quand elle prenait Tiny dans ses bras pour l'asseoir sur le dos du lion, la foule applaudissait à tout rompre. C'était la bonne époque, oui, maintenant les cirques périclitaient les uns derrière les autres, tués par le cinéma ou les feuilletons radiodiffusés. Cette foutue T.S.F. ! Les gens restaient rencognés chez eux, au coin du feu, à écouter les voix nasillardes sortant du haut-parleur. Ça ne coûtait rien et l'on n'était pas forcé de faire la queue sous la pluie. Qui avait encore envie de voir des trapézistes, des dompteurs... En fait de fauves, on avait eu les nazis, c'était difficile de faire mieux !

Elle avait aimé cette comédie de la nurse-dompteuse se ruant dans la cage aux lions pour sauver l'enfant dont elle avait la garde. Plus d'une fois, cependant, Tiny lui avait fait peur. Il y avait chez cet être meurtri un désir de mort toujours prêt à se réveiller. À plusieurs reprises, elle avait eu l'impression qu'il cherchait à exciter les bêtes pour qu'elles se jettent sur lui. Il gesticulait trop, et juste sous leur nez, ce qu'elles détestaient par-dessus tout. Une fois, elle avait juste eu le temps de le tirer en arrière par le col de son habit Buster Brown pour lui éviter le coup de patte de Regina, la panthère noire irascible.

– Tu as eu tort, lui déclara Tiny ce soir-là. Ça aurait donné du piquant au numéro. Avec la camisole c'était différent, mon honneur était en jeu. Sauter avec la poudre, ç'aurait été admettre que j'avais échoué devant les cadenas. Je ne pouvais pas admettre ça, aucune serrure n'est capable de me résister. Aucune.

Peggy ne savait pas d'où lui venait cette science. Le vieux Paddington, une nuit qu'il avait avalé force grogs, lui laissa entendre que le « petit » avait été récupéré à sa sortie de l'orphelinat par une bande de pickpockets qui l'avaient mis en apprentissage dans un centre de formation clandestin où l'on dressait les marmots aux mille astuces de la cambriole. Tiny y avait surpassé ses professeurs, s'attirant de solides inimitiés qui l'avaient forcé à prendre la poudre d'escampette. Il possédait au plus haut point le sens inné de la serrure. Il en connaissait tous les mécanismes, il était capable d'en dessiner d'inédites dont un marchand de coffres-forts aurait acheté les plans à prix d'or. Tout ce qui s'apparentait à un verrou le passionnait. Il avait fabriqué ses propres outils et s'entraînait constamment à forcer de nouvelles serrures, un bandeau sur les yeux, du coton dans les oreilles, ne se fiant qu'aux vibrations détectées par ses doigts.

Peggy ne savait rien d'autre. Avait-il été abandonné à cause de son infirmité, lorsque ses parents s'étaient rendu compte qu'il resterait toujours un nain ? C'était possible. Elle aurait aimé lui poser des questions, mais elle savait qu'il n'y répondrait pas.

Elle rinça Seth et le soutint pour l'aider à sortir de la baignoire. Elle essayait de s'occuper pour ne pas penser à l'affaire Shieldrake qui continuait à l'obséder. Ayant posé sur les épaules de l'homme-obus un peignoir d'éponge volé dans un grand hôtel de Piccadilly, elle le conduisit dans la chambre seulement meublée d'une malle-cabine et d'un matelas jeté sur le parquet. Il faisait froid et humide. Le radiateur à gaz chuintait sans parvenir à réchauffer l'atmosphère. Seth couché, elle s'assit à ses côtés, le dos contre le mur. Elle avait envie d'une cigarette et d'un verre de sherry, ou d'un énorme bol de punch brûlant avec beaucoup de vrai sucre et de citron.

Les yeux fixés sur les courtes flammes bleues de la rampe à gaz, elle songea à la fin du cirque Paddington, en cette nuit d'hiver où les bêtes grelottaient dans leurs cages.

Depuis le début de la guerre tout fichait le camp. On avait le plus grand mal à nourrir les animaux, et le vieux Paddy en était réduit à acheter en sous-main des chiens et des chats trucidés à des rabatteurs plutôt louches. On avait déjà perdu Regina, la panthère noire, victime d'une pneumonie qui l'avait tuée en l'espace d'une semaine. Les lions de l'Atlas étaient pitoyables avec leurs côtes saillantes, leur ventre creux. Pis que tout : la faim les rendait dangereux. Chaque fois qu'elle entrait dans la cage, Peggy sentait l'angoisse lui serrer la gorge, et cela aussi c'était mauvais, car les fauves repèrent très vite l'odeur de la peur qui les incite à attaquer. Elle avait de plus en plus de mal à se faire obéir. Ils ne la respectaient plus, ils ne voyaient désormais en elle que cinquante kilos d'une chair fraîche ne demandant qu'à saigner. Un numéro de dressage est toujours risqué, même avec des bêtes gavées jusqu'à la gueule. Aujourd'hui, on lui demandait carrément de descendre dans la fosse aux lions, comme une martyre; à la moindre erreur, elle y passerait.

En fait, la bombe l'avait peut-être sauvée de la boucherie, comment savoir?

Cela se produisit au beau milieu du numéro, à l'instant où elle courait rejoindre Tiny dans la cage. Tout à coup un grand souffle la projeta en avant, la tête contre les grilles qui se désemboîtèrent. Elle n'avait rien entendu, ni la sirène ni le sifflement de l'engin en piqué. Les flonflons de l'orchestre avaient tout couvert.

Le souffle... Elle se rappelait le souffle, énorme.

Un vent de tempête qui l'avait à demi déshabillée.

Lorsqu'elle rouvrit les yeux, elle avait perdu ses chaussures et sa jupe était troussée à mi-corps. La toile du chapiteau brûlait dans la nuit. Elle reposait dans la sciure, la tête sur le flanc d'un lion tué par la chute de l'un des mâts. Tout brûlait : les gradins, les cordages, les échelles des trapézistes. Un cône d'aspiration s'était formé, chassant brandons et flammèches vers le haut. C'était beau, cette colonne d'étincelles qui ronflait dans la nuit.

Quelqu'un se pencha sur elle et la gifla. Tiny. Il avait la figure noire de suie.

– Tout le monde est mort, hurla-t-il. Viens. Il faut aller récupérer Seth dans la roulotte. Viens ou tu vas griller comme les autres.

Quand elle se releva, elle prit conscience de l'odeur de viande grillée qui flottait dans l'air. Des corps se consumaient, hommes, femmes, enfants et animaux entassés pêle-mêle dans les décombres du cirque. La toile du chapiteau claquait au vent tel le pavillon incendié d'un navire qui sombre.

Elle suivit Tiny. Le souffle de l'explosion avait culbuté les roulottes, les cages, les baraques de confiserie. Seul le maître mât avait résisté, empêchant la toile de s'abattre sur les gradins. C'était cela qui les avait sauvés. Le feu grondait, mangeant l'herbe, porté par des substances chimiques qui lui permettaient de brûler même là où il n'aurait pas dû.

« Du phosphore », pensa Peggy.

Ils eurent du mal à extraire Seth de la roulotte effondrée. Ils s'enfuirent dans la nuit, sans un sou, sans même un vêtement de rechange, tandis que le cirque Paddington disparaissait au milieu de la fumée et des crépitements. Le bombardement continuait, peuplant la nuit d'explosions aveuglantes. Les survivants se cachèrent dans un tunnel d'écoulement, en rase campagne, et se pelotonnèrent les uns contre les autres. À l'aube, ils furent rejoints par Lord Conan, le plus vieux lion de la ménagerie. Un ancêtre qu'on n'avait même plus le cœur d'exhiber tant il se fatiguait vite. Il avait le poil roussi et saignait d'une large plaie au flanc que Peggy ne parvint pas à panser. La bête se coucha à leurs pieds, attendant en leur compagnie la fin du tumulte.

Quand l'aube se leva, ils ne possédaient plus rien. Ils mouraient de faim et froid.

Encore une fois ce fut Tiny qui trouva le moyen de les sortir de l'ornière. Un peu avant 10 heures, il pénétra en compagnie du vieux Conan dans la banque de la petite ville en bordure de laquelle le cirque Paddington avait planté son chapiteau pour la dernière fois. L'irruption du fauve ensanglanté et de l'enfant noir de suie, hurlant comme un dément, provoqua la fuite des clients et du personnel. Tiny mit la panique à profit pour vider les caisses et ouvrir le coffre-fort. Ce fut cet argent frais qui leur permit de reprendre visage humain et d'acheter un camion pour y cacher Conan, le vieux seigneur des savanes africaines.

La bête soignée, engraissée, ils donnèrent six nouvelles représentations du même numéro, à quelques variantes près. Généralement, Tiny faisait irruption dans la banque, couvert de sang, les vêtements en loques, et se laissait tomber sur le sol. Lord Conan – qui n'avait presque plus de dents – entrait dans son sillage, et s'approchait de lui pour lécher le jus de viande dont il avait le visage couvert. Naturellement, tout le monde s'enfuyait, persuadé que le fauve achevait de dévorer l'enfant. Tiny se relevait alors, et dévalisait les guichets, le coffre. Ensuite, il s'échappait en courant, toujours suivi par Conan qui faisait le vide autour de lui. À un coin de rue, les deux complices sautaient dans le camion et l'on quittait la ville au plus vite.

Oui, c'est de cette manière que les survivants du cirque Paddington s'étaient lancés dans le crime.

Aujourd'hui, la bande possédait un *mews* pas très loin de Brompton Road, à deux pas de chez *Harrod's*. Dans le jardin de l'ancienne écurie ceinte de hauts murs couverts de lierre, on avait installé Conan, le seigneur édenté, qui passait maintenant l'hiver au coin du feu, comme un chat castré. On ne sortait de cette enclave que pour monter un coup, louer un bureau ou un appartement destiné à servir de façade, comme c'était présentement le cas.

Jusqu'à présent tout s'était merveilleusement passé, mais l'affaire Shieldrake, avec son poids de ténèbres et de malédictions risquait de remettre en question ce fragile équilibre.

4

Peggy se réveilla à l'aube. Elle resta un instant pelotonnée contre le flanc dur de Seth, hésitant à quitter la tiédeur du lit. Elle tâtonna sur le plancher pour saisir sa robe de chambre. Il faisait si froid dans l'appartement qu'elle n'avait pas le courage de se lever, à demi nue, et pour affronter les pièces vides et glaciales. Elle consulta sa montre. Elle ne devait pas traîner, elle avait rendez-vous à 10 heures avec le commanditaire de l'opération, un curieux petit bonhomme qui se faisait appeler Smith et qui agissait manifestement pour le compte d'un groupe tenant à garder l'anonymat.

Elle se leva après un dernier regard sur Seth. Il dormait, plus raide qu'un gisant de pierre, les bras le long du corps. Il n'avait pas bougé une seule fois au cours de la nuit et Peggy – se traitant de folle – avait plusieurs fois vérifié qu'il respirait toujours. Serait-il normal, tout à l'heure, lorsqu'il ouvrirait les yeux ? Avec lui tout était possible. Il suffisait parfois de douze heures de sommeil pour que la crise cesse comme par enchantement. Peggy se prit à espérer qu'en rentrant elle le trouverait en train de chantonner dans la cuisine, ou de préparer des pancakes avec de la farine de marché noir, car il était d'une gourmandise d'écolier dès qu'il revenait à la vie.

Elle s'habilla en claquant des dents. Elle enfila des vêtements usés, des chaussures à semelles de bois pour ne pas attirer l'attention. Son tailleur avait été coupé dans un uniforme retourné, il était parfait pour se fondre dans la foule. Elle se rendit dans la cuisine où elle se fit une tasse de thé et mangea une tanche de pain avec un morceau de cheddar. L'odeur douceâtre du haschich filtrait de la chambre de Tiny. Elle songea que « l'enfant » était probablement abruti de drogue et qu'il lui faudrait un bon moment pour émerger de sa torpeur. Elle ne le sermonnait jamais, cela n'aurait servi à rien. Au moins le haschich le dispensait-il d'aller courir les fumeries de Soho où le pire pouvait se produire.

Elle sortit par la porte de service, le chapeau enfoncé au ras des sourcils. Une petite voix lui soufflait qu'il était encore temps de tout arrêter. La combine, le vol... Elle frissonna en pensant à Richie Shieldrake, cet affreux gamin potelé qui n'avait cessé de la lorgner par en dessous lors de leur rencontre au square. Ç'avait été assez désagréable, ce regard de gosse trop précoce qui traversait ses vêtements.

C'était simple : si elle n'allait pas au rendez-vous, Monsieur Smith contacterait quelqu'un d'autre et l'affaire serait classée.

Mais non! Elle ne pouvait pas s'offrir ce luxe. Il lui fallait de l'argent, et Smith devait justement lui apporter le second versement ce matin. Il payait à crédit, méfiant comme un usurier. D'ailleurs il avait une tête d'usurier : une peau de bougie percée de petits yeux de homard.

Dans la rue, elle pressa le pas pour se réchauffer. Très vite, elle se déplaça entre les ruines qu'on essayait de déblayer. Une machine expédiait une grosse boule de fonte suspendue à une chaîne dans la façade d'un immeuble carbonisé. Peggy grimaça, elle n'aimait pas la ville. Elle avait passé toute son enfance sur une lande, à Bludbury, où ses parents tenaient un petit élevage d'animaux dressés à l'usage des forains. Elle avait grandi au milieu de singes, des lionceaux, des ours, partageant parfois leurs puces. Elle avait aimé cette vie à la folie. À quatorze ans, son père l'avait fait entrer pour la première fois dans la cage aux fauves afin de lui enseigner les rudiments du dressage. Elle n'avait jamais eu peur des bêtes, elle se sentait mieux en leur compagnie qu'en celle des humains. Elle se défiait des hommes, de leur appétit de violence, de sexe. Elle n'aimait que Seth et Tiny parce qu'ils étaient différents, blessés, malheureux, et qu'ils ne cherchaient pas, sottement, à le dissimuler.

Elle dut s'arrêter pour laisser passer un engin monté sur train chenillé qui grondait aussi fort qu'un char d'assaut. La ville sentait la poussière, la craie, le bois brûlé. Des gosses jouaient en criant dans les décombres des immeubles bombardés. On avait beau leur faire la chasse, ils revenaient toujours, ne se plaisant qu'au milieu de ces meubles émiettés, de ces objets tordus.

La station de métro était là, tout près. Des barrières en interdisaient l'accès, car elle avait servi d'abri antiaérien et avait été plusieurs fois pilonnée. C'était là que Smith donnait ses entrevues, loin des curieux. Peggy s'assura qu'on ne la regardait pas, retroussa sa jupe pour enjamber la barricade et dévala les marches.

Il faisait noir en bas; elle dut allumer sa lampe torche pour se repérer. Une lumière brillait au fond d'un couloir, un bidon dans lequel on avait enflammé du pétrole, et qui jouait le rôle de brasero. Peggy déboucha sur le quai en évitant de regarder la voûte lézardée par les explosions. L'homme était là. Monsieur Smith, le chapeau melon sur la tête, son petit corps replet enveloppé dans une pelisse râpée.

– *Enfin!* s'exclama-t-il. Vous croyez que je n'ai que ça à faire : vous attendre?

Elle ne se laissa pas impressionner, elle sentait qu'il avait peur d'elle. Il s'agenouilla pour ouvrir la valise de carton bouilli qu'il tenait à la main.

– Tout est là-dedans, expliqua-t-il. Les documents, les coupures de presse de l'époque. Il est important que vous sachiez bien de quoi il retourne. Il ne s'agit pas d'un banal fric-frac. Cette affaire est presque historique!

Il y avait une note de fierté dans sa voix. Peggy fouilla dans le bagage du bout des doigts. Le halo de la lampe isola un fragment de journal :

Horreur à la Maison Shelton! Le monstre a encore frappé! La série sanglante continue... Qui sera la prochaine victime?

Elle aperçut des photos sur lesquelles on avait collé des étiquettes portant des noms, et d'invraisemblables croquis – très noirs – qui éveillèrent en elle une incontrôlable angoisse. « Des dessins de fous » ne put-elle s'empêcher de penser. L'argent était là, également, en liasses de bank-notes usagées.

– Je dois faire le point avec vous, dit le petit homme d'une voix pressante. Vous avez établi le contact avec l'enfant Shieldrake, c'est bien. Mais il se peut, qu'une fois sur place, vous ayez besoin d'une parfaite connaissance de l'affaire qui nous occupe. J'espère que vous n'êtes pas superstitieuse, car le climat de cette maison est un peu bizarre. Vous connaissez l'histoire du Coupeur de Têtes, n'est-ce pas ?

Peggy haussa les épaules.

– Un peu, dit-elle, comme tout le monde. Vous n'allez pas me faire un cours, j'espère ?

– Cela s'est passé au début du siècle, dit Monsieur Smith sans s'émouvoir. En 1915, très exactement. Vous êtes bien sûr beaucoup trop jeune pour vous en souvenir, mais cette affaire a défrayé la chronique durant des mois.

Il s'était mis à parler en chuchotant, comme s'il avait peur de réveiller un fantôme somnolent, sa voix sifflante résonnait sous la voûte du métro. Il parlait à la manière d'un livre, d'un ton pédant, suçant les mots avec des mines d'orateur au bord du cabotinage.

– Toute la tragédie s'est déroulée dans l'enceinte de la maison qu'occupent actuellement les Shieldrake. C'est un bâtiment du XVIIIe siècle, dans le style de John Nash. Du gothique à colonnes de marbre, très blanc, typiquement « Belgravia ». À l'époque, la maison appartenait à un certain lord Archibald Aloysius Shelton qui se piquait d'aimer les arts. En réalité, il aimait surtout les danseuses, les petits rats. Une foule de jeunes gens du meilleur monde s'y pressait, car on y recevait trois ou quatre fois par semaine. Toute la *gentry* se précipitait là, emplissant les salons, les fumoirs, les bibliothèques. Les gosses de la bonne société y donnaient des récitals, chantaient, lisaient des poèmes. On discutait sans fin de théories scientifiques ou politiques. Il était de bon ton de se faire le défenseur d'une quelconque hérésie, de prôner l'inceste entre frère et sœur par exemple, à la manière de Byron, des pharaons, ou encore de disserter à n'en plus finir sur l'esthétique du duel, du suicide romain, dont on codifiait le cérémonial. C'étaient des décadents, quelques-uns envisageaient la guerre qui se déroulait en France comme une aventure prodigieusement romantique. Ils parlaient de la « grande chance » qu'avaient les Français.

Peggy écoutait sans dire un mot. On sentait que l'homme récitait une tirade longuement mûrie, peut-être un extrait d'une étude historique dont il était l'auteur clandestin.

Il évoqua avec un certain talent la maison, dont les fenêtres restaient souvent illuminées jusqu'à l'aube, et qu'on entrebâillait parfois pour renouveler l'air alourdi par les parfums, la fumée des pipes, des cigares, et cet encens du Penjab qui brûlait en permanence aux quatre coins des salons, installant une atmosphère étrange de temple sikh.

– Il y avait des bougies partout, dit-il. Des centaines de bougies piquées sur des candélabres disséminés, car la lumière électrique était proscrite. Et des idoles barbares, ramenées par Shelton des quatre coins du monde. Ces réunions avaient des allures de complot, on avait toujours l'air, sous couvert d'un récital, d'y préparer l'assassinat de quelque personnalité en vue. Guy Fawkes et sa conspiration des poudres y étaient vénérés. C'était un genre qu'on se donnait, une pose très appréciée des petits dandies à chevalière armoriée. Aux alentours de minuit, une fille nue, enveloppée dans un rideau de mousseline, montait sur une estrade pour lire quelques pages d'un roman gothique : *Le château d'Otrante, Les mystères d'Udolphe*... Les serviteurs soufflaient la moitié des chandelles. Puis c'étaient des extraits des *120 journées de Sodome,* et les dames se cachaient derrière leurs éventails tandis que la respiration des messieurs se précipitait.

C'est dans ce climat très particulier que s'était produit le premier crime. Un matin, on avait découvert la tête tranchée de Julie Potter, une jeune camériste, posée sur l'un des bancs de marbre de la fontaine à motifs mythologiques. Elle avait les yeux grands ouverts et semblait crier quelque chose, mais ses lèvres et sa langue étaient noires de sang caillé.

Son corps, lui, se trouvait dans sa chambre, à l'étage des domestiques, dans les anciens greniers à foin. Il se tenait assis sur une chaise Windsor, pétrifié par la rigidité cadavérique. Entre les mains du cadavre décapité, l'assassin avait placé un petit abécédaire à l'usage des enfants. Un livre déjà ancien, aux illustrations décolorées par le temps.

– À cause de l'importance de l'hémorragie, dit Monsieur Smith avec une grimace, on ne s'aperçut pas tout de suite qu'un des dessins avait été entouré d'un cercle de sang. Un lion, un lion dessiné de manière très naïve, mais, sur le moment, on ne sut quel sens donner à cette indication.

– Comment les habitués de la maison ont-ils réagi ? demanda Peggy. Ont-ils eu peur ?

– Pas du tout ! ricana l'homme au chapeau melon. Vous n'y êtes pas ! Cela les a excités au contraire. Je sais que c'est difficile à croire, mais, pour comprendre, il faut essayer de se représenter le climat frelaté qui régnait dans ces réunions. C'était quelque chose de morbide, une exaltation un peu perverse fortifiée par la pratique du laudanum qu'on avait remis à la mode. Personne n'a pris la mort de Julie Potter au sérieux, c'était comme une facétie. Une de ces blagues macabres qu'apprécient les étudiants en médecine, vous voyez ?

– Et il y a eu d'autres victimes.

– Oui. Mais toujours des domestiques. Mary Trenton, Helena Gray, Jenny Hansom... Toutes décapitées, leur tête exposée quelque part sur un banc du parc, entre les mains d'une statue, ou posée dans une vasque de fleurs. Les corps étaient toujours retrouvés dans la même posture : assis sur une chaise, devant une table, un abécédaire entre les mains. Mais chaque fois, le symbole entouré sur la page était différent : une souris, un oiseau, un chat.

– Qu'est-ce qu'en a déduit la police ?

– Les gens de Scotland Yard étaient très mal à l'aise. Il n'y avait que de grands noms aux soirées du lord. Des habitués de la cour, des hommes politiques qui venaient là s'encanailler sous prétexte de divertissement intellectuel. La première hypothèse retenue consistait à supposer que la première lettre de chaque dessin coché dans l'abécédaire était contenue dans le nom de l'assassin. L, S, O, C... Il était évident qu'il faudrait encore attendre si l'on voulait avoir une chance de reconstituer le patronyme du criminel. Mais, dès lors, on dressa une liste des habitués de la maison, et l'on isola tous ceux dont le nom comportait ces quatre lettres. Seulement voilà, fallait-il inclure le prénom... voire *les* prénoms ? Ce premier tri n'apporta pas grand-chose, presque tous les invités se retrouvèrent suspects.

– Il fallait donc attendre que d'autres meurtres soient commis pour avoir une chance d'épurer la liste.

– Oui, admit Monsieur Smith. Une espèce d'hystérie régnait dans la maison où l'on se réunissait presque chaque soir désormais jusqu'à une heure avancée de la nuit. Lorsque sonnaient les douze coups, on soufflait toutes les chandelles pour donner au criminel le temps de faire son travail. Les dames hurlaient, riaient, s'évanouissaient; les hommes s'amusaient à les terroriser. On inventait des jeux, on tirait à la courte paille une victime consentante qu'on envoyait se promener toute seule à l'autre bout du parc. Si elle revenait indemne, le maître de maison lui offrait un cadeau : un très beau bijou ou un tableau de valeur qu'elle pouvait décrocher du mur, à son choix.

Peggy frissonna.

– Ils étaient fous, soupira-t-elle.

Smith haussa les épaules.

– C'étaient là des amusements d'oisifs, comblés de richesses et s'ennuyant à mourir, dit-il sourdement. Il y avait quelque chose de sexuel dans ces jeux. Très souvent, les soirées dégénéraient en orgies feutrées. Des dames et des messieurs partaient s'isoler dans de discrets boudoirs. Certaines ladies s'y laissaient conduire les yeux bandés, pour ne pas connaître le visage de leurs amants de passage. La proximité de la mort, du crime, de cet assassin en maraude, exaltait les esprits. Et puis, ne l'oubliez pas, les victimes étaient toujours des domestiques.

– Évidemment, fit Peggy avec une grimace amère, c'était moins grave.

Smith reprit son évocation. Il parlait beaucoup

plus vite à présent, comme s'il avait hâte d'en finir.

Il y avait eu deux nouveaux meurtres : Cecilia Holt et Mary Cork. Cette fois, les abécédaires donnaient les lettres A (l'abeille) et H (la hache).

– Et quelle fut la réaction des suspects ? interrogea la jeune femme. Ils protestèrent de leur innocence ?

– Vous n'y êtes pas du tout, ç'aurait été du dernier commun ! fit Monsieur Smith avec une pointe d'irritation. Bien au contraire, ils revendiquèrent tous la paternité des crimes. Chacun s'accusant avec un luxe de détails, soulignant qu'il n'avait pas d'alibi, détaillant sa manière de procéder, s'inventant des mobiles tous plus farfelus les uns que les autres.

– Lesquels ?

– Oh, toujours les mêmes. Les messieurs prétendaient vouloir se venger d'une nurse ou d'une servante qui les avait débauchés dans leur enfance. Des sottises, bien sûr, mais qui donnaient prétexte à de longs débats, des simulacres de procès, des causeries sur le thème : « Supprimer une mauvaise femme de chambre est-il un crime ou un acte civique ? »

– C'est écœurant.

– Il y avait là beaucoup de jeunes gens. La provocation était pour eux une seconde nature. Les douze « suspects » fondèrent un club : *Les bourreaux de la pleine lune.* Les femmes se disputaient leurs faveurs. Toutes voulaient avoir été, au moins une fois, la maîtresse de ces assassins en puissance. Un climat extrêmement pervers s'était installé, mais c'était comme une drogue, personne n'aurait voulu manquer le rendez-vous du soir, l'extinction des chandelles au premier coup de minuit.

Smith évoquait maintenant la police réduite à l'impuissance, enquêtant à pas feutrés dans cet univers de ducs et de comtes, de lords et de pairs du Royaume. Les journaux jetant de l'huile sur le feu, parlant d'un « nouveau Jack l'Eventreur ». On annonçait déjà que le coupeur de têtes, comme son illustre prédécesseur, appartenait aux milieux les plus huppés, et que – toujours comme Jack – il ne serait jamais démasqué. *Jeux d'aristocrates!* titra une feuille à tendance socialiste. Une certaine exaspération s'empara du peuple. Qui tuait? Qui s'amusait à massacrer les femmes de chambre comme s'il s'agissait d'amasser des trophées au terme d'une chasse à courre?

Il y eut un nouveau crime. Cette fois, l'assassin choisit de décapiter une jeune femme de la meilleure société : Janet Osborne-Shire dont l'époux était un banquier très en vue de la City. On trouva son corps allongé sur un sofa dans l'un des boudoirs, et sa tête dans la huche à pain, à l'office. L'abécédaire indiquait la lettre S, le serpent. Cela jeta un froid; d'un seul coup, les habitués des soirées de la maison Shelton trouvèrent les choses beaucoup moins amusantes. Désormais le gibier n'était plus uniquement constitué de domestiques.

Oui, une certaine gravité s'était installée, avec le besoin de se défendre. La nuit, les rires commencèrent à sonner faux, et l'on renonça à souffler les chandelles à l'instant des douze coups. Les messieurs s'improvisèrent détectives, on commença à se suspecter les uns les autres, on prenait des notes, on faisait l'appel pour vérifier les alibis. Dès que quelqu'un s'absentait, on se jetait des regards entendus et l'on portait la main à sa pomme d'Adam.

Un soir, un jeune dandy imagina de débarquer à

la réunion le cou ceint d'un gorgerin prélevé sur une armure familiale. Cette pièce de fer qui lui enveloppait la gorge depuis les clavicules jusqu'au menton le protégerait, affirmait-il, de la hache du bourreau. La mode se répandit. Les dames se mirent à porter des gorgerettes et les messieurs des gorgerins. Il était assez étrange de voir deviser, dans la lueur des candélabres, ces gens de la meilleure société à la nuque enveloppée d'acier, même si certains prenaient la précaution de dissimuler l'inesthétique morceau de fer sous un charmant foulard.

– D'ailleurs, observa Smith, on ne savait pas quel instrument utilisait le criminel pour mener à bien son travail de décapitation. La police parlait de « lame au fil extrêmement tranchant », sans plus. Ce pouvait être un rasoir, ou une canne-sabre dissimulée dans un fourreau d'ébène. De toute manière, les murs de la maison Shelton étaient couverts de panoplies datant du Moyen Âge, et l'assassin n'avait aucun mal à en décrocher un quelconque outil de sacrifice lorsque le besoin s'en faisait sentir. La police fit valoir qu'un assassin récidiviste avait à cœur de toujours utiliser le même matériel, par fétichisme. Dans le cas présent, cette arme pouvait se composer d'une simple corde à piano, très fine, munie de deux poignées de bois, aisément dissimulable.

– Abrégez, dit Peggy, comment cela s'est-il terminé ?

– Deux hommes sont entrés en conflit, deux détectives amateurs qui prenaient leur mission très au sérieux. Olton Freemarks, un ancien colonel de l'armée des Indes, et Doob Stone-Martin, un dandy connu pour sa passion de l'anatomie et son admiration pour Byron. C'étaient des personnalités très fortes, un peu scandaleuses chacune à leur manière. Freemarks avait quarante ans, des états de service magnifiques et une réputation de boucher. Doob en avait vingt-trois, vivait de ses rentes, passait pour aimer indifféremment les deux sexes, écrivait, peignait, sculptait et rédigeait des traités d'anatomie comparée. Il collectionnait également les fœtus anormaux dans des bocaux de formol.

– Qui accusait qui?

– Ils s'accusaient l'un l'autre d'être le Coupeur de Têtes. Doob accusait le colonel d'avoir contracté la manie des sacrifices humains aux colonies, au contact des sectes fanatiques thugs. Le colonel Freemarks accusait, lui, Doob, d'être un dépeceur pathologique n'étant plus capable de se contenter de la seule dissection des cadavres.

– Qui avait raison?

– *On n'en sait toujours rien.* Chacun avait réuni sur son ennemi une somme de faits troublants : alibis défaillants, mensonges, taches suspectes, inexplicables changements d'habits au cours de la même soirée, etc. Une nuit, ils s'affrontèrent en une parodie de procès organisé par l'assemblée; le public des habitués prenant des paris. La folie était devenue générale, on parlait de faire justice soi-même, d'organiser une pendaison dans le parc. On but beaucoup. À l'aube, alors que la fatigue gagnait les convives, on fit une pause. Doob Stone-Martin et le colonel Freemarks en profitèrent pour sortir dans le parc dans un état d'exaspération extrême. Personne ne fit vraiment attention à eux car les domestiques distribuaient du punch à la cannelle. Les deux suspects gagnèrent la grande serre pour s'affronter au revolver en un duel sans témoin. Ils étaient d'excellents tireurs et se fusillèrent à trente pas l'un de l'autre. Chacun reçut une balle en pleine poitrine, un coup mortel. Le jardinier japonais, qui passait ses nuits recroquevillé de terreur dans sa cabane depuis le début des événements, fut le premier sur les lieux. Il recueillit les dernières paroles des mourants mais se refusa à les communiquer à la police. Comme il semblait très perturbé, on comprit que l'un des moribonds avait confessé ses crimes au moment de rendre le dernier soupir.

– Tiens tiens ! fit Peggy. Et qui donc ? Doob ou Freemarks ?

Smith secoua la tête en signe d'impuissance.

– Personne ne l'a jamais su, dit-il dans un souffle. Le jardinier s'est toujours refusé à déshonorer la famille du criminel. Il ne voulait pas être à l'origine d'une perte de face et d'un hara-kiri collectif. Cette histoire ne le regardait pas, il avait été élevé dans le respect de la hiérarchie, des puissants, et, à ses yeux, la mort de plusieurs servantes ne semblait pas un crime digne d'être reproché à un samouraï. On a eu beau le menacer de la prison, le soudoyer, il a toujours refusé de parler. On l'a condamné à trois ans d'incarcération pour entrave à la bonne marche de la justice. Il a accompli sa peine dans le silence le plus total, comme s'il était devenu muet. À sa sortie de cellule, il s'est retiré dans une minuscule communauté shintoïste perdue quelque part dans les montagnes d'Écosse. D'après ce qu'on sait, il était plus ou moins devenu sourd, peut-être à la suite d'une agression subie durant sa détention. Quand sa vue a commencé à baisser, il a peint un tableau.

– Le tableau Shelton ?

– Oui. D'après ce qu'on raconte, cette toile donnerait la solution de l'énigme sous la forme d'un rébus, d'une devinette. Ce serait le seul moyen qu'aurait trouvé le jardinier pour soulager sa conscience et ne pas emporter son secret dans sa tombe. Il y donnerait le nom du meurtrier… du

Coupeur de Têtes. Cette peinture fonctionne comme une sorte de hiéroglyphe qu'il faut savoir interpréter. Jusqu'à présent personne n'y est parvenu.

– Et c'est ce tableau que Vernon Shieldrake a acheté il y a deux mois à la Tate Gallery?

– Oui. Le bruit court qu'il passerait ses jours et ses nuits à l'étudier, et qu'il aurait mis sur pied une nouvelle hypothèse, un système d'interprétation complètement neuf. Selon lui, il serait sur le point de déchiffrer le nom du coupable.

Smith avait prononcé ces dernières paroles avec un halètement d'angoisse.

– Si je comprends bien, murmura Peggy, les descendants de Doob Stone-Martin et ceux du colonel Freemarks ne tiennent pas à ce que la lumière soit faite sur l'identité du coupable?

– C'est exact, dit Smith en avalant péniblement sa salive. Ce duel sans solution empoisonne leur existence depuis trente ans. Chaque clan prétendant bien évidemment que le coupable : c'est l'autre!

– Si Vernon Shieldrake a trouvé le moyen d'interpréter le tableau, ils n'ont qu'à attendre. L'une des deux familles a au moins la chance d'être lavée de tout soupçon.

– Vous n'y pensez pas! glapit Smith. *Et l'autre?* Vous avez pensé à l'autre? Elle risque le déshonneur le plus complet. C'est ce que le jardinier avait très bien compris, lui.

Peggy eut un sourire acide.

– Finalement, observa-t-elle, ni l'une ni l'autre n'est véritablement certaine de l'innocence du grand-père, n'est-ce pas?

Smith détourna la tête, embarrassé.

– Comment savoir? soupira-t-il. Tout ce dont on est certain, c'est qu'après la mort des deux hommes les crimes ont cessé. Plus aucune tête n'a été coupée à la maison Shelton. L'un des deux était donc bien le coupable, et l'autre le justicier, mais aucune des deux familles ne veut courir le risque de se voir souillée par les travaux de Vernon Shieldrake.

– Pourquoi n'ont-elles pas proposé à Shieldrake de lui racheter le tableau ?

– Parce que cette toile vaut une fortune et qu'elles ne sont pas assez riches pour le faire... et puis parce que Shieldrake s'entête à vouloir jouer les déchiffreurs. C'est un oisif en mal de célébrité. Ce coup d'éclat le flatterait, le pousserait en pleine lumière. Il n'a pas besoin d'argent, sa femme, Irina, est très riche, elle lui passe tous ses caprices. C'est avec son argent qu'il a acheté le tableau Shelton.

– D'accord, fit Peggy. Pour qui travaillez-vous ? Pour les Freemarks ? Pour les Stone-Martin ? Pour les deux en même temps ?

– Ça ne vous regarde pas, siffla le petit homme. Votre travail consiste à mettre la main sur le tableau et à le détruire de manière à ce que personne ne puisse l'utiliser comme moyen de chantage ou de vengeance.

– Le détruire, tout simplement ?

– Oui, les deux familles veulent retrouver la paix, cesser enfin de se poser des questions. Quand toute menace de révélation aura été écartée, personne ne se préoccupera plus de cette histoire.

– Okay, dit Peggy. Le tableau, comment faudra-t-il le détruire ?

– Ce sera extrêmement simple, dit Monsieur Smith avec un sourire bizarre. Cette peinture a été conçue pour se détruire elle-même. Écoutez plutôt...

5

Avec quelques billets prélevés sur l'argent de Smith, Peggy acheta du corned beef, du thé noir, de la bière, du pain et des beignets de morue. Tout cela valait assez cher, surtout au marché noir, mais elle en avait assez de se restreindre, surtout à l'aube d'un cambriolage qui risquait de les expédier tous en prison, et pour longtemps.

Quand elle rentra, Seth avait repris connaissance, elle y vit un bon présage. Ils improvisèrent un grand repas, allèrent tirer Tiny de sa chambre et se goinfrèrent comme des ogres silencieux. Souvent, lorsqu'ils étaient réunis, ils n'éprouvaient pas le besoin de parler. Ce mutisme n'entraînait aucune gêne. Ils étaient bien, c'est tout. Ils mangeaient, grognaient, rotaient et se jetaient des clins d'œil complices. Seth prépara une énorme théière de *Lapsang souchong* fumé et l'on fit ronfler les radiateurs à gaz pour tenter de vaincre l'humidité des pièces. Les hommes s'installèrent pour digérer, une chope de bière à la main, tandis que la chaleur engourdissait tout le monde. C'était l'un de ces moments heureux tels que les aimait Peggy, une tranche de vie « normale » comme devaient en connaître les honnêtes ménagères de Piccadilly ou de Ladbroke Grove.

Comme la nuit tombait, la jeune femme s'ébroua. Il était temps de passer aux choses sérieuses. Pendant que Seth tirait sur sa pipe en terre, elle s'isola dans le « bureau » meublé d'une simple chaise et d'un classeur. Des photographies de la résidence Shelton étaient punaisées sur les murs, côtoyant d'autres clichés représentant la famille Shieldrake : Vernon, le père. Irina, la mère.

Richie, le fils. Des plans d'architectes annotés permettaient de décortiquer les lieux : maison, anciennes écuries, roseraie, parc, bassin...

Peggy s'installa pour étudier le contenu de la valise. De temps en temps elle prenait des notes sur un carnet. Smith avait bien fait les choses. Le dossier était aussi complet que possible étant donné les zones d'ombre de l'affaire.

Elle passa toute la soirée à étudier les rapports contenus dans la petite valise. La biographie des deux suspects retint longuement son attention et elle scruta les clichés découpés dans les journaux de l'époque avec une curiosité teintée d'inquiétude. Cette affaire la mettait décidément mal à l'aise et elle avait constaté avec une certaine irritation que ses mains étaient devenues moites dès qu'elle avait commencé à manipuler les documents accumulés par l'étrange Monsieur Smith.

Doob Stone-Martin était beau, arrogant, les cheveux un peu trop longs. Il souriait avec une méchanceté suffisante, mais son regard paraissait beaucoup plus âgé qu'il n'aurait dû. Il émanait de lui une grâce un peu vénéneuse, alanguie. En fait, pensa la jeune femme, il avait l'air d'un démon paresseux.

Olton Freemarks, lui, montrait un visage osseux, marqué par les épreuves physiques et le dur climat des colonies. C'était une tête anguleuse, au nez en bec d'aigle – un peu caricaturale, à la manière de ces effigies sculptées sur les pommeaux de cannes-épées. Il avait le haut du crâne dégarni et de gros favoris grisonnants. La bouche, sévère, se réduisait à une ouverture rectiligne, dépourvue de lèvres : « une cicatrice cautérisée » songea Peggy, un peu gênée par cette image mélodramatique mais tellement juste.

Le jardinier japonais avait un nom imprononçable que Peggy ne parvint pas à retenir. Elle décida de l'abréger en « Chi », par commodité. C'était un jeune homme fluet, apeuré, dont les cheveux coupés très courts laissaient voir la peau du crâne. Ses paupières bridées fendaient sa face plate comme deux coups d'un pinceau trempé dans l'encre de Chine.

Quand elle estima qu'elle avait fait le tour du problème, Peggy sortit de sa retraite et rassembla les hommes dans le salon, autour d'un bol de punch. Là, elle disposa devant elle les pièces du dossier et commença son exposé. C'était un moment très important car elle ne devait rien oublier. Elle décida de rapporter très fidèlement ce que lui avait raconté Smith dans les profondeurs du métro. Puis elle passa à la présentation des protagonistes du drame.

– Lord Shelton avait fait la connaissance du jardinier à Tokyo, dit-elle. C'était le fils d'un notable. Il ambitionnait de devenir chef artificier à la cour de l'empereur. Pour cela, il voulait étudier la chimie en Angleterre. Je sais que ça a l'air d'une blague, mais les orientaux attachent beaucoup d'importance aux feux d'artifice dont le vacarme est censé éloigner les mauvais esprits. Son nom est à peu près imprononçable, je l'appellerai Chi, pour abréger.

– Shelton l'a donc ramené dans ses bagages ? demanda Tiny. Il parlait anglais ?

– Oui, répondit Peggy, car il venait d'une famille de lettrés et Shelton lui a fait donner quelques cours de perfectionnement. Chi s'est inscrit à l'université, mais il a raté ses études. On ne sait pas pourquoi car c'était un garçon très intelligent. Peut-être a-t-il souffert du racisme ambiant qui touchait également les hindous ? Ses résultats, d'abord brillants, sont vite devenus déplorables.

Bref, il a tout laissé tomber mais il n'a pas osé rentrer chez lui, au Japon, car cet échec aurait constitué une terrible perte de face pour sa famille. Shelton l'a pris en pitié et lui a offert de l'héberger. Cependant le gamin ne voulait pas être à sa charge, alors il a proposé à son bienfaiteur de devenir jardinier et d'entretenir le parc. Il a bâti de ses propres mains une curieuse petite maison aux cloisons en papier de riz, et il a commencé à vivre là, n'ayant presque aucun contact avec le reste du personnel. Pendant longtemps, Shelton a été persuadé que Chi se suiciderait, à cause de son échec universitaire. C'est paraît-il chose courante au Japon, mais le gamin a paru se remettre. Il s'est avéré que c'était un très bon jardinier, capable de faire pousser n'importe quoi.

– Et si l'on parlait du tableau ? proposa Tiny.

– J'y viens, fit la jeune femme. Mais le tableau c'est Chi. C'est l'œuvre d'un esprit oriental, une sorte de cheminement labyrinthique assez fascinant. On ne peut comprendre son fonctionnement que si l'on sait qui l'a peint.

– Pourquoi ?

– Parce qu'il ne s'agit pas d'une peinture ordinaire. Outre qu'elle donne le nom du meurtrier, elle a été conçue pour se détruire à la lumière du jour.

– Quoi ? aboya Seth. C'est une histoire de fou !

– Pas du tout. Rappelez-vous : Chi avait commencé des études de chimie, il s'était beaucoup intéressé aux pigments anciens ou modernes, et il s'est souvenu de ce qu'il avait appris lorsqu'il a décidé d'entreprendre son œuvre. C'est cela qui est formidable ! Il s'est servi d'une substance qui noircit à la lumière blanche, et dont la formule chimique ne vous dirait pas grand-chose. Cela signifie en gros, que si l'on expose la toile en plein soleil, ou même sous une ampoule électrique ordinaire, elle devient instantanément aussi noire que si on l'avait trempée dans du goudron. La réaction est de l'ordre d'une fraction de seconde paraît-il. Une oxydation foudroyante qui fait virer toutes les parties blanches au noir le plus total. Or c'est un dessin qui ne fait appel à aucune autre couleur. Une scène en noir et blanc, rien de plus. Beaucoup de noir et très peu de blanc.

– Mais alors, interrogea Tiny, comment a-t-il fait pour le peindre ? Dans la nuit, à tâtons ? Ça ne tient pas debout !

– Non, intervint Peggy, en utilisant une ampoule inactinique. Une de ces lampes rouges spéciales dont on se sert dans les laboratoires photographiques parce qu'elles n'impressionnent pas le papier sensible sur lequel on développe les clichés.

– C'est tortueux, grogna Seth.

– C'est oriental, répliqua Peggy. Je suppose qu'il a tenté de se venger de ceux qui l'avaient harcelé et mis en prison. Des policiers et des juges qui voulaient à toute force *faire la lumière* sur l'affaire du Coupeur de Têtes ! Grâce à son tour de passe-passe chimique, faire la lumière sur le tableau, c'est justement l'obscurcir et rendre la solution illisible !

– Mais on peut tout de même l'étudier à la lumière rouge, non ? observa Tiny.

– Pas vraiment, soupira la jeune femme. Les pigments sont très sensibles, même au rayonnement inactinique. Le temps qui passe n'a rien arrangé. Probable aussi, que certains collectionneurs n'ont pas respecté scrupuleusement les instructions de stockage : en boîte hermétique, dans une enveloppe de caoutchouc. Il en résulte qu'aujourd'hui, au-delà d'une exposition supérieure à dix minutes, la pâte commence à foncer. C'est pour cette raison que très peu de gens ont pu contempler l'œuvre au cours des trente dernières années. Chaque fois qu'on la sort de son emballage, elle devient un peu plus noire. Les détails les plus fins disparaissent, engloutis par l'oxydation. Je tiens à souligner le fait qu'il est impossible de la photographier puisque la pellicule est justement inutilisable en lumière rouge. Si l'on tentait un cliché, le film serait donc blanc, totalement transparent.

– C'est du délire! siffla Seth.

– Non, observa Peggy. C'est une vengeance orientale patiemment agencée. Chi a dû y penser pendant les trois ans qu'il a passés en cellule. Je trouve ce pied de nez assez séduisant. Il nous a livré la solution de l'énigme en nous empêchant pratiquement d'en prendre connaissance. C'est une torture intellectuelle plutôt bien imaginée. Chaque fois qu'on a voulu tirer la toile de son étui, on a abrégé sa durée de vie et on l'a rendue un peu plus difficile à déchiffrer.

– Mais que représente-t-elle? s'impatienta Seth. On en a des descriptions, au moins?

Peggy fouilla dans la valise et en sortit un dossier débordant de dessins très sombres qui semblaient avoir été peints au jus de chique.

– Voilà, annonça-t-elle, Colton Crawford, l'un des précédents propriétaires du tableau a essayé d'en faire exécuter une reproduction en l'exhibant devant une assemblée de dessinateurs. Chacun d'entre eux avait pour mission de se concentrer sur une partie distincte de la toile, divisée pour la circonstance en dix carrés fictifs. Il avait, dans ce but, engagé des artistes réputés pour leur mémoire visuelle et leur coup de crayon. Toute cette assemblée s'est entassée dans la chambre noire, et Crawford a sorti la peinture de son emballage pour une durée de neuf minutes. Les types se sont mis à gribouiller furieusement... et voilà ce que ça a donné.

Elle étala sur la table une dizaine de croquis très noirs, terriblement embrouillés, constellés d'annotations manuscrites, de corrections, de repentirs, puis une grande reproduction de la toile reconstituée.

– Ça, dit-elle, c'est le puzzle obtenu une fois les morceaux juxtaposés dans le bon ordre. C'est l'œuvre de Chi restituée de mémoire, dans des conditions de travail extrêmement précaires : dix hommes se bousculant autour d'une table pour essayer de reproduire à la perfection un dessin très sombre. La lumière inactinique, rouge sombre, réduisant la visibilité à presque rien. C'est donc un document approximatif, qu'il faut considérer avec la plus grande prudence.

Le silence se fit. Tous fixaient à présent la photographie étalée en travers de la table. Elle était terriblement angoissante avec ses masses noires, son paysage nocturne à demi digéré par les ténèbres. C'était comme une scène de cauchemar se reflétant par une nuit de pleine lune dans l'eau croupie d'un étang. On distinguait le parc, la verrière en voûte de la roseraie, et, sur le sol, les corps ensanglantés des deux duellistes à la poitrine trouée. Leurs visages avaient été saisis avec une grande exactitude. Ils avaient l'air de flotter à la surface d'un lac obscur dont le niveau n'aurait cessé de monter, annonçant quelque inondation ténébreuse qui, bientôt, submergerait tout.

Ils reposaient sur le dos, le revolver à la main, les yeux écarquillés, pleins d'une expression de stupeur.

Autour d'eux, surgissant des buissons de roses, les victimes décapitées formaient une étrange garde d'honneur. Chaque femme assassinée tenant sa tête entre ses mains, à la hauteur de son ventre, dans une attitude d'offrande. Des bêtes stylisées, qui paraissaient sortir d'une nomenclature de symboles héraldiques, se pressaient contre leurs jambes tels des chats faisant le dos rond. Un lion, un chat, une énorme abeille. Les cadavres étaient habillés en soubrette, avec coiffe de dentelle et petit tablier blanc. Les roses avaient poussé sur elles, les enlaçant de leurs tiges épineuses, si bien qu'elles se fondaient dans la végétation de la grande serre.

– C'est à vous flanquer des cauchemars pendant une semaine ! fit Tiny en frissonnant.

– Regardez bien les têtes coupées, dit Peggy en les désignant de la pointe d'un crayon. Chacune est le portrait exact d'une victime. Elles sont toutes là : Julie Potter, Mary Trenton, Helena Gray... toutes les sept. La bestiole qui se tortille à leurs pieds, est celle qu'on a trouvée cochée dans l'abécédaire qu'elles tenaient dans les mains au moment de leur mort. Un lion, une souris, un oiseau, un chat.

Les deux hommes s'étaient penchés sur le dessin. Tiny s'empara d'une loupe pour examiner les têtes coupées.

– Chaque figure a une expression différente, observa-t-il pensivement. Non. Ce n'est pas ça. Chaque bouche s'ouvre différemment ! Oui. Comme si elle poussait son propre cri, *ou comme si elle se préparait à dire quelque chose...*

– Tu as mis le doigt dessus, fit Peggy. On a prétendu que chaque victime prononçait une lettre contribuant à former le nom de son assassin. Rappelez-vous : Chi était devenu sourd. Au monastère il avait pris l'habitude de lire sur les lèvres pour communiquer avec les autres reclus. Habitude à laquelle il s'était probablement déjà familiarisé en prison puisque c'est une manière de « parler » couramment utilisée chez les détenus. Certains théoriciens ont avancé qu'il s'était servi de ce don pour donner aux bouches des victimes la forme précise qu'adoptent ordinairement les lèvres pour prononcer des sons bien précis, et qu'il suffisait donc de faire décrypter ces mouvements silencieux par un sourd pour connaître le nom de l'assassin.

– Est-ce qu'on l'a fait ? demanda Seth.

– Oui, Crawford l'a fait, répondit la jeune femme. C'était un passionné de cryptologie. Il voulait à toute force percer l'énigme du tableau, découvrir l'identité du Coupeur de Têtes.

– Et qu'est-ce que ça a donné ?

– Pas grand-chose. Il a fait venir des spécialistes travaillant dans un centre de rééducation pour sourds et muets, il leur a montré les dessins. Ils ont dit que le mouvement des bouches n'était pas assez bien représenté pour qu'on puisse se faire une idée exacte. Ils voulaient tous consulter le vrai tableau, pas la reproduction. Crawford a dû les emmener dans la chambre noire, sortir une nouvelle fois la toile de son emballage pour l'exposer à la lumière rouge.

– Et à chaque fois, bien sûr, commenta Tiny, le tableau fonçait un peu plus.

– Oui. Mais ils ont déterminé que chaque bouche articulait distinctement une lettre de l'alphabet.

– Les lettres cochées dans les abécédaires, bien sûr !

– Non, *pas du tout*. Cela donnait M. A. R. G. A. R. E... On a immédiatement pensé à « Margareth ». S'il manquait deux lettres, c'est simplement que l'assassin n'avait pas eu le temps d'aller jusqu'au bout de son projet.

– Margareth? s'étonna Tiny. Mais aucun des deux types ne s'appelait comme ça!

– Je sais. Quant aux animaux choisis dans les abécédaires, on a émis l'idée qu'ils symbolisaient un trait de caractère bien particulier des victimes.

– Comment ça? grogna Seth.

– Hé bien, on a dit que Julie Potter était considérée comme une lionne en amour, qu'Hélène Gray avait une cervelle d'oiseau, que Mary Trenton était craintive comme une souris, Jenny Hansom fausse comme un chat, Cecilia Holt travailleuse comme une abeille, Mary Cork tranchante comme une hache, et la demoiselle Osborne-Shire une vraie vipère. Ces conclusions ressortent d'une enquête menée auprès des autres domestiques.

– D'accord, je veux bien, soupira Tiny, mais le sens de tout cela? Le nom de l'assassin?

– On le cherche encore, dit Peggy. Si on le connaissait, le tableau ne vaudrait plus un penny et on ne nous paierait pas pour le détruire.

Le silence se fit. Ils contemplaient tous la reproduction goudronneuse. Les buissons de roses et ces femmes au cou tranché tenant leur tête entre leurs mains. Ces visages, minuscules mais terriblement expressifs, aux yeux pleins d'un désespoir insondable. Elles avaient l'air de pleurer, la bouche entrouverte sur une plainte muette.

En les observant, Peggy ne pouvait s'empêcher de reproduire le mouvement de leurs lèvres, comme ces enfants à qui l'on apprend l'alphabet.

– Abécédaire, alphabet... murmura-t-elle pensivement. Il y a un lien. Une analogie. Et ces femmes en rang, bien alignées, bien sages. On dirait des écolières, vous ne trouvez pas ? Elles ont l'air de faire partie d'une chorale ou de réciter une leçon.

– *Une école,* fit Tiny. Ça fait penser à des élèves dans une école, mais ça ne mène nulle part. Est-ce qu'une certaine Margareth fréquentait la maison Shelton ?

– Non, fit la jeune femme. On a vérifié, bien sûr. Aucune des habituées ne portait ce prénom. Aucune domestique non plus. Personne, absolument personne.

– Faut-il comprendre que c'est ce mot que le jardinier a entendu prononcer par l'un des deux types ?

– Margareth ? s'étonna Seth. Le mec meurt en disant « Margareth » ? Bon sang, ça ne signifie rien !

Ils parlaient sans se regarder, incapables de détacher les yeux du tableau. Chi s'était également représenté, agenouillé, à égale distance des deux moribonds, dans une attitude d'humilité très orientale. Il semblait regarder vers l'horizon, hors du cadre.

– Est-on sûr des lettres prononcées ? s'enquit Tiny.

– Vous pouvez comparer, proposa la jeune femme. Tenez, voyez ça. C'est un fac-similé des abécédaires découverts entre les mains des victimes. Tout à la fin, on y trouve ceci...

Elle feuilleta la brochure, s'arrêta sur une page divisée en carrés. Dans chacune des cases, un petit garçon joufflu s'appliquait à prononcer une lettre de l'alphabet en accentuant exagérément le mouvement de ses lèvres : A, B, C, D... Il semblait particulièrement heureux de se livrer à ce concours de grimaces.

– On dirait que Chi s'est inspiré de ces dessins, observa Tiny.

– Il l'a probablement fait pour nous rendre le message plus compréhensible, et parce que son accent japonais lui interdisait de prononcer correctement nos lettres. Il avait besoin d'un modèle parfait. Mais l'ironie n'est sûrement pas absente. N'oublions pas que l'affaire du Coupeur de Têtes a gâché sa vie et l'a expédié en prison. Il paraît même que, pendant sa détention, on a plusieurs fois tenté de l'assassiner.

– Qui ? Des détenus soudoyés par l'une ou l'autre des familles suspectées ?

– Sans doute. À deux reprises, sans l'intervention d'un gardien, il aurait été massacré. On a fini par l'isoler des autres. Mais c'était très cher payé pour avoir seulement gardé le silence. Il a dû en concevoir une grande haine envers tous ceux qui l'avaient conduit là.

– Et si le tableau ne signifiait rien ? proposa Seth. Si c'était un casse-tête sans solution ? Si c'était justement la vengeance de Chi ?

– Un occidental aurait pu le faire, dit Peggy. Pas un Japonais. Chi avait beaucoup trop le sens de l'honneur pour nous berner aussi grossièrement. Il a toujours affirmé connaître le nom de l'assassin. C'est ce qui ressort de tous les interrogatoires. Il a dit textuellement aux gens de Scotland Yard : *le nom du criminel est sorti de la bouche de l'homme qui mourait...* C'est là, dans le rapport d'enquête.

– D'accord, mais *Margareth ?* Ni Stone-Martin ni Freemarks ne s'appelaient Margareth !

– De toute manière, dit Peggy avec un soupir, nous ne sommes pas là pour résoudre l'énigme de la maison Shelton, mais pour empêcher, justement, qu'on la résolve un jour. Notre boulot, c'est de mettre la main sur le tableau et de l'exposer à la lumière jusqu'à ce qu'il devienne complètement noir. Ainsi, le dossier sera définitivement clos.

6

Le téléphone sonna le lendemain matin. C'était la gouvernante irlandaise, Olivia Oldfoks, qui désirait transmettre à Peggy une invitation au nom de sa patronne, Madame Irina Shelton-Shieldrake. Elle ne put d'ailleurs en dire davantage, car le petit Richie lui arracha le combiné des mains et, d'un ton impérieux, ordonna à Peggy de lui passer Tiny.

– Oui ? dit ce dernier en prenant instinctivement sa voix d'enfant sage.

– Oh ! lança précipitamment Richie, je suis content de vous entendre, j'ai hâte de vous voir. J'ai beaucoup pensé à ce que vous m'avez dit l'autre jour et j'ai de grands projets. Dépêchez-vous de venir, ma mère est d'accord. Je vais dire à la cuisinière de préparer un tas de gâteaux et des litres de limonade.

Il continua ainsi un bon moment, parlant de plus en plus vite au point qu'on finissait par ne plus comprendre un mot de ce qu'il disait, puis la gouvernante débattit avec Peggy des modalités du rendez-vous.

– Voilà, dit la jeune femme en raccrochant. On y est. Maintenant il va falloir jouer serré. Le tableau est dans une chambre forte, à toi de l'ouvrir. Plus vite tu réussiras, moins nous courrons de risques. Le grand danger, c'est, bien sûr, qu'Irina Shieldrake cherche à se renseigner sur nous. Seth va rester ici, déguisé en majordome, mais tu le connais : s'il a une crise, il ne pourra pas jouer son rôle correctement.

– Je ferai aussi vite que possible, assura Tiny. Le problème c'est que je vais avoir cet affreux moutard sur le dos toute la sainte journée.

– Ne le contrarie pas, surtout ! Le pire qui pourrait arriver serait qu'il nous fasse jeter dehors parce que tu lui aurais déplu. Ça s'est déjà produit avec ses précédents « camarades ». Il est très capricieux. Tyrannique. Ne redresse pas la tête, même s'il essaye de te pousser dans tes derniers retranchements. Nous sommes dans une mauvaise passe et nous avons besoin de l'argent de Smith. *Apparemment,* c'est un coup facile. On entre dans la chambre forte, on tire le tableau de son emballage, on l'expose à la lumière, on le remballe et l'on fiche le camp. Avant que Vernon Shieldrake ne s'aperçoive de quoi que ce soit, nous serons loin.

Ils firent leurs bagages, puis étudièrent une dernière fois les plans ainsi que les phrases codées dont ils usaient en public pour se transmettre des informations de première importance. C'était un lexique assez complexe, qui n'appartenait qu'à eux, et où les étrangers ne voyaient pas malice. Ils n'emportaient rien, aucun outil suspect, pas de valise à double fond – cette astuce n'ayant d'ailleurs jamais trompé aucune femme de chambre un tant soi peu curieuse. Tout reposerait sur la science de Tiny et son habileté à percer les secrets des serrures de sûreté. S'il avait besoin d'outils, il les fabriquerait sur place à l'aide d'épingles à cheveux, de trombones, de cure-pipe. Vaincre la chambre forte serait avant tout une question de sensibilité tactile et d'oreille. Tiny savait à merveille repérer le son d'un culbuteur, sans doute en grande partie parce que son oreille « d'enfant » avait été préservée de ce durcissement du tympan qui, chez l'adulte, rétrécit considérablement le champ des perceptions auditives.

Une fois prêts, ils se firent conduire par Seth – costumé pour la circonstance en chauffeur de maître – jusqu'à la grille de la maison qu'occupait la famille Shieldrake. Leurs bagages renfermaient du linge de qualité, les photographies fictives des supposés « parents » de Tiny, des lettres de notaire, des certificats de titres, bref, une paperasse destinée à accréditer la qualité de baronnet du petit garçon si quelqu'un se mettait en tête de fouiller subrepticement les valises.

Peggy enfonça le bouton de la sonnette. À cause de la végétation assez dense du parc, le fog stagnait entre les murs d'enceinte alors qu'il s'était dissipé partout ailleurs dans le quartier. Seth avait descendu les bagages, et attendait, debout près de la Bentley de location qu'on lui donne l'ordre de repartir. La casquette à visière dissimulait en partie ses cicatrices. Un vieil homme en tablier de jardinier apparut. Il était essoufflé et s'excusa d'avoir fait attendre les visiteurs. Il eut du mal à ouvrir le vantail de fer forgé au moyen d'une grosse clef qui lui donnait l'allure d'un geôlier de la Tour de Londres. Il paraissait assez vieux pour avoir connu les sombres soirées de lord Archibald.

Peggy se présenta. Le vieillard leur affirma qu'ils étaient attendus et leur montra le chemin. Remorquant tant bien que mal les valises, il se déplaçait avec peine sur le sentier tapissé de gravillons blancs. Pour le moment on ne voyait pas grand-chose, le fog entassait sa ouate entre les murs du jardin et Peggy trouvait oppressant de s'avancer ainsi à l'aveuglette en un territoire où le sang avait jadis coulé de façon aussi atroce. Enfin, tout à coup, la maison Shelton sortit de la brume, telle une falaise dissimulée par le brouillard, et que le pilote, debout à la proue de son navire, aperçoit trop tard, à l'instant même où il va la percuter de plein fouet. C'était bien sûr une construction à fronton, avec des bandeaux de bordure et des colonnes gothiques. Elle jaillissait, très blanche, des pelouses encore spongieuses de la dernière averse. Peggy savait qu'on la disait copiée sur Leighton House, la demeure du célèbre peintre historique de la *Royal Academy*. Comme cette dernière, la maison Shelton possédait un hall arabe à la décoration orientale dans les tons bleus, ainsi que des carrelages de Damas et du Caire. On y avait installé des fontaines intérieures, qui faisaient entendre leur murmure au milieu des salons, et des serres tropicales où poussaient des palmiers nains, des cactus et des droséras. Une flore que Lord Shelton avait ramenée de ses voyages, comme ces grandes fresques de hiéroglyphes volées aux tombeaux de la Vallée des Rois, et acheminées en secret jusqu'en Angleterre. À une époque, la résidence était devenue une sorte de gigantesque musée sans vitrines, où les objets rares étaient entassés n'importe où, n'importe comment. Les visiteurs s'asseyaient sur les sarcophages et une dalle funéraire servait de table basse pour le thé. L'atmosphère était celle d'un hangar, ou plutôt de ces sous-sols de musée où l'on stocke le trop-plein des donations mineures dont on ne sait que faire. Le vieil Archibald aimait se donner des airs d'iconoclaste et choquer les dames de la bonne société comme l'avait fait Burton, le grand explorateur, au siècle précédent.

Bien qu'elle s'y fut préparée, Peggy éprouva un frisson désagréable en découvrant l'étendue du jardin avec ses roseraies non taillées, ses statues oubliées au milieu des massifs de verdure, et qui semblaient se débattre contre l'engloutissement végétal, tels des aventuriers avalés par les sables mouvants. Ainsi c'était là que le Coupeur de Têtes avait commis ses « sinistres forfaits »! Les hauts murs isolaient la résidence du reste de la ville, faisant d'elle une enclave étrangement silencieuse.

– C'est à peu près aussi réjouissant qu'un cimetière! siffla Tiny. Pas étonnant que le gosse ne réussisse pas à se faire de petits camarades. S'il s'obstine à les inviter dans cette morgue.

Il exagérait à peine. Le parc était vert, joliment agencé, mais la blancheur excessive de la maison rappelait ces mausolées de grande famille qui trônent dans les cimetières huppés.

– Regarde! souffla la jeune femme en désignant une petite maison japonaise aux cloisons en papier de riz assez mal en point. C'est la cabane de Chi. Ils l'ont conservée!

La cahute était entourée d'un jardin de pierres, dans la tradition zen. En regard de la pesanteur gothique de la maison Shelton, elle paraissait terriblement fragile.

– Dire qu'il a passé toutes ses nuits là-dedans, murmura Peggy, pendant que le Coupeur de têtes rôdait au-dehors.

Elle fixait les cloisons de papier avec une horreur non dissimulée, s'imaginant à la place du jardinier, recroquevillée sur une natte, l'oreille tendue pour épier les bruits de la nuit, le craquement du gravier sous la semelle du rôdeur. Dieu! Il avait dû grelotter de terreur à chaque coucher de soleil.

– Là-bas c'est la serre, observa Tiny. La fameuse roseraie où Doob et Freemarks se sont fusillés. Je ne voyais pas ça si grand.

C'était en réalité un dôme de verre soutenu par des poutrelles d'acier qui aurait pu servir de pavillon d'exposition. Les arcs-boutants étaient peints en blanc et soigneusement entretenus, sans la moindre piqûre de rouille.

– N'ayons pas l'air trop au courant, fit Peggy. Ne perdons pas de vue que tu n'as pas grandi à Londres, et puis tu es beaucoup trop jeune pour avoir entendu parler de cette histoire.

– Attention, chuchota Tiny, voilà la nurse, ton amie Olivia.

En effet, la gouvernante du petit Richie trottait dans l'allée centrale pour venir à la rencontre du couple. L'excitation lui faisait les joues roses. Peggy songea qu'on devait s'ennuyer ferme à Shelton House pour qu'une simple visite mette tout le monde dans un tel émoi.

– Chère amie, s'exclama l'Irlandaise replète. Comme je suis heureuse. Venez, je vais vous présenter à Madame Irina, elle se réjouit de votre arrivée, il y a bien longtemps que Monsieur Richie n'a pas reçu la visite d'un petit camarade.

Tiny jouait à la perfection les enfants impressionnés, et seul un professionnel aurait pu deviner qu'il photographiait mentalement la disposition des lieux, enregistrant le nombre de fenêtres, leur type de fermeture, la marque des serrures.

« Il y a des chiens, pensa Peggy. Mais on ne les lâche qu'à la nuit tombée. Des dogues allemands. Il faudra que je m'en occupe. Le chenil est derrière la maison. »

Cela ne l'inquiétait pas. Elle avait toujours eu la manière avec les bêtes, et elle savait se faire obéir des plus féroces chiens de garde en l'espace de quelques secondes. Ce n'était pas très difficile, du reste, car elle portait sur elle l'odeur de Conan, le vieux lion; ce parfum de prédateur suffisait à terroriser n'importe quel doberman. À l'époque où elle était dompteuse, elle avait d'ailleurs souvent dû repousser les propositions des cambrioleurs qui – connaissant cette particularité – insistaient régulièrement pour lui acheter de l'urine de lion, de panthère ou de tigre dont ils aspergeaient leurs vêtements lorsqu'ils devaient pénétrer dans une maison défendue par des molosses.

Olivia Oldfoks s'était lancée dans une péroraison exaltée vantant les charmes de la résidence.

– Les collections sont magnifiques, dit-elle, et Madame Irina a été jadis une pianiste virtuose, elle aurait pu faire une grande carrière de soliste si elle l'avait désiré, mais elle ne tenait pas à se compromettre avec le milieu artistique. On lui a très souvent fait des offres qu'elle a déclinées. Elle ne joue que pour son seul plaisir et celui de ses intimes.

Ils pénétrèrent dans le hall avec l'impression d'avoir acheté un ticket pour le British Museum. Tout un butin de pillage s'entassait là, pêle-mêle, les sarcophages au coude à coude avec les éphèbes grecs et les armures du Moyen Âge. On avait l'illusion qu'un pirate, rentrant d'une mise à sac, avait vidé ses poches au-dessus des crédences, éparpillant scarabées égyptiens, monnaies rares, médailles antiques et bagues d'empereurs. Ces débris millénaires remplissaient des soucoupes en porcelaine du Staffordshire comme des bonbons mis à la disposition des visiteurs. Tiny se sentit pris d'une démangeaison dans les doigts et dut accomplir un véritable effort sur lui-même pour simuler l'indifférence. Bon sang ! Il y avait là de quoi faire sauter de joie tous les bons receleurs de Londres.

Irina Shelton – depuis peu : Irina Shieldrake – s'avança à travers le hall pavé de carreaux de Damas pour venir les saluer. Peggy savait grâce à ses fiches qu'elle avait quarante-sept ans, mais elle en paraissait davantage, sans doute à cause du pli amer de sa bouche. Elle ressemblait étrangement à cette actrice du muet aujourd'hui oubliée : Gertrud Fox... ou Gerda Fox, Peggy ne savait plus exactement, mais elle se rappelait la coiffure typique, étrangement sinueuse. Oui, c'était cela. Gerty Fox avec en plus quelque chose de hautain qui sentait le sang bleu et le corset de fer. Irina sourit tristement en caressant les cheveux de Tiny, et Peggy eut la sensation fugitive qu'une ombre de jalousie passait dans son regard, comme si elle en voulait au « petit garçon » d'être plus beau que Richie, son fils. Cela avait été bref, mais intense, presque haineux.

– J'espère que vous serez heureux à Shelton House, dit-elle d'une voix un peu rauque. Vous pouvez rester aussi longtemps que vous le souhaitez, je suis si contente que mon petit Richie se soit fait un ami. Vous êtes tous les deux les bienvenus, Olivia va vous montrer vos chambres. Elles donnent sur la plus belle partie du parc.

Elle souriait, montrait tous les signes d'une exquise vivacité, mais son regard restait voilé, comme si son esprit était ailleurs, absorbé par d'obscures réflexions. Ses longues mains blanches allaient et venaient sur Tiny, lui caressant les joues, le menton.

« Je me fais l'effet d'un veau qu'on va acheter », songea « l'enfant » avec une pointe d'agacement.

Aussitôt surgit Richie, la cravate en bataille, les chaussettes tire-bouchonnées, les mains déjà sales. Il attira Tiny à l'écart sans même accorder un regard aux adultes rassemblés. Son ventre grassouillet tendait les boutonnières de sa chemise.

– Venez, dit-il en entraînant Tiny dans la galerie vitrée du rez-de-chaussée, je vais vous faire visiter les lieux et vous signaler les règles à respecter. Elles ne valent que pour nous les enfants, car les adultes ne voient pas les fantômes, c'est là leur grande faiblesse.

– Vous avez beaucoup de spectres? interrogea Tiny.

– Forcément, fit Richie, avec tous ces meurtres! Très exactement, il y a neuf fantômes : sept femmes et deux hommes, mais certains se manifestent plus que d'autres. Certains – ceux des hommes – sont dangereux, les autres – ceux des bonnes femmes – se contentent de pleurnicher ou de gémir, ça dépend de leur caractère. De toute manière, dans la journée on ne risque rien. C'est la nuit qu'il faut se tenir sur ses gardes et éviter de sortir de sa chambre. Surtout n'allez jamais dans le parc et encore moins dans la roseraie. La roseraie est un endroit très dangereux car c'est là que le Coupeur de Têtes a été abattu. Sa colère imprègne tout. Son sang, en se répandant sur le sol, a empoisonné la terre. Depuis la nuit du duel, toutes les roses qui poussent dans la serre ont mauvaise odeur. On ne les cueille plus, on ne les taille pas davantage, mais elles continuent pourtant à proliférer. Ne les touchez pas, il est possible que leurs épines sécrètent un venin aussi puissant que celui des vipères.

Tiny l'écoutait distraitement en inventoriant du coin de l'œil les merveilles entassées dans la galerie. Il y avait là des miniatures en jade vert de la période Han (206 av. J.-C.), des céladons Song d'une rare beauté, des céramiques craquelées de Kuan, ces objets, comme partout ailleurs, n'étaient pas mis en valeur, mais bel et bien juxtaposés dans le plus grand désordre, avec une indifférence de brocanteur.

Richie surprit le regard de Tiny.

– Ne vous étonnez pas de ce foutoir, s'empressa-t-il de déclarer avec un haussement d'épaules. Ce sont les fantômes qui mettent tout en désordre. On a beau ranger, chaque nuit ils recommencent. Ma mère a le plus grand mal à conserver ses domestiques plus de quelques semaines. Personne ne veut travailler chez nous.

– Mais pourquoi fichent-ils la pagaille? interrogea Tiny, se forçant à entrer dans le jeu.

– Pour se venger. Ce sont les fantômes des femmes de chambre assassinées qui font ça. Elles ne sont pas très malignes, c'étaient des filles du peuple sans cervelle, alors elles font ce qu'elles peuvent pour essayer de nous gâcher la vie. Ce n'est pas bien méchant et on finit par s'y habituer. Ne vous étonnez pas si demain matin vous trouvez vos bagages sens dessus dessous et vos vêtements chiffonnés alors que vous les aurez laissés bien pliés sur une chaise.

Il s'arrêta, jeta un coup d'œil aux alentours pour s'assurer qu'on ne l'écoutait pas, et chuchota :

– Je vais vous donner un bon conseil : si par hasard cette nuit vous entendez s'ouvrir la porte de votre chambre, cachez-vous sous les draps sans chercher à voir ce qui se passe. Ce sera sans doute l'une des soubrettes qui viendra tenter de vous effrayer. Elles font souvent ça. Elles arrivent, avec leur cou tranché et leur tête entre les mains, comme si elles portaient un plateau, et elles vous la fourrent sous le nez. Ou bien elles la posent sur votre table de chevet et se mettent à geindre.

– Qu'est-ce qu'elles disent?

– Toujours la même chose : *Doob, pourquoi m'as-tu assassinée?*

– Doob? observa Tiny. Vous voulez parler de Doob Stone-Martin? Ainsi ce serait lui l'assassin?

– Ce n'est pas moi qui le dis, grogna Richie. Ce sont les bonniches. D'ailleurs, il arrive que le lendemain elles disent le contraire et se mettent à accuser le colonel Freemarks. Elles font ça pour nous embrouiller. Ce sont des salopes.

Ils avaient atteint la roseraie, long tunnel de verre soutenu par des poutrelles badigeonnées de peinture blanche. L'endroit était assez vaste pour servir de hangar à un bombardier B-17. L'odeur des fleurs saturait l'atmosphère d'une senteur douceâtre dont on ne parvenait pas à décider si elle était agréable ou nauséeuse. Les massifs, qu'on ne taillait plus, avaient poussé de manière anarchique, formant une sorte de forêt épineuse qui avait fini par se lancer à l'assaut des piliers. Une allée de gravillons blancs s'étirait entre ces deux murailles végétales de roses trop ouvertes, déjà fanées ou même pourrissantes.

– C'est ici qu'a eu lieu le duel, annonça Richie. Ils se sont fusillés à trente pas; pour de bons tireurs, c'est évidemment une distance dérisoire. Ils ne risquaient pas de se rater.

Il avait ralenti son allure et marchait en bordure de l'herbe.

– Vous allez voir les taches de sang, dit-il fièrement. Les graviers s'en sont imprégnés, et comme la pluie n'a jamais pu les laver, ils ont conservé la couleur prise ce soir-là.

Effectivement, au beau milieu de la serre, on distinguait deux flaques très rouges sur le sol. Tiny retint un sourire. Il s'agissait bien évidemment d'une supercherie destinée à l'impressionner. Richie s'était appliqué à verser de la peinture sur les cailloux, ou de la sauce tomate. Aucune flaque de sang ne conservait ce rouge éclatant après trente années d'existence!

– C'est un lieu maudit, affirma le garçonnet potelé avec une conviction un peu théâtrale. Regardez comme ces roses sont affreuses! Et puis elles sont anormalement grosses, c'est la colère du

Coupeur de Têtes qui les nourrit. Il est terriblement fâché d'avoir été tué avant d'avoir pu mener son projet à bien.

Tiny eut une mimique d'approbation. Il était un peu surpris de constater que l'atmosphère de l'endroit l'oppressait plus qu'il n'aurait voulu.

– Et vous avez vu ? lui souffla Richie à l'oreille. Les fleurs ont une couleur d'hémorragie ! D'un rouge inhabituel. C'est parce que le sang du tueur est passé en elles. De la terre, il est monté dans les tiges, puis dans les pétales. Elles portent malheur, il ne faut surtout pas les cueillir. Il y a deux ans, j'ai eu une gouvernante qui refusait de croire à la malédiction. Un jour elle a coupé une rose pour la mettre à son corsage, l'après-midi même, elle était tuée dans un bombardement. C'est une preuve, non ?

– Irréfutable, approuva Tiny. Les femmes ont tort de ne jamais prendre les enfants au sérieux.

– Exactement ! renchérit Richie. Je dois encore vous préciser quelque chose, car nous approchons de la date anniversaire du fameux duel, et il convient d'être prudent.

« Tiens donc ! songea Tiny. L'anniversaire de la fusillade ? Voilà une chose dont Monsieur Smith ne nous avait pas avertis. »

– La nuit anniversaire du duel, dit l'enfant en baissant la voix, les fantômes de Doob et du Colonel Freemarks viennent dans la serre pour reconstituer le combat. Oh ! on ne les voit pas, bien sûr, mais on entend craquer le gravier sous leurs semelles pendant qu'ils comptent les pas. Crac-crac-crac... Il est très dangereux de se promener par là à ce moment précis, car on risque de se trouver sur le trajet des projectiles et d'en prendre un en pleine tête.

– Mon Dieu ! siffla Tiny, vous voulez dire que les balles sont bien réelles ?

– Oui, c'est encore un caprice des fantômes destiné à nous gâcher la vie. Si l'on commet l'erreur de se tenir debout entre les deux taches de sang, sur la distance de trente pas qui les sépare, on a toutes les chances d'intercepter l'un des plombs. D'ailleurs cela s'est déjà produit.

Richie Shieldrake fit une pause. Son visage potelé affichait une expression curieusement tourmentée et son menton tremblait comme s'il se retenait de pleurer.

– C'est ainsi que mon père est mort, se décida-t-il enfin à murmurer. On a dit qu'il s'était suicidé, mais c'est faux. Ce sont les fantômes qui l'ont tué. Une balle, là, dans le front. Pour le punir de s'être un peu trop intéressé à leurs affaires.

– Je suis désolé, dit Tiny, je ne savais pas.

– Oh, soupira Richie, c'est vieux, j'étais un enfant. Mais je me rappelle bien que mon père était obsédé par cette histoire de Coupeur de Têtes. Il voulait y consacrer un livre, et même élucider l'énigme. Il était tout près de connaître le nom de l'assassin. Ma mère a essayé de l'en dissuader, mais rien n'y a fait. Il était toujours fourré ici. Il était bien sûr au courant des dangers qu'il courait mais il a voulu à tout prix être présent dans la roseraie pour l'anniversaire du duel. Sans doute pour écouter ce que se disaient les spectres, cela l'aurait aidé dans son enquête. Le lendemain matin, on l'a retrouvé mort, en travers du chemin, ici même... Il avait reçu une balle dans le front et il n'y avait pas de revolver à côté de lui. Rien, aucune arme ! Les fantômes l'avaient puni de sa curiosité. Les journaux ont raconté qu'il s'était suicidé, mais ils ne pouvaient pas faire autrement. Les adultes ne sont pas capables d'admettre ce genre d'évidence. On a dit qu'il était devenu fou, que l'énigme du Coupeur de Têtes avait fini par lui tournebouler l'esprit.

Sa voix n'était plus qu'un souffle. Son visage, d'une pâleur extrême, avait quelque chose d'effrayant, et son regard fixait les gravillons de l'allée comme s'il cherchait à y distinguer un corps étendu.

Tiny fit un effort pour se rappeler ce que lui avait dit Peggy à ce propos, mais il se souvenait seulement de l'avoir entendue mentionner qu'Irina Shelton, la fille du vieux lord, était veuve et remariée de fraîche date.

– L'anniversaire... balbutia Richie, c'est dans trois jours. C'est pour cette raison que je vous préviens, ne commettez pas la même erreur. À l'heure du duel les balles se matérialiseront et siffleront dans l'air. Il ne fera pas bon traîner dans les parages.

– Je ne savais pas, répéta Tiny, impressionné par la gravité du garçonnet et son expression un peu hagarde.

– Oh, fit tristement Richie, personne ne sait, et ceux qui savent ne veulent pas admettre la vérité. Même ma mère. Pour ne pas devenir folle, elle a choisi de croire à cette histoire de suicide, c'était plus commode, bien sûr. C'est assez courant avec les grandes personnes. Si vous saviez les absurdités que les gens de Scotland Yard ont inventées pour expliquer le phénomène.

– Je n'ose vous le demander, fit Tiny, ce serait de mauvais goût.

– Non, lâcha Richie, vous le pouvez, je sens que vous me comprenez. Quand la police est arrivée, elle a constaté l'absence de pistolet à proximité du... cadavre, alors, dans un premier temps, elle a conclu à un assassinat. C'était assez déplaisant. La théorie des fantômes ne leur paraissait pas digne de foi, ils ont donc fini par inventer que mon père était fou, et qu'afin de prouver ses théories, il avait décidé de se suicider en faisant croire à une intervention de l'au-delà.

– Je ne comprends pas.

– Oh, ils ont imaginé un stratagème absurde, complètement ridicule. Ils ont prétendu que Papa s'était tiré une balle dans la tête, et qu'il avait dressé son chien à ramasser le revolver pour aller aussitôt l'enterrer dans les massifs de fleurs, comme un vulgaire os.

– Ont-ils trouvé l'arme ?

– Oui, enfouie là... dans le terreau des rosiers, mais c'est eux qui l'y avaient mise, j'en suis certain. Comme ils ne savaient comment résoudre cette affaire, ils ont fabriqué une fausse solution. C'est assez courant avec les flics, vous savez.

Tiny se surprit à fixer l'endroit désigné par le petit garçon comme s'il allait soudain distinguer l'éclat métallique d'un revolver à demi enfoui dans la tourbe. Il se secoua. Décidément, cet endroit distillait une atmosphère étrange ! Il fronça les sourcils, se demandant avec une seconde de retard, si Richie n'était pas tout simplement mythomane. Ne venait-il pas d'inventer cette histoire de suicide et de chien dressé dans le seul but d'ébahir son visiteur ?

– Venez, dit soudain le petit garçon grassouillet. Ne restons pas là. Je vais vous montrer le reste de la maison. Si vous le voulez, nous pourrons nous déguiser, il y a des malles entières de costumes ramenés par mon grand-père de tous les coins du monde. D'Egypte, d'Amérique. De vraies coiffures de Peaux-Rouges. Et même des armures pour fils de princes qui seront à notre taille. Vous avez déjà revêtu une armure ?

Tiny répondit non, et emboîta le pas au gros garçon qui caracolait déjà dans les escaliers en direction du premier étage.

Irina Shieldrake avait fait servir le thé dans le jardin d'hiver, tout près d'une petite fontaine de marbre surmontée d'un angelot qui crachait dans le bassin un filet d'eau ininterrompu dont le clapotis irritant finissait par donner à Peggy envie de faire pipi. Olivia Oldfoks, la nurse Irlandaise, les avait rejointes pour faire le service. Une assiette de scones aux raisins trônait au centre de la table. Irina parlait d'une voix douce et lointaine, le regard perdu dans la végétation environnante.

– C'est une très belle maison, dit-elle, mais endeuillée par tant d'histoires sinistres ! Quand on vit ici, il faut décider une fois pour toutes de ne plus jamais songer à ces horreurs. C'est la résolution que j'ai prise, très jeune, et jamais la « malédiction » n'a eu la moindre influence sur moi. On ne peut pas en dire autant de mon premier mari : Adrian. Quand j'y repense, j'ai souvent l'impression qu'il ne m'avait épousée que pour s'introduire à Shelton House et y mener ses recherches. Oh ! Je sais, ce n'est pas très flatteur pour moi, mais c'est ainsi. Il était véritablement obsédé par l'histoire du Coupeur de Têtes, par cette énigme qui passionne tant les journalistes. J'étais très jeune, amoureuse, je ne m'en suis pas rendu compte. Je pensais que ce n'était pour lui qu'un passe-temps, quelque chose comme les mots croisés ou les romans d'Agatha Christie. Mais non, il prenait tout cela très au sérieux, comme s'il s'agissait d'exhumer les ruines d'une cité antique ou de retrouver l'Atlantide.

Elle se tut, porta la tasse à ses lèvres avec beaucoup de délicatesse. Peggy la trouva belle mais précocement fanée, à la manière de ces vedettes de cinéma dont la peau a été rongée par les produits de maquillage et la lumière trop vive des sunlights.

– Je n'ai jamais eu de vraie vie mondaine, dit encore Irina. La réputation de la maison me précédait partout où j'allais. Pour tout le monde j'étais la petite fille qui avait grandi au milieu des têtes coupées, sans doute une anormale, une hystérique. Cela m'a beaucoup nui. Les dames de la bonne société londonienne n'aimaient guère être vues en ma compagnie chez Fortnum. Les messieurs, eux, tournaient autour de moi, attirés par l'odeur du scandale et de tout ce qu'on racontait sur les soirées organisées par mon père. On a beaucoup exagéré. Il n'y a jamais eu d'orgies ou de jeux malsains. Je m'en serais rendu compte, j'avais tout de même presque dix ans à l'époque.

« Dix-sept ! » corrigea mentalement Peggy.

– Je jouais du piano pendant que les messieurs parlaient, continua rêveusement Irina. Je trouvais ces discussions assommantes. Je me disais : « Mon Dieu ! Les hommes ne savent donc faire que ça ? » Ils parlaient en buvant du punch et en fumant la pipe ou le cigare. Un brouillard bleu flottait en permanence dans les pièces, un vrai fog, à couper au couteau. La politique, la guerre... tout cela m'ennuyait à mourir. J'avoue que l'arrivée du Coupeur de Têtes m'a amusée. Elle secouait la routine. Enfin, il se passait quelque chose ! Un souffle d'aventure passait dans le grand salon ! J'étais une petite idiote, et on ne m'a jamais laissé voir un seul cadavre, si bien que les crimes n'avaient pas de réalité matérielle pour moi. C'était comme une sorte de murder-party où l'un des joueurs fait semblant d'être mort. J'ai été affligée du décès de Doob Stone-Martin que je trouvais très beau. Le colonel Freemarks, lui, me faisait peur. C'était un homme très violent, à l'origine de « pacifications » assez controversées, là-bas, aux Indes. Il détestait les femmes, cela se sentait. Même leur baiser la main était pour lui un supplice.

Olivia Oldfoks grignotait un scone en écarquillant les yeux, jouant l'intérêt avec une réelle bonne volonté alors qu'elle devait entendre cette histoire pour la millième fois.

– J'ai vécu retirée du monde, fit tristement Irina. Toujours à cause de cette maison. J'aurais pu la vendre, bien sûr, mais je n'ai jamais pu m'y résoudre. C'était la maison de mes parents, de mon enfance, et cette histoire de coupeur de têtes ne me paraissait pas si importante. Toutes les vieilles demeures ont leurs fantômes. Je n'ai compris la gravité de la chose qu'avec l'obsession d'Adrian. Je l'ai vu sombrer dans la folie, jour après jour. Cette espèce d'enquête inaboutie lui mangeait l'esprit. L'énigme non résolue tournait à l'idée fixe. Il avait passé au crible la vie des deux suspects : Doob et Freemarks, il avait rédigé assez de dossiers pour remplir les étagères d'une bibliothèque. Le plus pénible, c'est qu'il ne cessait de me questionner. Il fallait que je lui raconte tout ce que j'avais vu, dans le moindre détail, que je lui indique les entrées et les sorties des personnes présentes, les heures, les alibis... Comme si j'avais porté attention à tout cela. Je ne me rappelais rien, que la fumée des cigares et les discussions assommantes ! D'ailleurs, à l'époque des événements, j'allais toujours me coucher très tôt, j'étais une enfant. Ces réunions n'avaient aucun intérêt pour moi, sauf lorsqu'on faisait venir des musiciens et qu'on dansait. Adrian n'admettait pas cela. Il m'accusait d'avoir été une dinde sans cervelle, de n'avoir pas compris que je vivais un moment historique. Un moment historique : pensez donc, l'assassinat de six caméristes!

Elle secoua la tête, le regard toujours perdu dans la végétation du jardin d'hiver. Peggy avait trop chaud. Elle se demandait si Tiny avait déjà pu s'approcher de la chambre forte. Shelton House l'oppressait, et elle avait hâte de s'en éloigner. Irina Shieldrake l'impressionnait beaucoup. Sous ses dehors de somnambule alanguie, elle avait un regard perçant, traversé d'éclairs dépourvus de bienveillance. C'était une femme qui avait l'habitude d'être obéie. Isolée, sans amies, elle en était réduite à égrener ses souvenirs devant des domestiques mais pas un instant elle n'était dupe de la fausse attention qu'on lui portait.

– Adrian... murmura-t-elle. Richie lui ressemble beaucoup : même caractère emporté, propice aux imaginations, à la rêverie. Je l'ai retiré du collège après le suicide de son père, je ne tenais pas à ce qu'on lui parle des fantômes de Shelton House. Il a très mal supporté le décès de mon mari. Adrian passait trop de temps avec lui, je crois qu'il lui bourrait le crâne de sornettes, de théories fumeuses.

Elle toussota, se tamponna la bouche avec un mouchoir de batiste.

– Je vous raconte tout cela pour vous mettre en garde, mesdemoiselles, dit-elle avec un petit rire triste. Faites comme moi : prenez du recul, ne vous laissez pas hypnotiser par cette demeure. Adrian n'a pas su se protéger, il en a perdu la raison. Il s'est mis à croire aux fantômes, il a rédigé des communications « scientifiques » qui l'ont couvert de ridicule. J'aurais dû le faire interner, j'ai été faible, j'ai eu peur du scandale. Cela s'est terminé de façon tragique. Un jour, il a décidé de faire la preuve par l'absurde du bien-fondé de ses théories.

Il s'est raconté qu'on le croirait enfin si les fantômes l'assassinaient. Il a commencé à rêver à cette gloire posthume en préparant son suicide d'une manière incroyable. Et moi je ne me suis doutée de rien. Je le voyais partir tous les jours avec son petit chien, Teddy, dans la roseraie. Il emmenait sous son bras une paire de pistolets de duel pour se livrer à des « reconstitutions », il lui arrivait ainsi de passer l'après-midi à tirer à blanc. Tout le monde s'y était habitué, on n'y prêtait plus attention. Le matin de l'anniversaire du duel, on l'a trouvé mort dans la serre, une balle dans la tête. La poudre incrustée dans la peau du front prouvait que le coup avait été tiré à bout portant, mais il n'y avait aucun pistolet sur les lieux. J'en étais bien certaine, j'avais moi-même cherché lorsque j'avais découvert Adrian allongé sur le sol, le chien à ses côtés, attendant sagement. Dans un premier temps la police a cru à un assassinat, et j'ai été suspectée. Oui, moi. Suspectée d'avoir abattu un mari qui me rendait la vie impossible. Mais le revolver disparu compliquait tout. Lorsqu'on veut faire croire à un suicide on place l'arme dans la main du mort, c'est bien connu. Les enquêteurs ne comprenaient pas pourquoi je n'avais pas pris la peine de me livrer à cette supercherie. Ils étaient très gênés, un peu agacés également par le passé de la maison. Il faut avouer qu'à l'époque du Coupeur de Têtes, ils n'avaient pas été particulièrement brillants! Puis les gens de Scotland Yard ont mis la main sur une lettre d'Adrian où il annonçait son intention de se faire assassiner par les fantômes à l'occasion de l'anniversaire du duel, et cela a fait le bonheur d'une certaine presse, achevant de nous discréditer aux yeux des gens de qualité.

Elle se tut pour reprendre respiration. Elle ne

pleurait pas mais une pâleur subite avait envahi son visage, et ses traits s'étaient tirés.

– C'est moi qui ai fini par trouver la solution! reprit-elle avec un petit ricanement douloureux. Moi, la suspecte! *Le chien...* C'était bête. Durant toutes ces journées passées dans la roseraie, Adrian avait procédé à des simulacres de suicide. Il tirait à blanc, lâchait l'arme et se laissait tomber sur le sol. Teddy, le fox-terrier, devait aussitôt ramasser l'arme dans sa gueule et aller l'enterrer au pied des rosiers, comme un os. Grâce à ce subterfuge, on penserait que les fantômes avaient effectivement exécuté celui qui avait été sur le point d'identifier enfin le vrai coupable. C'est dérisoire, n'est-ce pas?

Personne ne répondit.

Après avoir exploré le premier étage, Richie et Tiny étaient redescendus au rez-de-chaussée, mais dans l'aile ouest, cette fois. Le capharnaüm s'y révélait aussi important que partout ailleurs. Les salles étaient vastes mais encombrées d'armures ou de statues. Les bouddhas assis à même le sol, parfois couverts d'une épaisse couche de poussière.

Depuis un moment, Tiny cherchait un moyen d'aborder la question du tableau. Par bonheur, Richie résolut ce problème en désignant une aile du bâtiment fermée par une chaîne de cuivre, à la manière des galeries interdites au public dans les musées.

– Ça, dit-il, c'est le domaine de mon beau-père. C'est là qu'il engrange les tableaux achetés avec l'argent de ma mère. Vous le rencontrerez ce soir, c'est un crétin qui se croit plus fort que tout le monde. Il a forcé Maman a faire l'acquisition de la peinture maudite, vous savez : celle qui noircit à la lumière et révèle soi-disant le nom du vrai criminel.

– J'en ai vaguement entendu parler, fit Tiny avec une moue d'excuse. Je croyais qu'il s'agissait d'un canular de journaliste.

– Non, non, protesta Richie. Il existe bel et bien. Maman ne tenait pas à ce qu'il entre ici, parce qu'il porte malheur. Vous savez qu'il a été peint par un sorcier chinois à moitié fou?

– Réellement?

– Oui. Il y a un charme sur ce tableau. Tous ceux qui l'ont possédé ont connu un sort tragique. Baxter, le magnat de la presse, est mort dans un bombardement. Lorrisson, le joueur de tennis, s'est noyé à Dunkerque lors de l'évacuation. Billington, le type de la *Shakespeare Company*, a été descendu en flammes dans son *spitfire* lors de la bataille d'Angleterre. Vous voyez : rien que des morts brutales, c'est terriblement suspect. Il y a une malédiction sur cette toile. Mon beau-père n'aurait jamais dû la faire venir ici. À sa place, je n'en mènerais pas large.

– Vous l'avez vue? hasarda Tiny en prenant son air le plus innocent.

– Non, il l'a enfermée dans une chambre forte. Il l'étudie pendant des heures. Il est persuadé d'être sur le point de percer son secret. Il a très peur qu'on lui vole sa théorie, aussi boucle-t-il tous ses papiers dans le coffre. Personne d'autre que lui n'en connaît la combinaison, pas même ma mère. Je trouve que c'est assez insultant, mais il prétend qu'elle parle en dormant et qu'une domestique pourrait l'entendre.

Tiny s'avança au seuil de la galerie. Ici, tout était scrupuleusement rangé, les tableaux méthodiquement alignés. On avait occulté les fenêtres avec des tentures pour éviter que la lumière du soleil ne brûle les couleurs, aussi une pénombre inquiétante régnait-elle dans la longue salle étroite. En plissant les yeux, Tiny crut distinguer quelque chose de massif, tout au bout. Une sorte d'énorme cube aux luisances d'acier. Était-ce la chambre forte ? Il ne l'avait pas imaginée ainsi, mais plutôt incrustée dans un mur, cagibi blindé dissimulé derrière un panneau de bois sculpté. Quelle idée de l'avoir ainsi mise en évidence ! C'était bien là une idée de m'as-tu-vu ! Une mise en scène tout spécialement concoctée à l'intention des journalistes. Qu'espérait donc Vernon Shieldrake ? Poser pour les photographes devant la porte entrebâillée de son bunker, le tableau mystérieux entre les mains ?

– Je n'ai pas le droit de passer sous la chaîne, grommela Richie. Vernon ne veut pas qu'on s'approche de ses collections en son absence. Bientôt il fera installer une porte ici même, et des détecteurs américains qu'on utilise là-bas dans les banques. Les fenêtres sont déjà toutes en verre blindé et branchées sur un signal d'alarme. Dès qu'on les ouvre, le commissariat du quartier est prévenu, la grille du chenil se relève automatiquement et les molosses se précipitent dans le parc. Ce sont des bêtes affreuses, dressées pour dévorer les inconnus. Maman en a une peur horrible mais Vernon n'a pas voulu en démordre. Il est un peu bizarre. C'était un type sans le sou qui écrivait dans des revues artistiques, maintenant il joue au collectionneur. Je me demande vraiment ce que ma mère peut lui trouver.

– Vous n'avez jamais été cambriolés ?

– Non, il faudrait être fou pour mettre un pied dans le parc avec ces chiens en liberté. Ils sont douze ou treize, je ne sais plus exactement. Il paraît que ce sont des bêtes qui gardaient les camps de prisonniers. Elles ont pris goût à la chair humaine. Vernon a dû suivre un stage spécial pour apprendre à s'en occuper. Il s'est même fait mordre, c'était assez drôle!

Tiny ne pouvait insister davantage sans paraître suspect. D'ailleurs Richie régla la question en précisant :

– Il vous montrera ça demain, il est trop vantard pour y résister. Faites semblant d'être intéressé sinon il sera horriblement vexé. Je vous le répète : c'est un imbécile.

Ils terminèrent la visite des lieux sans que Tiny en apprenne davantage, après quoi, ils sortirent dans le parc pour aller voir les chiens dans leur cage à gros barreaux. Les bêtes montrèrent les dents dès qu'elles aperçurent Tiny. Elles n'aboyaient pas mais se ruaient contre la grille pour essayer de mordre, n'hésitant pas à s'écorcher les babines.

– Vous voyez, triompha Richie. Elles ne vous connaissent pas. Si la grille se relevait à l'instant même, elles vous dévoreraient.

Et Tiny, qui avait côtoyé tigres et lions sans jamais écoper de la moindre égratignure, songea que ce serait là une mort vraiment indigne.

7

C'est à l'heure du repas, au moment où la nuit se mit à envelopper Shelton House, que Peggy prit conscience du silence insolite qui régnait dans la maison. La résidence avait des sonorités d'épave échouée, de ruine livrée aux quatre vents alors qu'elle aurait dû bruire telle une ruche. Ses salles, ses bibliothèques, ses vestibules, béaient comme autant de cavernes que le trottinement des rares domestiques ne parvenait pas à remplir. Les proportions des lieux interdisaient toute intimité, et les lustres avaient le plus grand mal à éclairer convenablement les pièces, laissant toujours subsister de grandes zones d'obscurité qu'on ne pouvait traverser sans un léger frisson d'appréhension.

Irina et Vernon Shieldrake trônaient chacun à une extrémité de la table, Olivia Oldfoks et Peggy se faisaient face. Un maître d'hôtel à la figure grise allait et venait, présentant aux convives des plats très ordinaires. Irina, en dame bien éduquée, découpait les aliments en morceaux microscopiques qu'elle s'évertuait ensuite à glisser de force entre ses lèvres serrées, comme si le simple fait d'ouvrir la bouche avait quelque chose d'obscène. Peggy avait froid. Le feu allumé dans la cheminée grésillait sans chasser l'humidité de la salle à manger. On avait l'illusion désagréable que le brouillard, après avoir envahi le parc, allait faire irruption dans la bâtisse.

Vernon monologuait depuis un quart d'heure, fixant Peggy avec une curiosité non dénuée de gourmandise. C'était un homme jeune, dont le visage glabre et rose mettait fâcheusement en relief les traits fatigués de son épouse. Irina le couvait du regard, avec une attention étrange, comme s'il allait s'évaporer dans l'atmosphère d'une seconde à l'autre.

Peggy savait qu'après avoir été professeur de tennis dans un palace de Brighton, il avait vainement tenté de s'imposer comme critique d'art en rédigeant des comptes rendus artistiques dans un style irrévérencieux bousculant les gloires du moment. Très rapidement – et comme cela se pratique en général dès que surgit un *outsider* – une cabale s'était constituée pour l'exclure du milieu journalistique. Il en avait été terriblement humilié. Peut-être était-ce pour prendre sa revanche qu'il avait épousé Irina Shelton, cette veuve ayant presque l'âge d'être sa mère ? En l'observant ce soir, à la lueur des chandelles, Peggy réalisait qu'il ressemblait vaguement à Doob Stone-Martin, c'est-à-dire à Byron dans ces tableaux où, les cheveux décolorés, il apparaît sous l'aspect d'un jeune homme blond et joufflu, assez peu démoniaque en vérité.

– Irina m'avait engagé pour dresser le catalogue des collections de la maison Shelton, expliquait-il d'une voix nasillarde affectée. Dieu ! Quand je suis entré ici, j'ai eu l'impression de m'être égaré dans un bazar oriental. Cette incroyable quincaillerie entassée depuis le début du siècle, il aurait fallu une armée de magasiniers pour y mettre seulement un peu d'ordre. C'était une besogne de titan qui m'attendait ! Toute la baraque n'était qu'une vaste brocante où le meilleur côtoyait le pire, où le chef-d'œuvre voisinait avec la pire camelote touristique. Le vieil Archibald achetait sans aucun discernement, incapable de distinguer les copies grossières des originaux. J'ai essayé de faire le tri, de mettre un semblant de logique dans ce fouillis. J'ai rédigé un catalogue commenté, mais c'est un travail qui prendra des années, j'en ai peur !

– On m'a dit, risqua Peggy, que vous vous intéressiez également à ce tableau étrange qui noircit à la lumière ?

Elle avait hésité à poser la question, mais elle redoutait que Vernon Shieldrake ne s'égare dans des anecdotes sans intérêt, ne lui fournissant aucune information sur les conditions de stockage de la peinture exécutée par Chi.

– C'est vrai, dit Vernon en se rengorgeant. Je suis tout près de trouver la solution et de faire la nique à tous ces plumitifs qui ont comploté pour m'évincer des colonnes des revues. Je sais que cela agace beaucoup de gens. Personne, en réalité, n'a vraiment envie de connaître la solution du mystère, et surtout pas les familles des deux suspects. Les Freemarks et les Stone-Martin ont aujourd'hui des ambitions politiques qu'un scandale ruinerait définitivement. La guerre est tombée à point nommé pour jeter un voile pudique sur leur passé commun. La tuerie généralisée des cinq dernières années a levé un écran de fumée sur les méfaits du Coupeur de Têtes mais il suffirait d'un rien pour raviver la plaie. Ils le savent, ils tremblent... Je tiens leur destin entre mes mains. Lorsque j'aurai parlé, l'un des deux clans n'aura plus qu'à s'embarquer pour l'Afrique et recommencer sa vie au fond des savanes, au coude à coude avec les nègres! C'est pour cette raison que j'ai pris des précautions toutes particulières afin d'assurer la sécurité de la toile. *Elle est si fragile.* Vous savez qu'il suffirait de l'exposer une demi-seconde à la flamme d'une bougie pour qu'elle devienne noire comme le goudron?

– À ce point? s'exclama Peggy en s'efforçant de jouer les dindes admiratives.

– Oui, renchérit Vernon. Il serait facile à mes ennemis de réduire tout mon travail à néant d'un simple geste : un coup de scalpel pour fendre l'enveloppe protectrice opaque, une ampoule blanche allumée, et hop! Le mystère serait enterré, à jamais. Je ne pourrais plus prouver mes dires, le tableau obscurci, on m'accuserait d'affabuler. On aurait beau jeu de m'accuser de mensonge.

– Chéri, intervint timidement Irina, vous allez encore vous énerver avec cette histoire, et vous n'arriverez pas à dormir.

Vernon eut un geste irrité, signifiant qu'il lui

déplaisait d'être rappelé à l'ordre comme un enfant. Sans même un regard pour sa femme, il continua son exposé. Une expression fugitive de souffrance et de haine se peignit sur le visage d'Irina Shelton, mais elle n'insista pas, et baissa les yeux, docile.

– Je ne suis pas né de la dernière pluie, ricana Vernon qui s'emportait effectivement. Je sais qu'on complote dans l'ombre. Les Stone-Martin et les Freemarks m'ont offert de racheter le tableau, en secret. Je savais que c'était pour le détruire, bien sûr, et j'ai dit non. Mille fois non! Ils tremblent de peur à l'idée de découvrir que l'un des bons grands-pères était en réalité un détraqué, un assassin de la pire espèce. Ils se voient déjà les uns et les autres déshonorés! Car c'est cela qui est drôle : ni les Stone-Martin ni les Freemarks ne sont certains de l'innocence de leur parent. Ils tremblent, et je les tiens sous mon talon de botte, ces crétins arrogants. Depuis que j'ai fait l'acquisition du tableau, ils ne tiennent plus en place, ils s'agitent comme un diable dans un bénitier. Je ne serais pas étonné qu'ils essayent de voler la toile, ou de mettre le feu à la maison.

– Chéri, intervint une nouvelle fois Irina qui semblait au supplice, vous exagérez. Ce sont des gens de la meilleure société, ils ne se laisseraient pas aller à de telles extrémités.

– Vous les défendez? gronda Vernon. Mon Dieu! Êtes-vous sotte ma pauvre chérie! Des gens qui racontent partout que vous avez grandi au milieu des têtes coupées, que vous êtes à peu près aussi folle que votre premier mari et que votre fils Richie! Mais vous devriez les haïr, au contraire!

Irina blêmit, et ses omoplates heurtèrent le dossier de la chaise, comme si elle venait d'encaisser une gifle invisible.

– Mais j'ai trouvé la réplique absolue, lança Vernon en reportant son regard sur Peggy. *Le coffre!* Conçu d'après mes indications, fabriqué selon mes plans.

Il s'interrompit pour boire une gorgée de vin et tamponner son front luisant de sueur avec sa serviette. Peggy se demanda comment un garçon d'apparence aussi dodue avait pu être un jour professeur de tennis? S'était-il mis à grossir grâce à l'aisance procurée par son récent mariage?

– Pendant la guerre, dit-il, j'étais au bureau de la Défense Passive, je m'occupais des abris antiaériens : les caves, le métro, les égouts. Tous ces trous où s'entassaient les gens dès que meuglait une sirène. J'ai eu tout le loisir d'étudier les effets des bombes, du feu, des vapeurs corrosives, et j'en ai peu à peu tiré une théorie originale sur la conservation des œuvres d'art. La chimie de la destruction n'a plus de secret pour moi. Et la chambre forte que j'ai fait breveter, constitue ma réponse à ce problème. Elle est étanche, aussi fermée qu'un sous-marin. Une inondation pourrait se produire, la Tamise pourrait sortir de son lit et inonder le parc, que pas une goutte d'eau n'entrerait dans mon coffre! Les parois sont à l'épreuve du feu, des explosions. Une bombe de pénétration, larguée d'un avion, et tombant à sa verticale, ne parviendrait pas à l'entamer. Shelton House ne serait plus qu'un monceau de décombres que mon coffre trônerait encore au milieu des ruines, noirci peut-être, mais matériellement intact!

– C'est impressionnant, souffla Peggy dont l'estomac se serrait.

– Et ce n'est pas tout! renchérit Vernon. J'ai installé à l'intérieur une pompe qui fait le vide dès qu'on entrebâille la porte. Le vide total. Pas une molécule d'oxygène. Ce qui signifie une absence complète d'humidité et donc une parfaite conservation des peintures. La température y est constante, le coffre comporte son propre bloc électrogène en cas de coupure de courant. Quant à la combinaison, j'en change tous les jours et je suis seul à la connaître. La porte blindée est munie de deux cadrans, l'un à l'extérieur, l'autre à l'intérieur, ainsi je puis m'y enfermer pour travailler à mon aise.

– Vous vous enfermez dans cette boîte? gémit Peggy en portant la main à sa poitrine.

– Oui, affirma Vernon. Je ne veux courir aucun risque. Sortir le tableau japonais est trop dangereux. Dehors, on est toujours à la merci d'une fausse manœuvre. Quelqu'un pourrait ouvrir une porte au mauvais moment ou allumer la lumière... par distraction ou par malice. Imaginez que je sois penché sur la toile, dans l'obscurité d'une salle de bains aux fenêtres occultées, et que quelqu'un fasse irruption, un flash d'appareil photo à la main. Un envoyé de la famille Stone-Martin par exemple, ou des Freemarks... ou encore cette petite peste de Richie qui n'en est pas à une imbécillité près!

– Oh! Vernon! protesta mollement Irina.

– Un coup de flash, martela le jeune homme sans tenir compte de l'interruption, et je me retrouverais le nez sur un panneau de goudron. Non, mon système est le seul valable. Je m'enferme dans le coffre, comme un sous-marinier en plongée, et j'allume ma lumière rouge, la seule qui éclaire la chambre forte. Je brouille la combinaison de manière à ne pas être dérangé, et je commence mes travaux.

– Mais, observa Peggy, comment respirez-vous puisque la pompe fait automatiquement le vide autour d'elle? Normalement vous devriez vous asphyxier.

– C'est vrai, ricana Vernon. Mais j'emporte avec moi des bouteilles d'oxygène et un masque respiratoire, du même modèle que celui utilisé par les pilotes de *spitfire.* Je travaille ainsi équipé, tel un aviateur volant au-dessus des nuages. Et je sors du coffre dès que ma réserve d'air comprimé commence à s'épuiser.

– Je désapprouve ce procédé, intervint Irina d'une voix qui tremblait. Chaque fois que vous disparaissez avec ces horribles bouteilles je tremble à l'idée qu'il puisse vous arriver un accident, un malaise... Rendez-vous compte : si vous perdiez connaissance, si la serrure se bloquait... Comment pourrions-nous vous venir en aide ? Le temps de découper la porte au chalumeau, vous seriez asphyxié, faute d'air respirable.

– De toute manière, s'esclaffa Vernon, un chalumeau ordinaire ne parviendrait pas à entamer la porte du coffre, mettez-vous cela dans la tête, chère amie !

– Vous êtes impossible ! balbutia Irina. Un enfant ! Tout cela pour une croûte peinte par un jardinier. Croyez-vous vraiment que le jeu en vaille la chandelle ? Vous devriez penser un peu à moi.

– Le vide constant a un autre avantage, murmura Vernon en fixant ardemment Peggy. J'ai pu constater qu'il ralentissait les effets de la photo-oxydation. L'absence d'oxygène neutralise en partie le pouvoir des pigments, ce qui me permet d'étudier le tableau aussi longtemps que je le désire. C'est grâce à cela que j'ai pu découvrir la solution de l'énigme... enfin, presque. Je suis le premier à pouvoir observer la toile à la loupe aussi longtemps que j'en ai envie. Tous les autres ont dû se contenter de rapides coups d'œil à la lueur d'une ampoule rouge foncé ! Rien d'étonnant au fait qu'ils n'aient jamais pu entrevoir la réponse !

Ce Japonais était foutrement malin, un vrai vicieux dans son genre. Sans la technique que j'ai mise au point, on ne risquait guère de venir à bout du problème.

Il se renversa sur sa chaise, les pouces passés dans les revers du gilet, une expression d'extrême contentement sur le visage.

– Je sais qu'on ne tient pas à ce que je réussisse, fit-il, le sourcil froncé. C'est pour cela que je reste extrêmement méfiant. J'ai pu observer pendant la guerre le pouvoir de certains gaz. Il existe des émanations capables de manger les couleurs en l'espace de quelques secondes. Elles dissolvent les vernis, blanchissent les pigments. Mes ennemis pourraient bien s'inspirer de ces techniques pour tenter d'effacer le tableau du Japonais. Il suffirait d'une bonbonne dont on ouvrirait la valve, et toute la galerie de peinture ne contiendrait plus que des toiles blanches, gommées. Grâce au coffre étanche, je n'ai pas de souci à me faire. Le rébus du jardinier ne risque absolument rien.

– Vous n'en risquez pas moins de périr asphyxié pour percer un secret dérisoire, fit Irina dont les doigts maigres se crispaient sur la nappe. Que nous importe, aujourd'hui, de connaître l'identité du Coupeur de Têtes. Dieu ! La guerre vient à peine de se terminer, et elle a causé tant de morts... Comment peut-on encore s'intéresser à un criminel qui tua six femmes de chambre !

– Plus une dame de la haute société, ajouta malicieusement Vernon. N'oubliez pas cette chère demoiselle Osborne-Shire.

– C'était une vipère, siffla Irina. Sa bouche ne s'ouvrait que pour distiller le venin. Une jolie fille, mais qui ne savait colporter que des ragots. Tout cela est si loin. J'ai vécu les événements, j'étais là, et pourtant j'ai du mal à me persuader que ces choses ont vraiment existé, c'est pourquoi je comprends mal qu'on puisse leur donner une telle importance après ce que nous venons de vivre ces dernières années.

– C'est parce que vous n'êtes pas sensible au défi logique qu'implique cette énigme, dit Vernon avec un mépris non dissimulé. Enfin quoi ! Ce petit jardinier à la peau jaune nous tient en échec depuis trente ans et il faudrait admettre que nous sommes moins futés que lui ? Je dis non ! Mille fois non ! Je triompherai bientôt du mystère Shelton, et je communiquerai mes résultats à la presse rassemblée, ici, dans la galerie, devant le coffre. Je leur montrerai. Oui. Je leur montrerai...

Richie et Tiny n'avaient pas dîné à la table des grandes personnes, mais dans un cabinet annexe, servis par une domestique maussade qui traînait les pieds. Tiny, tout en feignant d'écouter le bavardage de son compagnon, tendait l'oreille pour saisir les éclats de voix en provenance de la salle à manger. Ce qu'il avait entendu l'avait amené à réfléchir. Vernon Shieldrake se vantait-il ? Sûrement, mais on ne pourrait en être sûr qu'après avoir examiné la serrure à combinaisons. Tiny savait par expérience que les gens qui ignorent tout des mystères des verrous ont facilement tendance à se laisser impressionner par l'aspect extérieur des serrures, même si cet aspect ne cache en définitive qu'un mécanisme enfantin. Shieldrake faisait un peu trop étalage de ses connaissances universelles. Ces vantardises cachaient sans doute une grande naïveté technique. Avec un peu de chance, on découvrirait qu'il s'était fait escroquer par les constructeurs du coffre et que son bunker d'acier trempé n'était en fait qu'une monumentale tirelire.

Après le dîner, qui fut de qualité médiocre, les enfants se retirèrent dans la salle de jeu, où Richie entreprit de montrer à Tiny sa collection de *comics* américains : Mandrake le magicien, Flash Gordon, le Fantôme du Bengale.

Les adultes passèrent au fumoir, où ces dames s'installèrent tandis que Vernon, échauffé par le sherry, faisait les cent pas en monologuant. La paranoïa affleurait sous chacune de ses tirades et l'on sentait qu'il avait vécu son éviction des gazettes artistiques comme un drame déchirant dont il ne se remettrait jamais tout à fait. Malgré cela, Peggy ne parvenait pas à le trouver attendrissant. Elle était de plus assez gênée, car il devenait de plus en plus manifeste que Shieldrake faisait la roue à sa seule intention. Irina, raidie dans son fauteuil, suivait ce manège, la bouche haineuse, les ongles crissant sur le cuir des accoudoirs. Dans la lumière tamisée des lampes « club », Peggy trouva qu'elle ressemblait plus que jamais à Gerty Fox, mais une Gerty Fox déchue, oubliée, dont l'aura magique aurait été en train de s'éteindre.

Ils se séparèrent vers 20 heures, car Vernon affirmait vouloir travailler à son catalogue. Peggy alla donc chercher Tiny à la salle de jeu et l'accompagna jusqu'à sa chambre. Ils étaient logés côte à côte, les deux pièces réunies par une porte de communication semblable à celle d'un hôtel. Les chambres se révélèrent belles mais sinistres à cause du plafond en voûte, beaucoup trop haut, qui installait une atmosphère de sépulcre. Des bronzes noirâtres s'entassaient sur le dessus des cheminées, tels des boulets de canon déformés par l'impact. De l'art moderne, sans doute importé par Vernon.

– Alors ? murmura Peggy. Qu'en penses-tu ?

– Je ne peux rien dire tant que je n'ai pas vu le coffre, fit Tiny sur le même ton. Ce Vernon a tout l'air d'un jobard trop sûr de lui, mais il ne faut pas s'y fier.

– Tu comptes descendre dans la nuit faire un repérage? s'enquit la jeune femme.

– Je ne sais pas, dit « l'enfant », je pense qu'il faut se préparer à subir quelques mauvaises blagues spécialement concoctées par ce bon Richie. Il m'a cassé la tête toute la journée avec ses histoires de fantômes. Il va probablement tenter de nous faire mourir de peur, je préfère te prévenir.

Peggy hocha la tête. Elle était mal à l'aise et ne cessait de regarder autour d'elle. Avec la nuit, ses vieilles craintes se réveillaient. Elle ne voulait pas le laisser voir, mais elle redoutait le moment où il lui faudrait éteindre la lumière.

– Drôle de baraque, fit Tiny. Tu as vu les chiens? Il y en a treize. Tu crois que tu pourrais faire face en cas de besoin?

Peggy grimaça. Treize c'était beaucoup. Et un mauvais chiffre qui plus est!

– Shieldrake n'est pas complètement idiot, observa-t-elle à mi-voix. Il se doute qu'on prépare quelque chose contre lui. Plusieurs fois au cours de la soirée, je me suis demandé s'il n'avait pas tout deviné en ce qui nous concerne, il me regardait tout le temps, bizarrement.

– Mais non, éluda Tiny. C'est juste qu'il a envie de coucher avec toi. Fais gaffe à la mère Irina si tu envisages d'ouvrir ton lit à son mari, c'est une panthère, et elle a encore des griffes.

– Je n'ai pas la moindre intention de coucher avec ce type! chuinta la jeune femme piquée au vif.

– Essayons de dormir, proposa Tiny. Demain sera une journée décisive. Je vais essayer d'étudier le coffre. Tu penses que tu pourras faire illusion avec les parents?

– S'ils continuent à monologuer comme aujourd'hui, oui, répondit Peggy. Irina ne se montre pas très curieuse, elle est seulement contente d'avoir un public. Il suffit de l'écouter. C'est une femme malheureuse, et son mari est un imbécile qui l'a visiblement épousée pour son argent et ne se donne même pas la peine de le cacher.

– Ce ne sont pas nos affaires, conclut Tiny. Ce qui m'embête c'est que le coup est plus dangereux que prévu. Ces chiens peuvent nous mettre en pièces si on les lâche sur nous. Ils sont trop nombreux pour que tu puisses leur en imposer.

Peggy gagna sa chambre. Elle était inquiète. La porte ne possédait ni loquet ni clef, et il était impossible de s'enfermer pour la nuit. Cette particularité ne contribua pas à la rassurer.

Elle se déshabilla et se coucha, l'esprit plein d'histoires de spectres et de malédiction. Elle était nerveuse et ne parvenait pas à oublier la légende des soubrettes assassinées qui se promenaient la nuit dans les couloirs, leur tête tranchée entre les mains.

« Que je suis bête! » songea-t-elle en se forçant à éteindre la lumière.

Tiny s'était étendu, l'oreille en alerte. Il imaginait sans mal le gros Richie sortant de sa chambre sur la pointe des pieds pour préparer quelque sinistre blague. Allait-il remonter les couloirs en gémissant, couvert d'un drap, un sabre à la main?

Il jura. Il aurait aimé pouvoir allumer une cigarette et boire un verre de cognac pour se détendre les nerfs. Jouer le rôle d'un enfant était parfois difficile, surtout quand un adulte croisait dans les parages. Il suffisait alors d'un regard pour se trahir, et Irina Shelton ne manquait pas de finesse. Elle avait des yeux perçants. Il faudrait, de plus, ménager Richie qui risquait de s'impatienter si l'on ne cédait pas à ses caprices.

De toute manière, il n'était pas question de s'éterniser, la visite ne pouvait excéder deux jours sans éveiller les soupçons. Cela laissait peu de temps pour apprivoiser la serrure.

Il décida d'attendre dans le noir. Si Richie ne se manifestait pas aux alentours de minuit, c'est qu'il dormait à poings fermés et que la voie était libre. Il serait alors facile de descendre dans la galerie d'exposition pour examiner la chambre forte.

À 1 heure du matin, rien ne s'étant produit, Tiny enfila des chaussons de feutre et entrebâilla la porte de sa chambre. Peut-être le gros garçon avait-il réellement trop peur des fantômes pour oser leur déplaire en se servant d'eux pour faire des blagues à ses invités ?

Il sortit, prenant bien soin de se déplacer le long des murs pour ne pas faire craquer les lattes du parquet. Dans les ténèbres, la résidence prenait l'aspect d'un labyrinthe et toutes les armures se changeaient en silhouettes menaçantes. Les statuettes qui encombraient le dessus des meubles semblaient soudain des gnomes aux aguets, prêts à bondir. Tiny serra les dents. Il était trop nerveux, mais les ténèbres lui ramenaient en mémoire toutes les histoires atroces serinées par Richie au cours de la journée. Et si, soudain, une femme de chambre décapitée surgissait au beau milieu du couloir, sa tête à la main, sa bouche gémissant des accusations larmoyantes ?

Le parquet craqua, quelque part devant lui, et il s'immobilisa, le cœur battant. Quelqu'un venait, quelqu'un qui, d'une seconde à l'autre, allait déboucher au fond de la galerie...

Grâce à sa petite taille, il put facilement se dissimuler entre deux bouddhas. Il ne tenait pas à se faire voir car il était peu vraisemblable qu'un jeune enfant osât se lancer dans une expédition nocturne en un tel endroit. Bien sûr, il pouvait feindre le somnambulisme, mais c'était une supercherie à n'utiliser qu'en dernier ressort, lorsqu'on se trouvait nez à nez avec un adulte.

Il se ratatina derrière les statues. Quelqu'un s'approchait, marchant dans le noir, sans lampe ni bougie. Quelqu'un qui n'avait pas pris la peine de presser l'interrupteur. C'était étrange.

Il retint sa respiration. Au bout d'une minute, Irina Shelton entra dans son champ de vision. Elle était en chemise de nuit, et la lumière de la lune donnait à son corps un aspect diaphane un peu spectral. Elle avançait d'un pas hésitant, l'air hagard, les yeux écarquillés, se retournant pour regarder par-dessus son épaule pour vérifier que personne ne la suivait.

La première pensée de Tiny fut qu'elle venait vérifier que son mari n'avait pas rejoint Peggy dans sa chambre, à la faveur de la nuit. Elle s'était peut-être réveillée, avait découvert l'absence de Vernon dans le lit conjugal, et s'était mise en quête, aiguillonnée par une jalousie de femme vieillissante mariée à un trop jeune homme.

Elle avait des gestes fébriles et apeurés. Comme l'avait prévu Tiny, elle s'arrêta devant la chambre de Peggy dont elle entrebâilla la porte avec précaution. Elle resta quelques secondes, sondant l'obscurité, puis battit en retraite, sans doute rassurée. Elle continuait à regarder peureusement derrière elle, à la manière des enfants qui marchent dans la nuit en se persuadant qu'une bête de cauchemar les suit pas à pas. De qui avait-elle peur? Des soubrettes à la tête tranchée?

Redevenait-elle, à la faveur de l'obscurité, la petite fille qu'elle était à l'époque des « événements »?

Tiny la regarda disparaître à l'angle du corridor. Il hésitait à poursuivre. Si Vernon était dans la nature, il pouvait surgir à tout moment. D'ailleurs n'était-il pas à l'intérieur de son fichu coffre?

Tiny s'en voulut d'hésiter autant. L'atmosphère de la maison le déroutait. En se passant la main sur le front, il découvrit qu'il transpirait, ce qui lui arrivait rarement. Il se contraignit à descendre dans la galerie, passa sous la chaîne de cuivre. Il commença par examiner les portes-fenêtres. Sous la peinture blanche, les montants étaient en acier, des fils de métal coulés dans la masse renforçaient les vitres, enfin les contacteurs ayant pour fonction de donner l'alarme étaient parfaitement invisibles. Il chercha en vain une quelconque poignée, l'ouverture et la fermeture des battants étaient sans conteste électriques. Pour forcer un tel barrage, il aurait fallu avoir recours à une charge d'explosif.

De plus en plus nerveux, il remonta la galerie en direction du coffre, prêt à se jeter derrière une tenture si le besoin s'en faisait sentir.

La chambre forte baignait dans un éclat de lune, gros cube bizarrement posé en travers du passage. On ne pouvait pas faire moins discret. On ne l'avait pas peinte, et l'acier avait conservé un aspect brut rugueux. Tiny s'approcha de la porte, se haussant sur la pointe des pieds pour examiner la mollette permettant de composer la combinaison. C'était une Werner-Straton 457, une serrure à cinq culbuteurs, que Tiny avait déjà pratiquée. Un cambrioleur moyennement doué aurait sans doute mis cinq jours pour l'ouvrir, Tiny – si on le laissait se concentrer – pouvait en avoir raison en cinquante minutes. Ce serait simplement une question d'oreille et de sensibilité tactile. Il suffirait de se mettre à l'écoute et la porte parlerait d'elle-même, indiquant sa combinaison au moyen de cliquetis infimes.

Un peu rassuré, il battit en retraite. Il ne voulait pas tenter le diable. Il fit bien, du reste, car à peine avait-il franchi le seuil de la galerie qu'il vit la lourde porte d'acier s'ouvrir et Vernon Shieldrake sortir de la chambre forte.

Sans plus s'attarder, il escalada les escaliers et rentra dans sa chambre.

Ce fut en ôtant ses chaussons de feutre qu'il s'aperçut qu'on avait fouillé ses bagages.

8

La journée du lendemain fut bien évidemment consacrée au jeu, et Tiny dut s'armer de patience pour supporter les exigences de Richie. Celui-ci voulut d'abord jouer à Conan Lord, le cambrioleur magnifique. Tiny devait se glisser dans une pièce pour y dérober un objet déterminé, et Richie – tapi sous un lit, derrière un rideau ou au fond d'un placard – jaillir brusquement à l'air libre pour lui mettre la main au collet. Ce n'était guère varié, mais le gros garçon semblait prendre un extrême plaisir à faire ainsi irruption en poussant des hurlements stridents et à s'abattre sur son camarade pour procéder à son arrestation immédiate. Il accomplissait ce cérémonial avec une rare brutalité, la bouche tordue d'un sourire mauvais. Pour l'occasion, il s'était armé d'un tuyau de caoutchouc qui lui servait de matraque, et dont il expédiait de grands coups sur la tête de Tiny. De temps à autre, pendant qu'il reprenait respiration, il lançait : « On s'amuse bien, hein ? »

Tiny aurait aimé l'étrangler avec une embrasse de rideau, et le laisser là, sur le tapis, tirant une langue violette d'un pied de long.

Un autre jeu consistait à utiliser une pendulette de voyage à la manière d'un ballon. Richie avait au préalable réglé la sonnerie du réveil afin qu'elle retentisse au bout d'une dizaine de minutes.

– Maintenant c'est une bombe à retardement, avait-il expliqué, on va se la jeter l'un l'autre. Celui entre les mains duquel elle explosera devra faire le mort et subir une autopsie.

Il avait fallu se lancer la pendulette comme s'il s'agissait d'une grenade dégoupillée. Très vite, Richie avait commencé à tricher : sautant sur Tiny pour lui glisser le réveil dans la poche, ou même à l'intérieur de sa culotte courte, de façon à ce qu'il perde beaucoup de temps à le récupérer. Quand la sonnerie retentit, grêle et étouffée par le boîtier, Tiny se surprit à laisser échapper un juron.

– T'es mort ! T'es mort ! triompha Richie. Tu dois t'allonger sur le tapis et subir l'autopsie.

Subir l'autopsie c'était accepter de se laisser pincer, griffer, piquer la chair des cuisses, des joues ou des bras avec une fourchette à escargot. Chaque fois que Tiny grognait ou faisait mine de se rebeller, Richie le rappelait à l'ordre : « T'es mort ! Tu dois pas bouger ! »

Plus tard, comme le soleil se levait, ils sortirent dans le parc pour continuer leurs jeux sur la pelouse. Richie était infatigable. Il transpirait beaucoup et de grandes taches sombres maculaient ses aisselles. Tiny essayait de ne pas demeurer en reste. À plusieurs reprises il sentit un regard braqué sur lui, et, se tournant, surprit Irina Shelton en train de l'observer derrière l'une des fenêtres du salon au moyen de jumelles de théâtre. Cette surveillance le mit mal à l'aise. La fille de lord Shelton se doutait-elle de quelque chose ? Parfois, les mères avaient d'étranges intuitions à son propos, elles le trouvaient « bizarre » sans parvenir toutefois à préciser la raison de cette vague répulsion.

Il se força à rire très fort, à gambader comme un cabri, déployant cette débauche d'activité propre aux enfants de dix ans, et dont rien ne semble pouvoir jamais venir à bout, mais le regard d'Irina Shelton continua à lui agacer la nuque.

Il se demanda si c'était elle qui avait fouillé ses bagages au cours de la nuit. Avait-elle trouvé étrange de ne pas le découvrir endormi sur l'oreiller ? Il en avait parlé à Peggy, le matin même, et la jeune femme l'avait pressé d'en finir au plus vite, car elle éprouvait elle-même une impression de danger latent.

Ils firent une pause sur le coup de 10 heures; une domestique au visage maussade leur apporta une collation sur un plateau d'argent, car Richie mangeait beaucoup et souvent. Ils s'assirent sur un banc pour dévorer des sandwiches à la laitue et au thon. Il y avait également du cheddar en tranches, et une tarte au chocolat recouverte d'une pellicule de crème de menthe. Tiny aurait aimé se contenter d'un verre de limonade, mais il ne voulait pas donner l'éveil.

– Qu'est-ce que tu feras quand tu seras grand ? demanda soudain Richie.

La question fit courir une décharge électrique le long des nerfs de Tiny. Aurait-il seulement la chance un jour de devenir grand ? Il l'espérait de toutes ses forces. Parfois, tétant sa pipe d'opium, dans la cave du *Dragon de soie,* il se laissait bercer par l'illusion qu'un quelconque traitement chimique débloquait enfin ses fonctions thyroïdiennes et qu'il rattrapait son retard de croissance. En l'espace d'une semaine il se changeait en adulte, Peggy devenait folle de lui et ils faisaient l'amour à n'en plus finir. Il s'imaginait, se promenant à travers la ville, faisant tailler ses costumes à Savile Row, une foule d'employés autour de lui occupés à prendre ses mesures. Il était très grand, bien bâti, dominant la foule des badauds d'une bonne tête au moins. Il lui arrivait souvent de se cogner le crâne en passant sous une porte trop basse.

– Moi, je ferai du trafic d'esclaves, annonça Richie sans attendre de réponse. Ou bien j'enlèverai des femmes ici, à Londres, pour les vendre à des pachas, en Orient. Ils me passeront des commandes, et je leur fournirai la fille qu'ils désirent, exactement.

– Intéressant, observa Tiny.

– N'est-ce pas? Je monterai un magasin de vêtements féminins, avec une cabine d'essayage truquée, et quand ces idiotes se déshabilleront pour essayer des robes, la cabine pivotera automatiquement. Je les attendrai de l'autre côté, avec un tampon de chloroforme.

Il délira un moment sur ce sujet, le visage rayonnant. Il mangeait en parlant, et l'on avait parfois du mal à comprendre ce qu'il bredouillait. Tiny en profita pour faire un rapide tour d'horizon. Irina avait disparu, mais cette fois, c'était Vernon qui l'observait, debout sur la terrasse, les pouces passés dans les poches de son gilet. Quand leurs yeux se rencontrèrent, l'homme eut un sourire qui se voulait engageant et lui adressa un petit signe de la tête.

Encore une fois, Tiny se demanda s'il se doutait

de quelque chose. Avait-il commis une erreur? Depuis quelque temps il avait de plus en plus de mal à jouer son rôle, et il lui arrivait d'oublier de surveiller sa voix. Il cessait alors pendant quelques secondes de parler comme un gosse pour adopter le débit et le ton d'un adulte. De telles ruptures constituaient une faute grave et dénonçaient son imposture.

Richie, qui venait d'avaler la moitié du pichet de limonade, rota bruyamment et sauta du banc.

– Viens! ordonna-t-il avec le ton d'éternel commandement qui était le sien. Je vais te montrer quelque chose.

Il entraîna Tiny au fond du jardin, là où s'élevait la petite maison japonaise de Chi. Le jardin zen qui l'entourait évoquait – pour des yeux occidentaux – un cimetière aux stèles mal taillées. Les pierres fichées à la verticale, et vierges de toute inscription, accentuaient l'aspect sinistre du lieu.

– Viens à l'intérieur, dit Richie. Tu vas voir, c'est là que se cachait le jardinier pendant que le Coupeur de Têtes rôdait à l'extérieur. Tu te rends compte? Des cloisons en papier de riz... Pas une porte, pas une serrure pour se protéger de l'assassin! Il a dû en attraper la colique, le fils du soleil levant!

Ils entrèrent. La maison sentait l'humidité, le bois pourri. Les panneaux de papier étaient sales et graisseux. Les fibres gonflées ne permettaient plus aux cadres de coulisser librement. Il n'y avait rien, aucun meuble, pas même une natte. Richie s'agenouilla dans un angle et désigna sans le toucher, un morceau de bois qui reposait sur le plancher. C'était un bâton rond, soigneusement écorcé, long d'une quinzaine de centimètres. Des marques en creux le sabraient de manière symétrique.

– Tu vois, chuchota Richie. Quand il entendait

le tueur se rapprocher, il se glissait ça dans la bouche et mordait dedans, pour étouffer ses gémissements de terreur. Regarde comme le bois est abîmé. Pour un peu, il le bouffait tout entier son fichu bâton !

Pendant que les enfants jouaient dans le parc, Peggy dut subir les discours de Vernon qui tenait à lui faire visiter le coffre-fort installé dans la galerie. Irina Shelton et Olivia Oldfoks se joignirent à eux. Peggy fut frappée par l'aspect de la chambre forte et la manière inesthétique dont on l'avait fichée au beau milieu de la galerie de tableaux, mais elle comprit bien vite que Vernon n'aurait pu tolérer de la dissimuler à l'intérieur d'un mur tant il en était fier. Il en fit le tour en paradant et en expédiant des coups de poing dans l'acier rugueux. Tout y passa : la résistance aux chocs, à la chaleur, les enveloppes emboîtées, le point de fusion incroyablement élevé capable de supporter la morsure d'un chalumeau oxhydrique pendant cinq heures, la porte munie de ses six pênes, sa serrure de sûreté à 100 000 combinaisons.

Quand il ouvrit enfin la porte, en plaçant son corps en écran de façon à ce que personne ne puisse voir les chiffres formés par ses doigts, la pompe aspirante se mit aussitôt en marche, faisant le vide entre les parois, tandis qu'une lampe rouge s'allumait. Peggy distingua une table d'architecte encombrée de croquis, des papiers, des livres entassés à même le sol. Sur des tréteaux de bois, on avait posé une planche, et sur cette planche, l'emballage de caoutchouc du tableau japonais. C'était une enveloppe épaisse et noire, munie d'une fermeture à glissière, qui mesurait environ soixante-dix centimètres de large pour cent vingt de long. Il y avait un bar encombré de carafons de cristal, un portemanteau, une cantine d'acier, et, bien entendu, les fameuses bouteilles d'air comprimé reliées au masque respiratoire de pilote. Vernon se dépêcha de refermer le battant, comme s'il y avait là des secrets qu'un simple coup d'œil pouvait percer.

Irina s'agitait. Le cliquetis de la combinaison semblait la mettre sur des charbons ardents.

– Un jour il vous arrivera un accident, gémit-elle. La dernière fois vous êtes resté enfermé trois heures. Si au moins vous installiez un téléphone, nous pourrions communiquer, je vous demanderai si tout va bien.

– Vous m'appelleriez toutes les dix minutes! gronda Vernon, et je n'arriverais plus à me concentrer, je ne penserai plus qu'à la sonnerie de ce fichu appareil. Je me mettrai à le couver du regard en attendant qu'il sonne. Non, il n'en est pas question.

– Et cette idée de me dissimuler la combinaison! fit Irina d'une voix révoltée mais tremblante. Je suis votre femme, tout de même!

– Et aussi une sacrée tête de linotte, siffla le jeune homme. Vous parlez en dormant et vous ne savez pas tenir votre langue. Si je vous donnais la combinaison, toute la maison la connaîtrait dans l'heure qui suivrait. Je vais vous dire très exactement ce que vous feriez : d'abord, par peur de l'oublier, vous l'inscririez sur la première page de votre agenda téléphonique, puis vous la répéteriez à voix basse, pour l'apprendre par cœur. Ne protestez pas, je sais ce que je dis, je vous ai déjà vue à l'œuvre. Dans ces cas-là, vous marmottez comme une grenouille de bénitier, et l'on entend tout ce que vous murmurez entre vos dents. En moins de trois heures, toutes les domestiques connaîtraient le chiffre du coffre. Voilà, ma chère, voilà *exactement* comment les choses se passeraient.

Irina Shelton était au bord des larmes, et Peggy en éprouva une peine très réelle. Il y avait chez cette femme un curieux mélange de petite fille gâtée et de maîtresse impérieuse qui la rendait tour à tour attendrissante et parfaitement odieuse.

– Mais enfin, protesta-t-elle en ravalant ses sanglots, *trois heures*...

– Eh bien oui, s'emporta Vernon, trois heures. Mais je pourrais tout aussi bien y passer la journée si je n'étais pas limité par l'oxygène. Vous n'imaginez pas les problèmes que je dois résoudre. Cette énigme est d'une complexité incroyable et ce Japonais d'une perversité extrême. Il y a six ou sept niveaux de transcriptions, un cryptage si élaboré qu'Edgar Poe lui-même en aurait fait une méningite. Je ne peux pas en dire davantage, mais je suis seul, là où une équipe entière de chercheurs serait la bienvenue. Je dois tout faire moi-même, c'est cela qui ralentit les choses.

– Vous pourriez au moins m'associer à vos travaux, protesta Irina, me consulter. Après tout j'ai été mêlée aux événements, je pourrais peut-être vous seconder.

Vernon s'esclaffa.

– Me seconder, vous? Dieu! Vous ne feriez que bavarder comme une pie, poser des questions, déranger mes papiers. Et puis vous êtes incapable de fixer votre attention sur une tâche plus de dix minutes d'affilée. Pis que tout : vous ne pourriez pas tenir votre langue. Vous ne résisteriez pas au besoin de raconter ce que vous avez vu à vos amies. Non, c'est impossible. Cela n'entre pas dans le cadre de vos compétences. Et puis vous ne supporteriez pas le contact du masque de caoutchouc sur le visage, cela vous donnerait des boutons, songez à votre allergie! Au bout de dix minutes vous seriez défigurée. C'est ce que vous voulez? Vous exhiber avec un visage rongé par le psoriasis?

Cette fois Irina baissa la tête, vaincue. Bien que Vernon ne lui fût guère sympathique, Peggy devait avouer qu'elle imaginait mal la fille de lord Shelton absorbée dans des travaux de bénédictins, un masque respiratoire sur la figure.

– Mais comment faites-vous pour les bouteilles? demanda-t-elle afin de rompre la gêne qui s'était installée.

– Oh, c'est facile, expliqua Vernon. J'ai un compresseur dans le garage. C'est avec ce genre de machine qu'on remplit les bouteilles des hommes-grenouilles, vous savez. Ce n'est pas très sorcier. Chaque bonbonne dure à peu près une heure. Il m'en faut généralement trois. Au bout de trois heures j'ai la migraine, et l'air comprimé commence à m'irriter les poumons. Et puis le regard se fatigue vite à la lumière rouge, on est forcé de fixer les choses de manière beaucoup plus soutenue pour saisir les détails. Ce tableau est devenu horriblement sombre car ses précédents propriétaires l'ont manipulé en dépit du bon sens.

– J'aurais bien aimé le voir... risqua Peggy. On dit qu'il est effrayant.

– C'est l'œuvre d'un esprit malade, c'est certain, fit évasivement le jeune homme. Mais ce Japonais s'y connaissait vraiment en chimie. On n'a réussi à découvrir aucun fixateur capable de neutraliser le produit qu'il a employé. De multiples analyses ont été effectuées en vain. J'ai moi-même expédié dans les laboratoires des dizaines de prélèvements, rien à faire! Aucune substance au monde ne peut empêcher le tableau de noircir à la lumière du jour.

– C'est fascinant, dit Peggy.

Comme elle tournait la tête, elle surprit le regard d'Irina fixé sur elle. Elle y lut une telle haine qu'elle en éprouva un choc à l'estomac. Le visage de la femme de Vernon Shieldrake n'était plus qu'un masque déformé par la jalousie, un mufle de gorgone exprimant un unique sentiment : l'envie de tuer.

Ils se séparèrent là, au seuil de la galerie, et chacun prit prétexte d'une tâche urgente pour se retrouver seul. Peggy s'isola dans le cabinet de toilette du rez-de-chaussée afin de se passer de l'eau sur le visage. Elle avait les joues brûlantes. Elle songea à ce que lui avait révélé Tiny à son réveil : les bagages fouillés... C'était Irina qui s'était livrée à cette inspection, elle n'en doutait plus. Cette femme souffrait d'une jalousie pathologique. Qu'était-elle allée imaginer ? Que Peggy était la maîtresse de son mari et qu'elle se déguisait en nurse pour lui rendre visite ?

Elle se sécha. Elle commençait à se demander si Vernon n'était pas en fait prisonnier de sa riche épouse. D'ailleurs, les notes de Monsieur Smith indiquaient qu'il ne sortait jamais sans elle et passait tout son temps à l'intérieur de la résidence.

Vernon Shieldrake avait voulu la richesse, il l'avait, mais au prix d'une claustration de tous les instants et d'une surveillance permanente. Comment pouvait-il supporter cette situation ? En s'absorbant dans ses travaux sûrement. Le tableau énigmatique élaboré par Chi était peut-être l'ultime rempart qui le protégeait de la folie.

– Puisque nous sommes amis, annonça Richie, je vais te révéler quelque chose... Je crois qu'on peut résoudre l'énigme du Coupeur de Têtes sans avoir le moins du monde recours à ce fichu tableau.

Ils étaient assis sur la pelouse, au milieu des haies d'un labyrinthe miniature à la fonction purement décorative et où il était impossible de s'égarer : les buissons ne montant pas assez haut pour empêcher le promeneur de prendre des repères visuels.

– C'était la théorie de mon père, insista l'enfant. Quand il est mort, ma mère a brûlé tous ses papiers, mais j'ai pu en sauver certains. Ceux qui ont rapport à la disposition des têtes tranchées, par exemple.

– Vraiment ? fit Tiny que cette histoire commençait à rendre nerveux.

– Oui, dit Richie. Tu vas voir...

Il plongea dans la haie pour en retirer une boîte à thé en métal oxydé. Le récipient contenait des feuilles de papier en partie brûlées, sur lesquelles figuraient des croquis agrémentés de flèches et de pointillés. En se penchant sur ces esquisses, Tiny comprit qu'elles représentaient les têtes coupées aux endroits précis où on les avait découvertes. L'une posée au bord de la fontaine, l'autre dans une vasque de fleurs, la troisième sur la rambarde de l'escalier d'honneur. Le plan avait été dessiné de manière assez naïve, si bien que les lugubres débris ressemblaient plutôt à des chats paresseux occupés à se rôtir au soleil.

– Mon père prétendait qu'on les avait *orientées* d'une certaine manière, expliqua Richie, et qu'elles regardaient toutes dans la même direction. Même celles qu'on a trouvées à l'intérieur de la maison. Il a essayé de reconstituer la convergence des regards à partir des photos de l'identité judiciaire. Ce que tu vois là, c'est ce qui reste du plan sur lequel il avait reporté toutes les coordonnées. Les pointillés représentent la direction empruntée par le regard des filles. Tu vois...

C'était tiré par les cheveux, mais les flèches allaient toutes, effectivement, dans la même direction : à savoir un point précis de la résidence situé au premier étage de l'aile ouest. Une petite fenêtre dont on avait coché l'emplacement sur la façade.

– Qu'y a-t-il dans cette pièce? interrogea Tiny.

– Je ne sais pas, bredouilla Richie. Je n'ai jamais osé y entrer. J'ai... J'ai peur d'indisposer les fantômes. Mais toi tu pourrais y aller et me raconter ce que tu as vu. Tu n'habites pas ici, les spectres ne s'en prendront pas à toi. Je sais où ça se trouve. Je peux te montrer si tu veux...

Sa voix vibrait d'espoir. Tiny éprouvait une certaine répugnance à se mêler de cette vieille histoire, mais il savait également qu'il ne devait pas mécontenter son camarade sous peine de se voir congédier sur l'heure.

– Ça pourrait se faire, marmonna-t-il à contrecœur.

– Tu accepterais d'y aller? balbutia Richie qui n'en revenait visiblement pas.

– Oui, si tu me montres où ça se niche.

C'était un moyen de s'attacher le gros garçon, et il ne fallait pas le négliger.

– Allons-y maintenant, décida Richie en se levant. Il y a du soleil et c'est sûrement moins dangereux qu'à la tombée de la nuit. C'est une partie de la maison où l'on ne se rend plus guère, et comme on manque de domestiques, c'est un peu à l'abandon.

Ils se mirent en marche, rusant pour regagner la bâtisse sans être aperçus des adultes. Richie s'était mis à chuchoter, comme si quelqu'un pouvait l'entendre. Il entraîna Tiny dans l'aile ouest, celle de l'ancien quartier des domestiques, là où se tenait jadis le grenier à foin des écuries. Cette partie de la résidence était manifestement inoccupée depuis un bon nombre d'années. Les papiers peints gorgés d'humidité se décollaient, certains plafonds s'écaillaient. Les femmes de ménage se contentaient d'un rapide coup de balai mais ne ciraient plus les parquets. Quant aux fenêtres, la saleté les obscurcissait au point de donner l'illusion qu'un brouillard épais s'écrasait sur les vitres. Une lumière grise éclairait les couloirs déserts. Au fur et à mesure qu'on avançait, Richie montrait tous les signes d'une nervosité croissante. Il finit par s'immobiliser au seuil d'un corridor, bien décidé à ne pas faire un pas de plus.

– Là-bas, dit-il en désignant de l'index le bout du couloir. La porte à côté du guéridon... Tu vois? C'est là. Moi je ne peux pas aller plus loin. Je vais redescendre et t'attendre dehors, tu n'auras qu'à me retrouver dans le jardin.

– D'accord, fit brièvement Tiny, pressé d'en finir.

Son impassibilité impressionna considérablement Richie qui lui jeta un coup d'œil admiratif.

Pendant que le gros garçon s'enfuyait, Tiny détailla les lieux. L'endroit n'avait rien d'engageant.

« Okay, songea Tiny, allons-y puisqu'il le faut. »

Il fut lui-même étonné de son manque d'entrain et de la boule d'angoisse qui s'était formée à la hauteur de son estomac. De quoi avait-il peur, bon sang?

Il se força à marcher vers la porte, les yeux fixés sur la poignée de cuivre terni. Il était un peu écrasé par l'impression de solitude extrême qui pesait sur cette partie de la maison, et, paradoxalement, il avait la sensation inexplicable qu'on l'observait. Il dut faire trente pas pour arriver devant la porte, et le parquet craqua trente fois, comme pour dénoncer son arrivée.

Prenant une profonde inspiration, il leva la main et empoigna le bouton de cuivre. Le battant refusa de s'ouvrir car il était fermé à clef. Cela ne constituait pas un obstacle sérieux pour Tiny qui, tirant un morceau de fil de fer de sa poche, crocheta le verrou en moins de dix secondes. Cette fois, la porte s'ouvrit sans difficulté, démasquant une salle au parquet tapissé de poussière grise, duveteuse, comme si personne n'y avait passé le balai depuis un siècle. La silhouette d'un piano se découpait dans la lumière avare tombant de la fenêtre. Un demi-queue laqué noir. L'absence d'époussetage donnait l'impression qu'il était tapissé de velours gris. Tiny retint son souffle. L'odeur de renfermé devenait vite pénible. En bon cambrioleur, il se livra à un examen complet des lieux avant d'y pénétrer, c'est ainsi qu'il remarqua les traces de pas sur le sol. Elles chevauchaient, trahissant des allers-retours fréquents. Elles allaient du seuil de la pièce au piano, puis revenaient, en ligne droite, comme si on n'entrait ici que pour s'asseoir devant l'instrument et jouer. Tiny se pencha. C'étaient là des marques laissées par le pied d'une femme. Des souliers différents mais toujours de la même pointure. Elles s'étaient inscrites dans l'épaisse couche de saleté accumulée par les ans. Prenant bien garde à poser les pieds dans les marques déjà imprimées, il alla jusqu'au piano. Il vit tout de suite qu'il s'était trompé. On ne s'asseyait pas pour jouer car le tabouret était lui aussi couvert de moutons, même chose pour le clavier de l'instrument. Partout la poussière avait déposé sa farine couleur souris. Partout, *sauf*...

Sauf sur une touche.

Une seule des touches d'ivoire qui brillait d'un éclat d'os poli dans la lumière tombant de la fenêtre.

Tiny fit la grimace. Ça n'avait pas de sens. Quelqu'un cachait ici, dans cette pièce fermée à clef, un piano dont il se contentait d'effleurer une touche. Une seule touche, et toujours la même?

Il réalisa qu'il ne savait même pas de quelle note il s'agissait, car il n'avait aucune notion musicale. Il leva la main pour poser l'index sur le morceau d'ivoire, mais renonça à la dernière seconde, cédant à une curieuse appréhension, comme si le fait de jouer cette simple note allait lui porter malheur.

D'un seul coup, l'atmosphère de la pièce lui parut sinistre, chargée d'une menace réelle, et il battit en retraite sans demander son reste. De retour dans le couloir, il referma la serrure à l'aide de son passe-partout improvisé et courut vers l'escalier, le cœur battant à tout rompre dans sa poitrine. Il ne se calma qu'en émergeant à l'air libre, dans le jardin, et s'étonna de la brusque bouffée de panique dont il avait été victime. Est-ce qu'il était en train de perdre la tête par hasard?

Un piano, un piano prisonnier... À la disposition d'un fantôme qui venait y jouer des « mélodies » à une seule note!

Il s'arrêta une seconde au bord de la fontaine pour s'asperger le visage. Tout son corps était moite. Il plongea la tête dans l'eau et but avec délices. Alors qu'il s'essuyait avec son mouchoir, il aperçut Richie assis sur un banc de pierre, l'air anxieux.

– Ah! te voilà enfin, fit le gros garçon avec un soupir. J'ai eu peur que tu ne reviennes pas! Je me reprochais déjà de t'avoir envoyé là-bas. Alors, qu'est-ce que tu as vu?

– Rien, fit Tiny en affectant un air dégagé. Je n'ai pas pu entrer, c'était fermé à clef.

– Ah... dit Richie, c'est peut-être mieux ainsi. Il ne faut pas jouer à déranger les fantômes, c'est toujours dangereux.

Tiny ne trouva rien à répondre. L'incident l'avait épuisé, sans qu'il sache exactement pourquoi.

À cet instant précis, la cuisinière sortit sur la terrasse pour annoncer que le repas était servi.

Le déjeuner fut semblable à celui de la veille, insipide et morne. À la table des enfants, Richie remâchait sa déception en grignotant du bout des dents, et à celle des adultes, Irina dévisageait Peggy par en dessous en émiettant du pain entre ses doigts maigres. Vernon, enfermé dans la chambre forte, avait fait savoir qu'il ne voulait pas être dérangé.

Afin de pouvoir faire le point avec sa complice, Tiny se montra grognon et prétendit vouloir faire la sieste. Peggy l'accompagna donc au premier sous prétexte de le mettre au lit.

En chuchotant, ils se communiquèrent à tour de rôle leurs observations du matin. Peggy haussa les sourcils lorsque Tiny parla du piano prisonnier.

– C'est une maison de fous, conclut-elle en s'allongeant à côté de « l'enfant », si nous restons trop longtemps nous allons perdre la tête nous aussi. Est-ce que tu pourras ouvrir le coffre ce soir?

– Il faudra bien essayer. Tu as tout ce qu'il te faut pour détruire le tableau?

– Oui. De la poudre de magnésium dans un étui de médicament. C'est ce qu'on utilisait en photographie du temps où l'on n'avait pas encore inventé le flash. Je la répandrai sur la table et je l'enflammerai, ça fera une telle lumière que la toile deviendra plus noire que si on l'avait trempée dans l'encre de Chine.

– Bon Dieu, soupira Tiny. J'ai hâte d'en avoir fini.

Malheureusement les choses ne devaient pas se dérouler aussi facilement. Dans le courant de l'après-midi, au beau milieu d'un jeu violent, Richie écrasa sous sa semelle la main droite de Tiny qui ne put retenir un cri de douleur. Les doigts, tuméfiés, restèrent engourdis, surtout l'index qui ne percevait plus aucun contact. Irina se déclara désolée de l'incident mais s'étonna du courage du petit garçon qui n'avait pas versé une larme.

– Mon Dieu! plaisanta-t-elle, s'il s'était agi de Richie on l'aurait entendu brailler de l'autre côté de la Tamise. Voilà un garçon bien stoïque qui fera un bon soldat.

En entendant ces mots, Tiny se maudit d'avoir laissé la colère l'emporter sur la réflexion quand l'incident s'était produit. En effet, tout à sa rage de voir son plus précieux instrument de travail endommagé, il avait failli frapper Richie au visage, à la volée, et avait dû accomplir un terrible effort de volonté pour ne pas passer à l'acte. Ce moment d'égarement lui avait fait oublier qu'un « gosse » de son âge devait forcément fondre en sanglots au terme d'une telle mésaventure. L'anomalie n'avait pas échappé à Irina qui n'avait pas les yeux dans sa poche.

9

Vernon Shieldrake, gêné par cet incident, insista auprès de Peggy pour qu'elle prolonge son séjour à la résidence le plus longtemps possible. Cette proposition, formulée au cours du dîner, alluma des flammes dans les yeux d'Irina qui se contraignit pourtant à renchérir, fustigeant la maladresse de Richie. Elle souriait, mais ses doigts se crispaient sur les couverts d'argent comme si elle avait voulu les tordre.

La nurse et « l'enfant » regagnèrent leurs chambres après avoir écourté la veillée, à la grande consternation de Vernon qui se préparait à éblouir Peggy par l'une de ces causeries sur l'Art dont il avait le secret.

– Tu as mal? demanda Peggy en examinant les doigts meurtris de Tiny.

– Quand j'appuie, oui, et là où c'est tout noir, au bout de l'index, je ne sens plus rien.

– Tu pourrais ouvrir le coffre de la main gauche?

– Ce n'est pas impossible, mais ce sera plus long. Ma main gauche est moins sensible. Je ne sais pas pourquoi, c'est comme ça, c'est tout.

Peggy fronça les sourcils, des rides apparurent sur son front laiteux.

– Tu crois que Richie a fait exprès? interrogea-t-elle. Est-ce qu'il aurait pu te voir toucher au coffre la nuit dernière? Est-ce que Vernon n'aurait pas pu lui demander de te « neutraliser » ?

Tiny grogna. Il s'était déjà posé toutes ces questions sans leur trouver de réponse. À force d'être sur le qui-vive, on dérapait inévitablement dans la paranoïa. Mais Vernon Shieldrake n'était-il pas lui-même paranoïaque?

– Je vais descendre cette nuit, annonça-t-il. Pour titiller un peu le coffre, on verra bien ce qu'il en sortira.

– Tu veux que je vienne avec toi?

– Non, ce serait suspect. Si je me fais prendre en

flagrant délit de vagabondage nocturne je pourrais toujours jouer les somnambules. À deux c'est plus difficile.

Tiny s'étendit sur son lit pour prendre un peu de repos tandis que Peggy s'installait dans un fauteuil, une cigarette non allumée entre les lèvres. Ils restèrent ainsi, dans l'obscurité, sans échanger une parole. La jeune femme mâchonnant le rouleau de tabac pour tromper sa nervosité.

On se couchait tôt à la résidence Shelton et l'extinction des feux se situait généralement aux alentours de 22 heures. Tiny attendit jusqu'à 23 heures 45, passa un pyjama pour plus de vraisemblance, et sortit, chaussé de feutre. Il avait choisi un pyjama bleu marine, à rayures noires, un vêtement spécialement fabriqué pour lui, et qui convenait bien aux expéditions nocturnes.

Comme il se faufilait entre les armures en direction de la galerie de tableaux, il entendit le parquet craquer, et s'aplatit contre le mur, persuadé que quelqu'un le suivait.

C'était Irina Shelton, en chemise de nuit, l'air hagard. Elle avançait d'un pas mal assuré, s'arrêtait à l'angle d'un carrefour pour sonder les ténèbres, puis repartait, hésitante, tel un soldat se déplaçant en territoire ennemi. Cédant à une impulsion, Tiny décida de la suivre. Parfois, la grande femme en chemise s'appuyait à une colonne et se passait la main sur le visage, comme si elle avait du mal à conserver son équilibre. Avait-elle bu ? Était-elle bourrée de somnifères ? À plusieurs reprises, il crut qu'elle allait faire demi-tour. Plus elle avançait, plus elle présentait les signes d'une peur grandissante. Elle semblait lutter contre une force invisible qui la poussait à aller de l'avant. Ses yeux, révulsés, montraient qu'elle agissait en état de transe.

Elle prit la direction de l'aile ouest, et Tiny devina qu'elle allait grimper au premier étage, sans doute pour rendre visite au piano prisonnier. Elle se déplaçait dans la lumière de la lune qui traversait sa chemise, dévoilant sa nudité. Elle était encore très belle pour son âge et son corps ne présentait aucun signe d'affaissement. Son visage, seul, semblait avoir subi la loi du temps. Tiny lui emboîta le pas. Il avait compris qu'elle marchait dans une sorte d'état second, et qu'elle ne s'apercevrait sans doute même pas de sa présence s'ils se retrouvaient soudain tous les deux face à face.

Dans l'aile abandonnée, elle se mit à trembler. Lorsqu'elle s'arrêta devant la porte verrouillée elle respirait très fort, et ses dents claquaient. Enfin, elle l'ouvrit à l'aide d'une petite clef qu'elle tenait au creux de la paume. Tiny se dissimula derrière une tenture. Il n'avait aucun mal à imaginer Irina, marchant vers le piano, tendant l'index pour enfoncer la touche d'ivoire, la seule qui brillait au milieu du clavier poussiéreux. Brusquement, la note retentit, désaccordée, lugubre, et Tiny sursauta malgré lui. Ce son, dans le silence de la nuit, avait quelque chose d'effrayant et d'irréel. L'oreille tendue, « l'enfant » perçut l'écho d'un sanglot. Irina Shelton pleurait, debout devant le piano gris. Elle enfonça une seconde fois la touche, et le son grêle résonna dans le couloir, toujours aussi affreux. Caché derrière le rideau qui sentait le moisi, Tiny s'interrogeait sur le sens de cet étrange cérémonial.

« Tu perds du temps, chuchotait la voix de la raison au fond de sa tête, ce n'est pas ton boulot. Tu devrais être en train de chatouiller la chambre forte, qu'est-ce que tu fiches ici, à espionner cette folle ? »

Il savait tout cela, bien sûr, mais il ne parvenait

pas à reprendre le droit chemin. L'atmosphère de Shelton House l'avait intoxiqué. Il entendit Irina refermer la porte à clef et passer devant lui, frôlant presque la tenture. Elle allait regagner sa chambre, il était prêt à le parier. Accomplissait-elle ce pèlerinage toutes les nuits?

Quand il fut certain qu'elle était sortie de l'aile ouest, il abandonna sa cachette et se dépêcha d'ouvrir la porte comme il l'avait fait quelques heures plus tôt, à l'aide d'un morceau de fil de fer. Tirant la petite lampe électrique qu'il conservait dans sa poche, il franchit le seuil du réduit. La lumière de la lune, entrant par la fenêtre sale, tombait directement sur le piano, lui donnant l'aspect d'une drôle de bête à la carapace plate. Tiny franchit rapidement l'espace qui le séparait de l'instrument de musique. Une idée venait de lui traverser l'esprit. Une idée déplaisante qu'il tenait à vérifier. La torche entre les dents, il saisit du bout des doigts le couvercle du piano et le releva, démasquant la machinerie interne des marteaux et des câbles tendus sur leurs clefs. Il ne lui fallut que deux secondes pour localiser la corde correspondant à la touche qu'enfonçait rituellement Irina Shelton. C'était une corde très fine... *et rouillée.* Complètement rouillée. D'un brun qui tirait sur le noir. C'était la seule à présenter cet état de dégradation avancé, comme si on l'avait trempée dans un liquide et laissée sécher là, jusqu'à ce qu'elle s'oxyde.

« Allons, songea Tiny en essayant de conserver son calme. Tu sais parfaitement ce que c'est... Du sang. Du sang séché. Tu es en train de regarder la corde à piano avec laquelle le Coupeur de Têtes commettait ses crimes. Un câble d'acier, très fin mais terriblement solide et tranchant, et qu'il suffisait d'équiper de deux poignées : deux bouts de bois fendus, ou même simplement deux pinces à linge. C'est l'arme du tueur... et elle est restée cachée là tout ce temps. »

Il ne parvenait pas à s'arracher à sa fascination. Il se pencha pour examiner le câble. Il était mal tendu, voilà pourquoi le marteau produisait une note lugubre quand il la heurtait. Irina Shelton, chaque fois qu'elle enfonçait la touche d'ivoire, ressuscitait la mélodie du carnage, faisant pleurer cette corde qui s'était refermée en une boucle mortelle sur sept cous de femmes, pour trancher sept têtes... La chanson du criminel : une plainte unique, fêlée, angoissante. Peut-être le son qui sortait de la bouche des victimes au moment où elles comprenaient enfin ce qui était en train de leur arriver?

Tiny referma le couvercle, s'assura qu'il n'avait pas laissé de marques de doigts dans la poussière. Par quel prodige Irina Shelton connaissait-elle l'endroit où l'arme du crime était cachée? Quelle intuition l'avait mise sur la piste de l'assassin? Et pourquoi n'en avait-elle jamais parlé à la police?

« Parce qu'il s'agissait de Doob Stone-Martin, songea Tiny. Et qu'elle en était amoureuse! Elle l'a dit elle-même à Peggy. Elle savait que c'était lui, mais elle l'a protégé. Elle a laissé les meurtres se commettre sans jamais révéler ce qu'elle savait. Elle a couvert le beau Doob jusqu'à la fin. Et voilà pourquoi elle ne tient pas à ce que Vernon dévoile la solution du problème. »

À quoi pensait-elle lorsqu'elle venait effleurer la touche d'ivoire? À Doob Stone-Martin, perdu à jamais... ou bien à toutes les filles que son silence complice avait condamnées à une mort atroce? Éprouvait-elle du remords?

Au moment où il allait quitter la pièce, Tiny avisa, sur la droite, une porte à laquelle il n'avait pas prêté attention lors de sa première visite. Pour l'atteindre, il lui fallait marcher dans la poussière, au risque de laisser des traces, mais en faisant de grandes enjambées et en se déplaçant sur la pointe des pieds celles-ci seraient infimes. Il décida de tenter le coup. Il était si excité qu'il ne percevait même plus les élancements de sa main droite. À l'aide du fil de fer, il déverrouilla le battant et entra dans une salle qui empestait la crotte de souris. Des toiles d'araignées pendaient à chaque angle du plafond. Fronçant les narines, il identifia une odeur de craie. Le halo de la lune lui permit de distinguer un tableau noir, un bureau de maître d'école, trois pupitres. C'était une salle de classe, la pièce réservée au précepteur de la maison, où s'étaient probablement succédé tous les enfants de la famille Shelton. Là, comme partout ailleurs, la poussière recouvrait tout, mais aucune trace de pas ne marquait le sol. Personne ne venait plus ici depuis longtemps. Tiny inventoria rapidement le contenu des étagères. Des livres scolaires : Latin, Grec, Histoire, Géographie, manuels de littérature expurgés, traités de morale. Certains très anciens, remontant au début du XIXe siècle, d'autres plus récents, imprimés aux alentours de la Première Guerre mondiale. C'était dans ces derniers qu'Irina Shelton avait dû apprendre les rudiments culturels dont une jeune fille de la bonne société devait savoir faire étalage à bon escient. Une souris, égarée derrière un dictionnaire de Grec, s'enfuit en couinant de terreur. Tiny remit les livres en place. Au fond de la pièce, un placard renfermait tout un capharnaüm de mappemondes, de cartes démodées, de bouteilles d'encre au contenu desséché, de crayons mâchonnés. Il allait refermer la porte lorsqu'il aperçut les abécédaires. En bas, posés sur le sol et couverts de poussière. Il y en avait une pile, tous rongés par les souris et l'humidité, s'émiettant sous les doigts. Il s'agenouilla, ils étaient du même modèle que ceux utilisés par le tueur. Par Doob Stone-Martin. Voilà donc où il s'était fourni ! Ici, dans la salle de classe où il venait sans doute rendre visite à la jeune Irina pendant qu'elle peinait sur une version latine. Est-ce qu'il flirtait avec elle ? S'était-il amusé à la séduire ? Sans doute avait-il trouvé délicieusement pervers d'exécuter les femmes de chambre avec l'une des cordes du piano de la gamine et d'utiliser les vieux abécédaires oubliés dans le placard pour signer ses crimes ?

Peut-être même...

Peut-être même avait-il agi ainsi avec l'espoir secret qu'on en viendrait à suspecter Irina Shelton ?

Pourquoi pas ? Smith n'avait-il pas affirmé que le beau Doob était un psychopathe à l'ego démesuré ?

Tiny l'imaginait très bien : flânant dans la salle d'étude, sous l'œil inquiet du précepteur, s'approchant de la jeune Irina, s'asseyant même à ses côtés pour lui souffler, en pouffant, la solution d'un problème, le mot juste d'une traduction.

La gamine, flattée par l'intérêt que lui portait cet homme à la réputation de séducteur, avait dû lui vouer une adoration aussi muette que frénétique. Quel âge avait-elle alors ? Quatorze, quinze ans ? L'âge de l'exaltation amoureuse chez les pucelles.

Tiny se redressa sans toucher aux abécédaires qui lui inspiraient soudain un réel dégoût. Oui, il voyait Stone-Martin suppliant Irina de s'installer au piano pour lui jouer une sonate. Peut-être un jour l'une des cordes avait-elle cassé... ou bien avait-il fallu la raccorder, et c'est cet incident qui lui avait donné l'idée d'utiliser le câble tranchant pour perpétrer ses meurtres. Est-ce qu'il s'était coupé en changeant le fil? Avait-il dit : « Mais ça tranche diablement ces choses-là. Une vraie guillotine portative, on y laisserait sa tête comme un rien! »

Il avait trouvé comique d'installer entre Irina et lui une complicité louche. Il s'était douté que la jeune fille, lorsque les policiers passeraient en revue les armes hypothétiques utilisées par le criminel, se rappellerait cet incident... *mais qu'elle ne dirait rien.*

Elle l'avait protégé, parce qu'il était le seul à l'avoir regardée autrement que comme une gamine. Elle avait gardé le silence, parce qu'il était beau, superbe, et qu'après tout la mort d'une camériste n'était pas si grave.

Tiny s'approcha des pupitres. Il les souleva un à un, avec précaution. De vieux papiers jaunis s'y entassaient, des gommes, des crayons, les débris d'un muffin fossilisé, plus dur que la pierre. Dans le troisième pupitre, cependant, son attention s'arrêta sur un cahier à reliure de toile bleue. Une étiquette avait été collée au milieu de la couverture, et un ruban fané fermait le tout, à la manière de ces carnets intimes de jeune fille qui commencent tous par la sempiternelle formule magique : *Cher journal...*

L'étiquette disait : *Ce cahier appartient à Irina Harriett Paula Shelton. Il est interdit à quiconque de le feuilleter.*

Tiny s'assit sur le banc. La poussière lui poissait les mains. Les araignées avaient tissé des toiles épaisses à l'intérieur des pupitres, il dut les déchirer pour s'emparer du cahier. Le ruban, cuit par le temps, se rompit entre ses doigts dès qu'il voulut le dénouer. Toutefois, il fut déçu. Le cahier ne contenait aucune confession manuscrite, aucune pensée secrète, juste des photos découpées dans les journaux et collées les unes à la suite des autres. Des photos de l'actrice du muet Greta Fox, aujourd'hui bien oubliée. Aux États-Unis on l'appelait Gerty, mais en Angleterre ce surnom avait été jugé vulgaire, et, au générique de ses films, elle était toujours apparue sous le nom de Greta. Tiny haussa les sourcils. Il se rappelait à peine le nom d'un de ses films : *La maison des femmes,* un long métrage qui avait fait scandale parce qu'elle y montrait son sein droit entièrement nu ! Cela datait d'avant la guerre de 14. Greta Fox, une Américaine aux airs de panthère languide. Qui se souvenait d'elle ? Il faillit fermer le cahier. Ce n'était que l'album d'une gamine fascinée par une star de l'écran à la gloire éphémère, rien de plus. Par souci professionnel, il le feuilleta tout de même d'un pouce rapide, persuadé qu'il n'en retirerait rien. Alors qu'il allait le rejeter au fond du pupitre, une photographie s'échappa des dernières pages. C'était, cette fois, un vrai cliché. Un daguerréotype encollé sur support de carton, comme c'était la mode au début du siècle. On y voyait Irina, toute jeune, dans une robe blanche, accrochée au bras de Doob Stone-Martin. Le cliché avait été pris dans la roseraie, sur fond de fleurs épanouies. Une écriture d'homme, très élégante, avait tracé quelques mots au bas du carton :

Pour ma Greta, ma Greta à moi, ma petite star personnelle, rien, rien qu'à moi. En secrète, tendre et pure amitié.

Son « grand frère » Doob.

Tiny fit la moue. Une photo de flirt, sans plus, comme aiment en amasser les gamines fascinées par les hommes plus âgés qu'elles. Doob ne manquait pas de prestance, et c'est vrai qu'Irina, pour la circonstance, s'était fait la même coiffure que Greta Fox. Caprice de gosse désireuse de séduire et s'identifiant à son idole. Quand on la regardait de près, on parvenait à lui trouver une vague ressemblance avec la star déchue. Quelque chose dans la bouche? Le bas du visage? Rien de très flagrant, mais c'était là, mis en relief par la coiffure très particulière qu'elle avait dû sûrement s'empresser de défaire, dès la photo prise, pour ne pas encourir les foudres de sa gouvernante. Curieusement, la ressemblance – vague à l'époque – s'était affirmée avec le vieillissement. Tiny songea qu'il aurait dû le remarquer, mais il n'avait jamais été très attiré par Gerty Fox, en dépit de son sein nu, et la « star » n'avait jamais occupé une place prépondérante dans sa mémoire.

Il rangea le cahier, referma le pupitre et quitta la salle d'étude. Il avait assez perdu de temps.

Il se dépêcha de sortir de l'aile ouest, comme si, en courant, il allait laisser derrière lui les découvertes encombrantes qu'il venait de faire. Tout cela ne le regardait pas. Doob le tueur, Irina la complice... Il n'était pas là pour ça. Il atteignit enfin la galerie et s'approcha du coffre dont il commença à manipuler la molette. Mais il n'était pas assez concentré, des pensées parasites s'entrecroisaient dans son esprit, l'empêchant d'être tout à son travail. Il s'énerva, ce qui ne fit qu'ajouter à sa confusion. Sans sa main droite, il n'était bon à rien! Il tâtonnait lamentablement, un vrai amateur!

Il s'obligea à faire une pause, se remit à la tâche, mais ne parvint à repérer aucun numéro. D'habitude, lorsqu'il atteignait la phase ultime de concentration, il entendait chanter les culbuteurs comme autant de notes de musique bien distinctes. C'était un peu métallique, vibrant, avec une tonalité de xylophone. Aujourd'hui, la seule note qui résonnait à son oreille, c'était celle du piano meurtrier, enfermé là-bas, dans l'aile ouest. Cette note grêle, gémissante, qui lui faisait passer un frisson dans le dos.

Il jura et décida de battre en retraite. Peggy l'attendait dans sa chambre, faisant les cent pas, le visage marqué par l'inquiétude.

– Alors ? dit-elle.

– Rien, fit-il en se laissant tomber dans un fauteuil. Je ne suis pas en forme ce soir... mais j'ai quelque chose à te raconter.

Et pendant qu'il lui parlait du piano, de la corde rouillée, de la salle de classe, il prenait peu à peu conscience qu'il se moquait totalement du coffre-fort et de la mission pour laquelle on l'avait payé. Seule comptait désormais le mystère de la maison Shelton.

Peggy l'écoutait, le sourcil bas, se mordant nerveusement la lèvre inférieure.

– Tu crois que c'est Doob ? fit-elle lorsqu'il eut fini. Ce serait assez dans sa manière, c'est vrai. Je ne m'étonne plus qu'Irina soit un peu détraquée, si elle vit depuis 1915 avec ses remords. Cela expliquerait aussi pourquoi elle voudrait empêcher Vernon d'étudier le tableau. Elle ne tient pas à ce qu'on salisse le nom de son ancien amour. Doob Stone-Martin, c'était assez le genre à électriser les pucelles, c'est vrai.

Pendant un long moment ils ne dirent plus rien, remâchant chacun leurs pensées dans l'ombre. Tout à coup Peggy eut un frémissement.

– Qu'est-ce qu'il y a ? demanda Tiny.

– Rien, souffla la jeune femme d'une voix altérée. Mais je viens de penser à quelque chose. Non... C'est sûrement bête. On disait Greta Fox, tu es sûr ? Moi, je l'ai toujours entendu appeler Gerty.

– Non, chez nous c'était Greta. Ça sonnait mieux. Greta Fox.

Peggy hocha la tête, l'air préoccupé.

– Qu'est-ce qu'il y a? grogna Tiny qui avait les nerfs à fleur de peau.

– C'est ce que tu m'as dit, fit Peggy. À propos de la photo...

– Quoi?

– La dédicace : *À ma Greta...* Tu ne vois pas?

– Non.

– Tu te rappelles que Crawford, l'ancien propriétaire du tableau, avait fait venir des spécialistes travaillant dans un centre de rééducation de sourds et muets pour leur montrer la reproduction du tableau? Il voulait leur faire déchiffrer ce qu'articulaient les lèvres des têtes tranchées.

– Oui, dit Tiny, je me rappelle. Ils ont déterminé que chaque bouche prononçait distinctement une lettre de l'alphabet. C'est ça?

– Oui. Et cela donnait M. A. R. G. A. R. E... On a pensé à « Margareth ».

– Et alors?

– Alors... s'ils s'étaient trompés, pas complètement mais juste un peu? *Dans l'articulation.* Si au lieu de M.A.R.G.A.R.E, il fallait lire : M.A.G.R.E.T.A? C'est presque la même chose, à cette différence près que *Margare* n'a aucun sens et que *Ma Greta* en a un!

– Sept lettres, approuva Tiny. Sept victimes, et une phrase complète. *Ma Greta...* Chi a dit que les mots sortis de la bouche du moribond désignaient le coupable, c'est ça, n'est-ce pas?

– Oui, il a dit, textuellement : *le nom du criminel est sorti de la bouche de l'homme qui mourait...* C'est dans le rapport d'enquête, on ne peut pas le contester.

– Bon Dieu! siffla Tiny en bondissant du fauteuil. C'est Doob qui, au moment de mourir, a prononcé ces mots pour répondre à une question de Chi. Le Japonais lui a peut-être demandé s'il connaissait le nom du coupable, et Doob a répondu : *C'est ma Greta...* Le surnom affectueux qu'il donnait à Irina. Irina, qui collectionnait les photos de Greta Fox et faisait tout ce qu'elle pouvait pour lui ressembler.

– Mais alors, ça voudrait dire que le Coupeur de Têtes c'est... Irina? balbutia Peggy.

– Pourquoi pas? haleta Tiny. Elle était amoureuse de Doob Stone-Martin, mais Doob ne voulait pas la toucher, sans doute parce qu'elle était trop jeune, trop naïve, et aussi parce que c'était la fille de son hôte, le vieux lord. Il lui préférait les servantes, plus délurées, qu'il culbutait ici et là... Julie Potter et les autres.

– Et Irina, jalouse, ne l'aurait pas supporté?

– Ouais! approuva Tiny dont les yeux s'étaient rétrécis sous l'effet de la réflexion. Foutredieu! Il n'y a pas d'autre explication. Toute la solution est là. Elle était dingue, raide dingue de ce type. Elle a décidé de supprimer les unes après les autres toutes celles qui passaient dans son lit. Elle l'a fait avec l'une des cordes de son piano d'étude, parce qu'elle avait découvert – à l'occasion d'un incident quelconque – que c'était très solide et terriblement tranchant. Et puis c'était une arme qu'elle pouvait maîtriser, bien à elle, facilement dissimulable dans la poche d'une robe. Elle les a tuées, toutes les sept, et Doob, qui n'était pas idiot, a tout compris.

– Et il a voulu la protéger! dit Peggy. Sûrement parce qu'il s'estimait un peu coupable. Et quand le colonel Freemarks a commencé à fourrer son nez dans l'affaire, Doob a tout fait pour se rendre suspect à ses yeux, afin de détourner l'attention. Il s'est mis en avant, pour jouer les appâts. En fait, il voulait que l'autre l'accuse ouvertement, en public, pour pouvoir se déclarer offensé et le défier en duel. Doob était persuadé qu'il pourrait tuer Freemarks. Le colonel mort, Irina ne risquait plus rien.

– Exact. Le seul problème c'est qu'il s'est fait plomber lui aussi ! Au moment de mourir, il a tout avoué à Chi qui essayait de le confesser : *Ma Greta...*

– Mais Chi n'a rien dit... observa Peggy. Pourquoi ? Parce qu'Irina était la fille du maître, sans doute. La fille de l'homme qui l'avait secouru après son échec universitaire. Il ne pouvait pas décemment la dénoncer, ç'aurait été horriblement ingrat.

– Oui, fit Tiny. Mais cela suppose que Chi était au courant de la passion d'Irina pour Greta Fox, et du surnom que lui donnait Doob.

– Pourquoi pas ? Il était à peine plus âgé qu'elle, c'était un gosse lui aussi. Elle a pu lui parler de Greta alors qu'ils cueillaient des fleurs dans la roseraie, ou au cours d'un travail quelconque qui les a rapprochés. Elle a pu voir en lui un confident, un camarade. On peut même imaginer que Chi était vaguement amoureux d'Irina, en secret. Elle était jolie cette gosse, après tout ! Doob l'avait deviné et lui a passé le relais avant de mourir. À lui, désormais, de protéger la fille du maître. Lui, le petit jardinier, l'amoureux transi. C'était un secret de taille. Exaltant.

Ils se turent, la respiration courte. Des images défilaient dans leurs deux têtes. Des reconstitutions approximatives, des ombres, des visages, des bribes de scènes mélodramatiques, comme on en voit au cinéma.

Peggy se représentait le Japonais fluet, penché sur Doob Stone-Martin agonisant, le plastron couvert de sang, la main encore crispée sur le revolver d'ordonnance. Il lui disait : « Ce n'est pas vous, n'est-ce pas? Ce n'est pas vous l'assassin, mais vous connaissez son nom, j'en suis sûr. Parlez, parlez pour soulager votre conscience. Qui est le Coupeur de Têtes? » Et Doob avait murmuré : *Ma Greta*... l'esprit déjà embrumé par la mort.

Chi lui avait fermé les paupières, sachant déjà qu'il était hors de question qu'il livre cette information à la police. Son code de l'honneur le lui interdisait. Il avait gardé le secret, obstinément, par égard pour son bienfaiteur, Lord Shelton. Seule la conscience de sa fin imminente l'avait poussé à avouer, bien plus tard, mais de manière détournée. Sa confession avait pris la forme pudique d'une énigme, d'un tableau.

– Voilà pourquoi les crimes se sont arrêtés après la mort de Doob, souligna Tiny. Irina n'avait plus aucune raison de continuer à tuer.

– Ça se tient, approuva Peggy. Mais ça ne nous regarde pas. Nous ne sommes pas ici pour jouer aux flics.

– *Margareth!* s'esclaffa Tiny. Merde, Crawford a bien failli mettre le doigt dessus. Il y était presque.

– Il aurait fallu qu'il connaisse la passion d'Irina pour Greta Fox. Elle en avait sans doute un peu honte. Elle collectionnait les photos à l'insu de tous. Elle s'en est ouverte à Doob parce qu'elle l'aimait, et à Chi, parce que c'était son seul ami. C'était un secret de gamine. Dans la société que fréquentait Irina, il était sans doute extrêmement vulgaire de s'enticher d'une vedette du cinéma muet. Le cinéma : une distraction de prolétaires! On lui aurait permis d'admirer une actrice de la *Shakespeare Company*, mais pas une Américaine spécialisée dans les rôles de femme fatale. D'ailleurs, les gens qui fréquentaient Shelton House ignoraient peut-être jusqu'à l'existence de cette actrice. Elle appartenait à un autre monde. Doob, lui, était au courant, parce qu'il aimait s'encanailler avec le peuple, dans les tavernes, les bordels.

– Nous ne sommes pas là pour faire le travail de la police, je suis d'accord sur ce point, fit Tiny. Mais cela nous apprend néanmoins une chose : Irina Shelton est folle à lier. Elle a déjà tué par jalousie. Et si elle te soupçonne de faire parfois halte dans le lit de Vernon, elle est bien capable de recommencer. Tu es en danger. Nous sommes tous les deux en danger de mort. Tu comprends pourquoi elle va de nouveau rendre visite à son piano? Elle a décidé de te punir. Comme elle a déjà puni par le passé toutes celles qui ont couché avec son mec.

– Et Vernon ressemble à Doob Stone-Martin, conclut Peggy d'une voix altérée. C'est pour cette unique raison qu'elle l'a épousé.

– Si nous ne levons pas le camp très vite, insista Tiny, on va retrouver ta tête dans la roseraie, et ton corps sur ton lit, un abécédaire entre les mains en guise de chapelet. Il y en a tout un paquet là-haut. Je ne sais pas quel animal elle cochera cette fois. Ce sont les crimes d'une écolière qui a mal tourné. Si Doob n'était pas venu flirter avec elle dans la salle d'étude, elle ne se serait probablement jamais excitée à son propos. Mais il n'a pas pu résister. Il fallait qu'il l'affole, ça l'amusait. Une pucelle, tu parles!

Peggy se passa la main sur le visage. Elle avait les traits tirés et les yeux gonflés.

– Il va falloir faire très attention, murmura-t-elle.

– Ne t'approche pas de Vernon, martela Tiny, ne le regarde même pas! Cette bonne femme est dingue. Tu aurais vu sa tête, ce soir, pendant qu'elle jouait les somnambules ! Elle ne doit même pas se rendre compte qu'elle tue. Je comprends mieux pourquoi son fils est à moitié fou. C'est dans le sang.

10

Le lendemain le brouillard refusa de se lever. Il emplissait le parc, gommant tout ce qui entourait la maison. Les massifs, les arbres, n'étaient plus que de confuses masses semblables à des animaux aux aguets. On avait beau s'écraser le nez contre les vitres, la ville, au-delà du mur d'enceinte, demeurait invisible. Cet isolement installait un climat onirique qu'aggravaient encore les aboiements des chiens. Peggy et Tiny étaient sur le qui-vive. Sous le prétexte que le « petit garçon » ne se sentait pas très bien, ils avaient regagné leurs chambres sitôt le breakfast expédié. Depuis, ils tournaient en rond, luttant contre l'inquiétude qui montait en eux.

– J'ai pensé à une chose, cette nuit, murmura Peggy en jouant nerveusement avec son briquet. Tu sais... son premier mari, le père de Richie, celui qui s'est soi-disant suicidé parce qu'il était fou.

– Oui, grogna Tiny. Le mec qui voulait faire croire que les fantômes l'avaient flingué pour qu'on le prenne enfin au sérieux ?

– C'est ça, fit la jeune femme. Je me demande... Je me demande si, en réalité, Irina ne lui aurait pas réglé son compte. Tu vois ce que je veux dire ?

– Ce n'est pas impossible, approuva « l'enfant ». Il était sûrement sur le point de découvrir la vérité. Richie m'a dit que son père était persuadé qu'on pouvait résoudre l'énigme sans avoir recours au tableau. Il avait peut-être découvert d'autres indices prouvant la culpabilité d'Irina. Ou plutôt : il était sur le point de le faire.

– Je crois que c'est ça, dit Peggy. À force de fouiner, il se rapprochait de la solution sans en avoir conscience. Seule Irina se rendait compte qu'il « brûlait ».

– Et elle s'est affolée. Elle a compris qu'il fallait le supprimer avant qu'il ne tire l'affaire au clair. Il était tellement maboule qu'il aurait été capable de publier le résultat de ses travaux sans s'occuper des conséquences. Mais cette histoire de chien dressé à enterrer le revolver ?

– Irina a pu dresser le chien à l'insu de son mari, dit Peggy. Tu connais assez bien les animaux de cirque pour savoir que c'est un tour facile à inculquer à un cabot, même moyennement doué. Il suffit par exemple de frotter le pistolet avec de la moelle pour renforcer dans l'esprit de la bestiole l'association : « revolver-os-enterre ! »

– C'est vrai, observa Tiny. D'ailleurs n'a-t-elle pas dit que c'était elle-même qui avait fourni la solution aux enquêteurs du Yard ?

– Si. Elle a très bien pu abattre son premier mari d'une balle en plein front, jeter l'arme sur le sol et commander au chien de l'enterrer. Ensuite il a suffi qu'elle prouve aux inspecteurs que l'animal savait exécuter ce tour pour en attribuer la paternité à son dingue d'époux qui passait aux yeux du Tout-Londres pour un fou perdu, et cela depuis un bon moment déjà.

– Ouais, ça s'est sûrement passé comme ça, grommela Tiny, mais on n'en aura jamais la preuve. Une chose est sûre : elle est trop riche pour que les flics aient osé la retourner sur le gril. Ils ont dû sauter sur l'hypothèse qu'elle leur a fourguée comme sur une bonne aubaine. Ça coupait court au scandale. Mais une fois de plus, ce ne sont pas nos oignons.

– Pas d'accord, corrigea Peggy, ça a son importance dans la mesure où si c'est bien elle la Coupeuse de Têtes, les familles Stone-Martin et Freemarks n'ont plus rien à redouter du tableau japonais, et notre présence ici devient du même coup inutile.

– Exact, dit Tiny. Mais aucun des deux clans ne se contentera de notre seule parole. Ils ne voudront pas courir le moindre risque. Et puis si nous ne passons pas à l'action, nous ne serons pas payés, c'est aussi simple que ça. Il faut aller jusqu'au bout, maintenant. La vérité historique ne nous regarde pas. Qu'elle se débrouille avec ses cadavres, sa conscience et ses remords, je m'en lave les mains !

Après le déjeuner, le brouillard s'étant enfin levé, on sortit dans le parc. Peggy ne pouvait s'empêcher de regarder la grille d'entrée à intervalles réguliers. Dire que de l'autre côté commençait le monde normal ! Un monde en ruines, soit, mais tellement plus rassurant que l'enclave luxueuse et intacte de la maison Shelton ! Si elle avait eu le choix, elle aurait filé sans demander son reste et en se dépêchant d'oublier tout ce qui entretenait un quelconque rapport avec le Coupeur de Têtes.

Les chiens, peut-être excités par Richie, aboyaient plus que d'ordinaire, et la jeune femme frissonnait à l'idée que quelqu'un – Irina ? – pourrait avoir l'idée de lâcher la meute dans le jardin. Les bêtes ne s'attaqueraient pas aux familiers de la maison, non, bondissant par-dessus haies et bosquets, elles ne s'en prendraient qu'aux intrus ou considérés comme tels, encerclant cette nurse et cet enfant égarés au milieu des massifs. Ils étaient treize, c'était beaucoup, et Peggy ne disposait d'aucune arme pour les tenir en respect. Il lui aurait fallu un fouet, un bon fouet d'attelage, un de ces nerfs de bœuf qu'elle aurait pu faire claquer sur leur museau et leur croupe. Parfois il n'en fallait pas plus pour décontenancer une meute : s'en prendre au leader et le mater sans pitié, sans craindre de le mettre en charpie. Alors les autres reculaient, effrayés, déjà prêts à se soumettre.

Mais où trouver un fouet ? Au grenier peut-être ? Jadis il y avait eu des carrosses à Shelton House, tout un train d'équipages. Avait-on conservé quelque chose de cette époque ? Des cravaches, des selles, des mors ? Elle exposa son idée à Tiny, car il était facile à « l'enfant » de fouiner dans les dépendances de la maison sous couvert d'une partie de cache-cache.

– Je ne suis pas tranquille, murmura-t-elle. Si cette femme est folle, elle est tout à fait capable d'organiser un « accident ». Si tu me trouves un fouet je pourrais le cacher dans mon sac à ouvrage. Ce serait toujours mieux que rien. Je ne suis pas mauvaise avec ce genre d'instrument, quand j'étais petite mon père m'apprenait à moucher les chandelles sans renverser le candélabre sur lequel elles étaient plantées.

Elle rit trop haut, elle avait conscience de s'affoler, mais le climat de la résidence lui portait sur les nerfs. Elle ne pensait plus qu'aux chiens... à cette meute brusquement libérée et galopant ventre à terre à travers les pelouses. Elle se voyait, saisissant Tiny dans ses bras, et courant vers la grille, qui, bien évidemment, se révélait verrouillée à double tour. Un accident, dont la police accuserait le petit Richie, ou le vieux jardinier. Un déplorable *accident*, mais assez fréquent chez tous ceux qui entretiennent une meute de dogues à domicile.

Peu de temps avant le repas, Vernon Shieldrake fit son apparition. Il souriait et tenait Richie par la main.

– Le petit voulait s'excuser pour sa maladresse d'hier, annonça-t-il, il n'osait venir de lui-même, alors j'ai décidé de jouer les ambassadeurs.

Peggy fut certaine qu'il mentait. Il avait saisi ce prétexte pour s'approcher d'elle et laisser les enfants en tête à tête.

– Retirons-nous, proposa-t-il immédiatement, laissons-les régler ce point de diplomatie selon leur propre protocole.

Et saisissant Peggy par le bras, il l'entraîna à l'écart. La jeune femme se raidit en imaginant ce que devait penser Irina en ce moment même si elle les espionnait à la jumelle, comme l'autre jour.

– Il est excessivement rare que je puisse parler avec une personne de ma génération, fit Vernon d'un ton mélancolique. Ma femme est très jalouse comme vous avez pu le remarquer. Elle me couve, c'est parfois un peu étouffant. Vous savez qu'elle conserve sur elle toutes les clefs de la résidence? Celle de la grille comme celle du garage, et même celle de la Bentley? Elle a peur que je m'échappe. D'ailleurs je n'ai pas même de quoi acheter un ticket de métro. C'est elle qui règle toutes les factures. Je serais incapable de faire l'aumône à un pauvre dans la rue, d'ailleurs je ne sors jamais dans la rue, sinon accompagné d'Irina. Et dans ce cas, c'est elle qui distribue les aumônes. Je suis pratiquement prisonnier de Shelton House. Ne souriez pas, je n'exagère en rien! Quant aux domestiques, elle n'engage que des vieillards ou des laiderons comme cette Olivia Oldfoks, par peur que je ne m'amourache d'une soubrette! C'est assez bizarre, mais elle a l'obsession des amours ancillaires. À mon arrivée ici, il y avait une jeune fille à la cuisine, elle l'a aussitôt renvoyée. La nurse de Richie était plutôt mignonne, licenciée elle aussi, puis remplacée par Olivia qui ne risque guère d'éveiller les passions masculines. Parfois je me demande si elle ne devrait pas consulter un médecin.

– C'est qu'elle tient beaucoup à vous, dit Peggy en essayant d'échapper à l'étreinte du jeune homme.

– Elle ne me quitte pas d'une semelle! grogna-t-il cette fois sans dissimuler son irritation. Vous avez vu comme mes séances de travail dans le coffre lui sont insupportables? Si je la laissais faire, elle me poursuivrait à l'intérieur, me cassant les oreilles de son bavardage insipide. Elle me rendrait fou comme elle a rendu fou son premier mari.

Il soupira, s'efforçant de prendre une expression mélancolique.

– Si je n'avais pas mon travail de recherche, dit-il, je crois que je sombrerais dans l'abattement le plus complet, cette maison est tellement sinistre. Pas un seul visage jeune à contempler.

Sa main pétrissait maintenant le bras de Peggy, alternant pressions impétueuses et caresses moites, comme s'il voulait lui donner un échantillon de ce qu'il serait capable de faire avec le reste de son corps.

Avisant tout à coup une silhouette à la fenêtre du premier étage, il s'écarta de la jeune femme et fit de grands gestes en direction du mur qui leur faisait face, adoptant l'attitude d'un guide discourant à l'intention d'un groupe de visiteurs.

– J'ai dû faire abattre cette paroi! claironna-t-il. Oui, tout ce mur, pour faire entrer mon coffre. On l'a reconstruit ensuite, avec les mêmes matériaux. C'est invisible n'est-ce pas? Et pourtant je vous jure que la maison était bel et bien éventrée. (Il pouffa à la manière d'un adolescent content de lui.) Il n'y avait pas moyen de faire autrement, la chambre forte ne passait par aucune des portes, et il était impossible de la faire livrer en pièces détachées, cela aurait amoindri ses capacités de résistance. On a tout cassé, d'ici jusque-là. Il y avait des ouvriers et des tas de gravats partout. On aurait cru que la maison venait d'être bombardée. Sacré travail de restauration, non?

Il pérorait pour donner le change. Peggy avait la conviction qu'Irina les observait, les écoutait même, par la fenêtre entrebâillée. Une fois de plus, elle pensa aux chiens.

Enfin, l'ombre embusquée derrière les rideaux disparut. Vernon pivota sur ses talons, tournant le dos à la façade afin qu'on ne puisse ni voir son visage ni lire sur ses lèvres.

– Voulez-vous être ma maîtresse? dit-il dans un souffle. J'ai envie de vous. Je devine que vous avez un corps solide, musclé, de nageuse. Vous avez un côté *gretchen* qui m'excite. J'aime les femmes qui savent se battre au lit. Je vous comblerai de cadeaux. Dites oui.

– Vous êtes fou, hoqueta Peggy. Vous venez de me dire que votre femme vous surveille sans cesse et que vous n'avez pas un sou en poche! Vous n'avez tout de même pas dans l'idée de me proposer des rendez-vous dans le coffre?

Vernon eut un sourire mystérieux.

– Pourquoi pas? murmura-t-il. Ce serait drôle, non? Forniquer entre les parois blindées, nus, en sueur, pendant qu'Irina ferait les cent pas dans la galerie, se demandant où nous sommes passés. Ce serait excitant, terriblement excitant!

– Complètement idiot, oui ! répliqua la jeune femme. Faire l'amour avec un masque en caoutchouc sur la figure ! Quel romantisme ! Quant à votre épouse, il lui suffirait de monter la garde devant la porte pour nous voir sortir et comprendre immédiatement ce que nous avons fait.

– Allons, temporisa Vernon, je plaisantais. Ne vous occupez pas des modalités de la rencontre, c'est mon problème, il y a toujours moyen de s'arranger. Dites oui, c'est tout. J'ai envie d'une peau jeune contre moi. De petits seins bien fermes à pétrir. Irina est vieille. Je ne la supporte plus. Je suis un très bon amant, savez-vous ? J'ai commis une terrible erreur en l'épousant. Si vous ne devenez pas ma maîtresse je vais perdre la tête !

– Vous êtes *déjà* fou, trancha Peggy. Ne vous donnez pas tout ce mal. Je n'ai aucune intention de coucher avec vous.

Elle s'éloigna de lui sur ces derniers mots, tremblant de frayeur à l'idée qu'Irina Shelton avait peut-être surpris la proposition de son mari.

Comme pour renforcer ses craintes, la maîtresse des lieux ne se montra pas au déjeuner et, prétextant une migraine, se fit monter un bol de bouillon dans sa chambre par Olivia Oldfoks. Plus tard, dans l'après-midi, Peggy finit par remarquer qu'une note étrange, fêlée, résonnait dans les couloirs, comme si quelqu'un s'obstinait à frapper sur la même touche d'un piano, et elle se rappela ce que lui avait raconté Tiny à propos de la corde d'acier ensanglantée, du demi-queue enfermé dans le réduit poussiéreux de l'aile des domestiques. Irina était donc retournée là-haut ? Que préparait-elle ? Pourquoi s'obstinait-elle à jouer cette unique note pendant des heures ?

Peggy redoutait le pire. Elle avait beau feindre

de s'absorber dans la lecture d'un journal, elle n'entendait rien d'autre que la plainte du piano, là-bas, au-dessus des anciennes écuries, cette plainte affreusement triste que murs et corridors ne parvenaient pas à étouffer.

Feuilletant une revue sans la voir, elle songeait à ce que Vernon lui avait appris : la grille verrouillée, les clefs de l'automobile confisquées...

Combien de temps leur faudrait-il pour traverser le parc en courant, les chiens galopant à leurs basques ?

Un instant, elle fut tentée de se rendre au chenil pour en bloquer la porte avec du fil de fer, mais c'était hasardeux. Et puis les bêtes risquaient de la mordre avant qu'elle ait pu mener sa tâche à bien. Elle se demanda si Tiny réussirait à dénicher un fouet. Elle l'avait vu entraîner Richie vers les anciennes écuries, en ce moment il devait fureter dans les combles sous couvert d'une partie de cache-cache.

Elle décida qu'il faudrait passer à l'action le soir même. La main du « petit » allait mieux, avec un peu de chance, il réussirait cette fois à ouvrir la porte blindée. Le reste ne prendrait que quelques minutes : défaire l'emballage de caoutchouc étanche, sortir le tableau, et enflammer le magnésium pour rendre le dessin totalement noir. Smith ne réclamait qu'une preuve : un fragment de pigment prélevé à la surface de la toile, et qu'il ferait analyser pour s'assurer que la substance infernale inventée par Chi s'était bien complètement oxydée à la lumière. Le paiement n'interviendrait qu'au terme de cette petite expertise.

Cette façon de faire avait l'énorme avantage d'être inattaquable. Vernon Shieldrake ne pourrait jamais prouver qu'on était entré dans le coffre pour insoler le tableau japonais, et s'il criait au complot, on aurait beau jeu de lui répliquer qu'il avait tout simplement fait une erreur de manipulation.

Peggy avait tout préparé : le magnésium, une feuille de papier métallisé, les allumettes. Tiny et elle devraient fermer les yeux une brève seconde, pendant que la poudre crépiterait en jetant un éclair de fin du monde, puis tout serait fini. Ils remettraient chaque chose en place et quitteraient la résidence au matin, prétextant un départ vers la France, une succession complexe à régler. Vernon se levait tard. Il n'entrait jamais dans la chambre forte avant 15 heures. Au cours des deux jours qui venaient de s'écouler, Peggy avait scrupuleusement noté ses habitudes. Shieldrake passait en moyenne trois heures par jour à l'intérieur du coffre. De 3 à 6, ou de 8 à 11. Cela dépendait de sa fantaisie. Il s'y rendait plus rarement le soir, Irina exigeant sans doute qu'il ne déserte le lit conjugal sous aucun prétexte.

En agissant au cours de la nuit, et en levant le camp aux premières lueurs de l'aube, on ne courait donc pas le risque que Shieldrake découvre trop tôt la vérité.

Olivia Oldfoks s'agitait, sans trop bien comprendre ce qui se passait. Comme elle avait l'ouïe moins fine que Peggy, elle ne percevait pas l'horripilante petite musique qui résonnait au fond des couloirs. « Ou alors, songea la jeune femme, elle y est tellement habituée qu'elle n'y prête même plus attention. »

Après le repas, Vernon revint à l'assaut, multipliant les allusions érotiques chuchotées. Peggy luttait contre une furieuse envie de le gifler. Chaque fois qu'il entrait dans une pièce, elle se dépêchait d'en sortir sous un prétexte quelconque.

Tiny et Richie firent leur apparition pour le thé, couverts de poussière, les mains noires. Olivia et Peggy poussèrent des cris indignés et s'emparèrent chacune de l'enfant dont elles avaient la charge pour l'emmener faire un brin de toilette.

– Alors ? fit anxieusement Peggy dès qu'ils furent seuls.

– J'ai un fouet de cocher, souffla Tiny. Je l'ai enroulé sous ma chemise pendant que Richie jouait à colin-maillard. Tiens, regarde...

Se déshabillant, il exhiba une lanière de cuir tressé qui lui faisait six fois le tour des hanches et dont il avait coincé la poignée au creux de son dos.

– C'est bien, fit la jeune femme avec un soupir de soulagement. Ça dans une main, une chaise dans l'autre, je pense pouvoir faire face.

– Je l'espère, dit « l'enfant », parce que ce n'est pas moi qui pourrai beaucoup t'aider !

Ils descendirent prendre le thé. Richie, affamé, engouffrait les scones par poignées. Vernon ne se montra pas, Olivia Oldfoks précisa qu'il était « au coffre » depuis une heure déjà. Irina était toujours invisible mais elle avait cessé de torturer le piano.

« Peut-être parce qu'elle a récupéré la corde de métal sur laquelle tapait le marteau ? » songea Peggy.

Elle s'évertua à demeurer impassible et à échanger des propos anodins avec la gouvernante irlandaise, mais l'image d'Irina Shelton, son fil de métal rouillé entre les mains, la hantait. La dame de Shelton House avait-elle pris sa décision ? S'était-elle d'ores et déjà mise en chasse ?

Peggy se la représentait : fixant le câble noirci à deux poignées de fortune : pinces à linge ou tuteurs de bambou ramassés dans le jardin. Elle haletait, le regard fixe, tendait les bras, formait une boucle avec la corde, et serrait brusquement, jusqu'à ce que le fil vibre sur une note stridente. Elle répétait plusieurs fois le geste, et chaque fois le câble émettait le même « Tzzouincc ! » sinistre. Peggy déglutit et porta instinctivement la main à son cou. Est-ce qu'on avait le temps d'avoir mal ? Est-ce que l'acier entrait dans la chair comme dans du beurre, sectionnant tout sur son passage ?

Elle se demanda si elle ne serait pas avisée de s'entourer la gorge de plusieurs épaisseurs de chiffon. Elle aurait donné n'importe quoi pour disposer de l'un de ces gorgerins évoqués par Monsieur Smith.

Il faudrait être très prudent dès la tombée de la nuit, quand Irina Shelton entrerait en transe et commencerait à hanter les couloirs à la recherche de sa proie. Même si le fil était rouillé et coupait beaucoup moins bien que par le passé, la blessure risquait d'être mortelle, car la veine jugulaire – très exposée – laisserait jaillir le sang à la première coupure. Une telle hémorragie vous tuait en quelques secondes à peine, beaucoup de dompteurs, la gorge lacérée par un coup de griffes, étaient morts de cette manière, Peggy ne l'ignorait pas.

Elle en avait assez de faire semblant, d'échanger des recettes de cake aux fruits avec Olivia. Elle priait pour que la nuit tombe et qu'on en finisse.

Vernon Shieldrake ne daigna sortir de la chambre forte qu'après le dîner. Il semblait fatigué et peu désireux de bavarder. Il monta s'étendre en invoquant une migraine ophtalmique due à la lumière rouge.

Ils attendirent la nuit dans un état de grande tension nerveuse. Peggy avait du mal à dissimuler sa peur. Elle, qui n'avait jamais tremblé au moment d'entrer dans la cage aux fauves, sentait son front se couvrir de sueur à la simple évocation de la démente en maraude à travers les couloirs, son terrible fil d'acier entre les mains. L'aspect irrationnel de cette image la faisait frissonner et réveillait en elle son penchant pour la superstition.

Ils veillaient dans l'obscurité, sans échanger un mot. Peggy fixait la tache blanche du bouton de porcelaine, terrifiée à l'idée qu'elle allait peut-être se mettre à tourner dans quelques minutes. À tout hasard elle avait posé son fouet sur l'accoudoir du fauteuil. Une lanière de cuir bien maniée est une arme terrible. Plus le fouet est long, plus la vitesse de déplacement de sa mèche est élevée, ce qui lui permet de couper aussi nettement qu'une lame de sabre. Encore faut-il disposer du recul nécessaire pour le manier comme il convient.

Tiny consulta la montre de la R.A.F. qu'il portait à son poignet lorsqu'il partait en expédition, et fit signe qu'il était temps d'y aller. Il s'était vêtu de noir et cachait ses cheveux trop blonds sous un bonnet de laine bleu marine tiré jusqu'aux sourcils. Peggy avait choisi d'emporter sa cape de nurse qu'elle pourrait enrouler autour de son bras pour affronter les chiens si le besoin s'en faisait sentir. Elle espérait toutefois qu'on n'en arriverait pas là. Au fur et à mesure que sa peur grimpait, elle en était venue à se persuader qu'ils allaient tomber dans un piège. Vernon Shieldrake avait tout deviné. Il allait laisser sa femme les tuer pour que ses démons intérieurs s'apaisent. Irina était ainsi : chaque fois qu'approchait la date anniversaire de la mort de Doob Stone-Martin, il fallait qu'elle décroche sa corde à piano et fasse à nouveau verser le sang. Son meurtre accompli, elle redevenait normale pour une année entière. C'était le tribut à payer, et Vernon était devenu son complice.

Peggy se répétait ces fables sans rougir de leur stupidité, tout sens critique anesthésié par la peur.

Avec Tiny, elle avait cru se servir du petit Richie pour entrer à Shelton House, mais elle s'était complètement trompée : c'était le marmot, au contraire, qui les avait appâtés ! Il servait de rabatteur. Il écumait les squares à la recherche du gibier annuel dont sa mère avait besoin. Il avait jeté son dévolu sur Tiny parce que celui-ci s'était présenté comme un orphelin sur le point de s'expatrier, et que sa disparition n'ameuterait pas les foules. Il...

« Dieu ! songea Peggy, je suis en train de devenir folle ! »

À minuit, ils se glissèrent dans le couloir, Tiny, familiarisé avec les lieux, allait en tête. Peggy se laissait guider dans le dédale des masses sombres encombrant les corridors. Les armures étaient effrayantes car elles se dressaient comme autant de silhouettes embusquées. La lumière de la lune sourdait des nuages avec avarice. Peggy avançait à pas lents, la main crispée sur le manche du fouet, se retournant fréquemment pour vérifier qu'Irina Shelton ne s'approchait pas d'elle sur la pointe des pieds pour lui glisser son nœud coulant d'acier autour du cou. Par précaution, elle leva le fouet à hauteur de sa gorge, de manière à pouvoir l'intercaler entre le fil de fer et sa veine jugulaire si par hasard elle se laissait surprendre. Elle était si nerveuse qu'elle n'aurait pas été étonnée de voir la meurtrière sortir de l'épaisseur des murs à la manière d'un spectre, pour flotter à six pouces au-dessus du sol. Elle commençait à comprendre pourquoi le premier mari d'Irina était devenu fou.

Il y avait, à Shelton House, quelque chose dans l'air, une émanation, un poison s'infiltrant dans les esprits et qui faisait perdre pied aux plus robustes logiciens. Une sorte de maladie latente, de miasme, se transmettant de génération en génération.

Ils avaient atteint la galerie d'exposition. Tiny s'approcha du coffre, colla son oreille contre le battant, et entreprit de faire pivoter la mollette sur le cadran numéroté. Peggy se tint à l'écart pour ne pas le troubler, sondant les ténèbres. Elle s'était placée le dos au mur pour ne pas se laisser surprendre, et elle tournait la tête de droite à gauche, telle une sentinelle sur le qui-vive. Dans le silence de la galerie, le cliquetis de la mollette lui paraissait assourdissant, on devait l'entendre jusqu'au premier étage !

Soudain, elle eut un spasme en voyant un visage noir se plaquer contre la fenêtre, juste en face d'elle. Un monstre aux yeux rouges, aux crocs démesurés la regardait de l'autre côté de la vitre...

Elle faillit pousser un cri de terreur, puis réalisa qu'il s'agissait d'un chien. Un doberman patrouillant dans le parc, et qui, sentant sa présence, s'était approché de la fenêtre pour la regarder.

Vernon avait donc ouvert le chenil !

Pourquoi cette nuit ? Pourquoi *précisément* cette nuit ? Peggy se crispa. Déjà, mises en alerte par le comportement du chef de meute, d'autres bêtes sortaient du brouillard pour s'approcher des fenêtres et regarder à l'intérieur de la galerie. Elles n'aboyaient pas. Dès qu'on les lâchait dans le parc, elles n'aboyaient plus, et se contentaient de grogner sourdement.

– Qu'est-ce qui se passe ? souffla Tiny.

– Les dobermans, murmura Peggy incapable de détacher son regard des silhouettes trapues massées de l'autre côté des carreaux. Ils nous ont repérés, ils nous regardent. Pourvu qu'ils ne se mettent pas à aboyer.

Tiny ne répondit pas. Il s'était déjà remis au travail. Une demi-heure s'écoula sans que les chiens daignent bouger. Ils s'étaient assis sur leur derrière, ou couchés sur la terrasse, le mufle collé contre les vitres, attendant patiemment que les intrus sortent de la maison. Ils étaient vraiment nombreux, et Peggy se demandait si elle aurait vraiment une chance de les tenir en respect. C'étaient des animaux dressés pour le combat, ils ne se laissaient probablement pas facilement effrayer.

– Ça y est, souffla Tiny, c'est ouvert.

– Tu es un champion, murmura Peggy.

– Non, fit « l'enfant », finalement ce n'était pas très compliqué. C'est bizarre d'ailleurs, je m'attendais à quelque chose de plus costaud.

Il tira sur la poignée pour entrebâiller la porte. Aussitôt la lumière rouge s'alluma et la pompe fit entendre son halètement. Elle brillait, gros fatras de métal nickelé occupant l'un des angles du réduit.

– Il faut entrer et refermer, dit Peggy, sinon ce foutu moteur va réveiller tout le monde.

– Mais on risque de s'asphyxier, observa Tiny. Ce truc est censé faire le vide à l'intérieur de la chambre.

– Il n'y a qu'à se presser.

Ils franchirent le seuil du cube d'acier et s'avancèrent dans le halo de lumière sanglante qui tombait du plafond. Tiny referma doucement le battant. La pompe continuait à émettre son chuintement rythmé. Peggy s'approcha de la table sur laquelle était disposée l'enveloppe de caoutchouc renfermant le tableau. Ses mains tremblèrent légèrement quand elle déplia le papier contenant la poudre de magnésium. Maintenant il allait suffire d'une allumette pour que l'œuvre du petit Japonais retourne aux ténèbres. Une allumette, un grand éclair blanc, et la nuit… la nuit totale.

Elle respirait mal sans parvenir à déterminer si cette gêne résultait de la peur ou de l'appauvrissement en air dû au travail de la pompe.

– Dépêche-toi ! supplia Tiny dont le front luisait de sueur.

Cette fois elle fit coulisser la fermeture de l'enveloppe de caoutchouc. Aussitôt, elle se figea, interloquée.

Il n'y avait rien à l'intérieur.

Pas de tableau. Rien. L'emballage opaque destiné à protéger l'œuvre des rayons du soleil était vide. Complètement vide.

Tiny eut un sursaut. Ils n'eurent pas à se consulter pour décider de ce qu'il fallait faire. D'un même mouvement ils avaient entrepris de fouiller le réduit, ouvrant tiroirs et classeurs. Cela se révéla très vite inutile, le tableau n'était pas là.

– Je crois qu'on s'est fait avoir, souffla Tiny. Sur toute la ligne. Ce coffre est un leurre. Un attrape-nigauds. Cette pompe ne fait que du bruit, tu as vu ? Depuis que nous sommes là nous devrions ne plus avoir un centimètre cube d'air à respirer.

– C'est vrai, fit Peggy. Et il y a autre chose. J'ai jeté un coup d'œil aux fameux « travaux » de Vernon, ce ne sont que des gribouillis sans le moindre intérêt. Il s'est contenté de recopier ce qui a déjà été publié sur le tableau. Des articles de vulgarisation, rien de plus. Même les croquis sont des copies de ceux que nous a montrés Smith. C'est de la poudre au yeux, de la foutaise. Il n'y a rien dans ce coffre. Pas de tableau, pas d'archives. Je suis certaine que les bonbonnes d'air comprimé sont vides elles aussi, et qu'elles l'ont toujours été. Cette chambre forte n'est qu'un décor de cinéma, un trompe-l'œil.

– Mais alors qu'y fabrique-t-il chaque jour pendant trois heures? grogna Tiny. Bon sang! Tu l'as vu comme moi s'y enfermer et n'en ressortir qu'une fois sa « réserve d'air épuisée ».

– Je ne sais pas, soupira la jeune femme. Il vient peut-être y faire la sieste, ou tout simplement y lire un livre. C'est peut-être le seul moyen qu'il a été capable d'imaginer pour ne plus avoir sa femme sur le dos.

– Non, coupa Tiny. Ce n'est pas possible. Il n'aurait pas fait tous ces travaux pour s'offrir le luxe d'une petite récréation. Il y a forcément autre chose.

– Je sais, siffla brusquement Peggy. *C'est un sas...*

– Quoi?

– Le coffre... C'est une porte de sortie dissimulée. C'est par là qu'il s'échappe de Shelton House à l'insu d'Irina. Tous les jours, sous couvert d'étudier le tableau, il prend la poudre d'escampette sous le nez de sa femme. Il y a un passage secret quelque part.

– C'est invraisemblable.

– Pas du tout! Il a travaillé au service des abris antiaériens pendant la guerre. Rappelle-toi, il s'est même vanté de tout connaître des égouts, des lignes de métro désaffectées. C'est pour cette raison que le coffre est aussi bizarrement disposé dans la galerie : parce qu'il fallait qu'il soit installé juste au-dessus d'un quelconque tunnel dont Vernon connaissait l'existence. Il doit y avoir une trappe dans le plancher, un panneau secret qui coulisse. En dessous se trouve l'accès au souterrain. Vernon a profité du foutoir des travaux d'installation pour faire creuser un puits, là, sous nos pieds, au beau milieu de la galerie. Ce puits doit lui permettre de rejoindre un tunnel d'évacuation, un égout ou quelque chose du même genre. En se glissant par là, il peut s'échapper de Shelton House sans avoir à supplier Irina de lui ouvrir la grille.

Tiny s'était déjà agenouillé. Relevant le tapis qui couvrait le sol, il explorait les grandes plaques métalliques juxtaposées.

– L'une d'elles doit coulisser, marmonna-t-il, mais il faudrait trouver le mécanisme.

Il palpa le plancher durant plusieurs minutes, vainement. Le ressort déclenchant l'ouverture du panneau était de toute évidence bien caché.

Dehors, un chien aboya.

– Viens, fit Peggy. On ne peut pas passer la nuit là, c'est trop dangereux. Et puis le tableau n'est sans doute pas dans les égouts. Vernon doit l'avoir caché ailleurs, dans une planque qu'il possède dans le quartier.

Ils remirent tout en place, effaçant les traces de leur passage, puis ils sortirent de la chambre forte et Tiny brouilla la combinaison.

Amers, frustrés, ils regagnèrent leurs appartements tandis que les chiens bondissaient de l'autre côté des vitres, alléchés par ces proies inaccessibles.

Une fois dans la chambre de Tiny, ils bloquèrent la porte avec une chaise et se laissèrent tomber sur le lit. Ils se sentaient tous les deux humiliés, floués comme des débutants.

– Je comprends mieux maintenant, grommela Tiny. Ces histoires de travaux de recherches me semblaient invraisemblables... et tout ce luxe de précautions : la pompe à air, les masques, les bouteilles d'oxygène, son refus d'installer le téléphone.

– Tout était conçu pour tenir Irina à l'écart, observa Peggy. Shieldrake a probablement inventé la supercherie des masques respiratoires parce qu'Irina est allergique au caoutchouc. Il lui fallait à tout prix faire de la chambre forte un territoire où sa femme ne pouvait pas mettre les pieds. Il ne fallait pas qu'elle puisse se rendre compte que le coffre était vide.

– C'est pourquoi il s'y enfermait et refusait de lui donner la combinaison !

– Oui. Mais pourquoi trois heures... Seulement trois heures ?

– Parce qu'au-delà ça serait devenu difficile à justifier. Ça n'aurait plus été crédible.

Ils se regardèrent l'un l'autre, au bord de la colère.

– On a été bernés, gronda Tiny, bernés par ce dandy de pacotille, ce gigolo.

– Voilà pourquoi il insistait tant pour me donner rendez-vous, fit la jeune femme. Il savait que c'était possible. Il doit disposer d'une maison, d'un appartement quelque part aux alentours, et dont il se sert pour rencontrer ses maîtresses. C'est obligatoirement dans le périmètre de Shelton House, à une ou deux rues d'ici.

– Mais chaque fois qu'il émerge du tunnel, fit remarquer Tiny, il court le risque d'être reconnu. Il pourrait croiser Olivia accompagnant Richie au square, ou l'un des domestiques s'en allant aux provisions.

– C'est vrai, admit Peggy. Et cela implique donc qu'il se déguise. Il doit se grimer sommairement, juste le temps de traverser la rue.

– Si la sortie du tunnel se présente sous la forme d'un égout, il s'habille probablement en ouvrier de la voirie, avec une casquette, une fausse barbe. Il se promène peut-être avec une pioche sur l'épaule. Il faudrait localiser cette sortie.

– Trop difficile, décréta Peggy. Elle peut se trouver n'importe où. Comment la repérer? C'est peut-être une plaque de fonte qu'on soulève, un trou dans un mur recouvert de lierre, une trappe dans la cave d'un immeuble abandonné. Tout est possible. Et comme Shieldrake a travaillé au service des abris, il est à peu près certain qu'il a dû s'empresser de faire disparaître les plans de cette section du sous-sol. D'ailleurs ce n'est pas le plus important. Ce qui compte, c'est l'emplacement de la cache.

– Tu pourrais accepter son rendez-vous, proposa Tiny. Il te donnerait sûrement l'adresse?

– Je ne vois pas d'autre moyen, avoua la jeune femme. Tu crois que c'est là-bas qu'il dissimule le tableau? Mais pourquoi?

– Parce que c'est sa poule aux œufs d'or, tiens! ricana Tiny. Tu n'as pas encore compris qu'il fait chanter les Stone-Martin et les Freemarks? Il n'a jamais cherché à élucider le mystère du tableau, il s'en fiche et il en est, du reste, probablement incapable. Je vais te dire comment je vois les choses : il a forcé Irina à acheter la toile quand on l'a mise aux enchères parce qu'il a tout de suite vu le bénéfice qu'il pourrait en tirer : se constituer un pécule personnel à l'insu de sa femme, trop avare à son goût. Le tableau, c'est une rente pour lui! Il doit menacer les Stone-Martin et les Freemarks depuis des mois et empocher régulièrement son enveloppe. C'est pour cette raison qu'il annonce partout qu'il est sur le point d'élucider le mystère : pour faire monter la pression!

– Hum... grogna Peggy. En se mariant avec Irina, il croyait mettre la main sur le fric des

Shelton, or il n'a pas tardé à découvrir que sa femme ne lui donnerait jamais autre chose que de l'argent de poche, et de plus qu'elle était jalouse au point de le tenir prisonnier.

– Il lui fallait se constituer un trésor de guerre et une double vie, compléta Tiny. L'argent, il ne pouvait l'obtenir qu'au moyen du chantage. Et c'est sans doute Irina elle-même qui lui a donné cette idée, à son insu, en lui racontant pour la millième fois l'histoire de Shelton House et du tableau japonais. C'est un petit salopard, il n'a pas été long à monter son arnaque. Irina était prête à tout pour le retenir à la maison. Elle a accepté d'acheter le tableau, de financer la construction du coffre-fort. Elle savait qu'il lui fallait fournir une occupation à Vernon. Elle a probablement été heureuse de le voir se passionner pour quelque chose, même si ce quelque chose lui rappelait un peu trop l'affaire du Coupeur de Têtes.

– De toute manière, dit la jeune femme, je ne pense pas qu'elle soit consciente d'être la meurtrière. Elle tue en état de transe, dans une sorte de somnambulisme, et ne se rappelle rien au réveil. Ses réticences par rapport au tableau sont instinctives mais obscures. Elle sent qu'il y a là quelque chose de dangereux pour elle, sans savoir exactement quoi. Sinon elle n'aurait jamais consenti à acheter la peinture de Chi.

– Possible, lâcha Tiny en faisant la moue. Mais c'est sans importance pour nous. Ce qui compte, c'est de savoir où Vernon cache le tableau. Il faut découvrir sa garçonnière clandestine. Là où il donne rendez-vous à ses petites amies. C'est là-bas qu'il a planqué la toile, sans doute parce qu'il se doutait que tôt ou tard on chercherait à le cambrioler.

Peggy hocha la tête. Oui, Vernon Shieldrake

avait flairé le danger. Il avait deviné que les familles Freemarks et Stone-Martin ne se laisseraient pas menacer sans réagir, qu'elles engageraient un quelconque monte-en-l'air pour tenter de récupérer la toile qui les effrayait tant... et il avait pris les devants. Le coffre, échoué en travers de la galerie de tableaux, les fenêtres blindées, les signaux d'alarme, les chiens, n'étaient que des leurres. La toile était ailleurs, tout bêtement au fond d'un placard, dans un appartement de célibataire anonyme.

« Ils nous a roulés dans la farine! songea la jeune femme avec amertume. Tous autant que nous sommes! »

11

Il fallait lever le camp. Le lendemain, Peggy se prépara à subir les harcèlements de Vernon Shieldrake, bien qu'il lui répugnât de jouer ce genre de jeu car elle n'avait jamais eu l'âme d'une coquette. Cependant, Tiny l'avait longuement chapitrée : c'était, à son avis, le seul moyen dont ils disposaient pour localiser la planque de Vernon.

« Attendez-moi demain à l'angle de Hyde Park Corner », murmura Shieldrake en la plaquant contre la porte de l'office sitôt le breakfast débarrassé. « Je passerai vous prendre en voiture, à 20 heures 30, soyez ponctuelle car le temps dont je dispose est limité. Un ami me prête sa maison mais il ne tient pas à ce que cela se sache, je serai donc forcé de vous bander les yeux. N'est-ce pas follement romantique? »

Peggy acquiesça. Se dégageant, elle sortit de

l'office. Il était temps, dans le couloir elle croisa le petit Richie qui venait chercher des confitures pour se faire des tartines. Elle lui sourit mécaniquement mais, tout à sa gourmandise, il ne lui prêta aucune attention.

Peggy alla faire quelques pas dans le jardin. Elle tenait déjà son plan. Elle irait au rendez-vous, mais Seth et Tiny s'embusqueraient à proximité, dans une voiture, ce qui leur permettrait de filer Shieldrake jusqu'à sa planque. Dès qu'elle se retrouverait seule avec Vernon, dans la maison, elle se débrouillerait pour lui faire absorber un soporifique – l'un de ceux que Seth avait ramenés de l'hôpital, par exemple –, ensuite, elle n'aurait plus qu'à faire entrer l'homme-obus et Tiny dans les lieux. À eux trois, ils retourneraient la maison sens dessus dessous pour trouver le tableau et s'en emparer. Depuis que l'on savait que Vernon Shieldrake était un maître chanteur, point n'était besoin de faire dans la dentelle. Ce n'est pas lui qui irait se plaindre d'avoir été dévalisé!

Ils prirent congé sur cette ultime rencontre, et descendirent leurs valises dans le grand hall. Richie boudait, furieux de voir son souffre-douleur prendre le large. Irina accepta de refaire surface pour saluer ses invités. Elle avait les yeux cernés et ne parvenait pas à fixer son regard sur les choses.

– J'espère que ce séjour vous a été agréable, récita-t-elle d'une voix éteinte. Richie n'a guère l'habitude de recevoir des visites. N'oubliez pas de passer nous voir à votre retour de France. J'ai été très heureuse de faire votre connaissance.

Olivia Oldfoks les raccompagna jusqu'à la grille que le vieux jardinier déverrouilla devant eux avec une clef que ses mains arthritiques avaient du mal à manipuler.

– Je vais me sentir bien seule, soupira la gouvernante irlandaise en ramenant sur ses épaules son châle qui avait glissé. C'est que Madame Irina n'est pas toujours très drôle.

Seth attendait au volant de la Bentley de location. Peggy et Tiny grimpèrent dans le véhicule qui démarra aussitôt. Peggy, dans le rétroviseur, aperçut Olivia, qui, une main passée entre les barreaux de la grille, leur faisait timidement « au revoir ». Cette image l'attrista plus qu'elle n'aurait cru.

– On s'en est sorti, souffla Tiny, et avec la tête sur les épaules. À un moment, j'ai bien cru qu'on ne quitterait cette foutue baraque qu'en deux morceaux !

Il essayait de rire mais le malaise persistait. Peggy, bien que Shelton House fût sortie de son champ de vision, continuait d'éprouver la même sensation d'angoisse qu'entre les murs de la demeure.

– Ce n'est pas encore fini, murmura-t-elle. Ne te réjouis pas trop vite.

Ils regagnèrent en silence l'appartement glacé de Sloane Street. Là, pendant que Tiny préparait le thé et faisait griller des muffins, Peggy raconta à l'homme-obus leurs aventures sur le territoire du Coupeur de Têtes. Elle s'irrita de ne pas savoir traduire l'atmosphère étrange de la maison, et de buter sur les mots comme une écolière qui perd ses moyens sous le regard du professeur. Seth écarquillait les yeux, trahissant une stupeur théâtrale. Depuis son accident, il avait curieusement tendance à exagérer toutes ses expressions, ce qui lui donnait l'allure d'un mime en pleine représentation. Ce soir-là, Peggy fut sur le point de lui crier : « Arrête de faire des grimaces ! » et se mordit les lèvres à la dernière seconde.

Ils burent leur thé en réglant l'opération du

lendemain dans les moindres détails, essayant d'envisager tous les cas de figures.

Ils se séparèrent quand la nuit obscurcit les fenêtres, chacun regagnant sa chambre. Dès qu'elle se retrouva seule, Peggy fut saisie d'une angoisse insurmontable, et elle se glissa précipitamment chez Seth pour s'étendre à ses côtés, sur le matelas posé à même le sol. L'homme-canon dormait déjà. La jeune femme resta longtemps sur le dos, à regarder les lueurs de la rue danser au plafond.

Le matin du rendez-vous, Seth et Tiny se procurèrent une voiture d'apparence plutôt banale, dans laquelle – aux alentours de 20 heures – ils s'embusquèrent au croisement de Hyde Park Corner. Seth se tenait au volant, Tiny était assis sur le plancher, à l'arrière, afin qu'on ne puisse pas le voir de l'extérieur. Peggy arriva au rendez-vous avec seulement quelques minutes d'avance, car elle ne voulait pas courir le risque d'être prise pour une prostituée et appréhendée par la police. Elle se sentait nerveuse, taraudée par le pressentiment que les choses allaient mal tourner.

Dans son sac, elle avait caché une fiole d'un soporifique « foudroyant » qui expédierait Vernon dans les abysses du sommeil pour au moins douze heures. C'était un médicament dont les médecins militaires usaient pour traiter les soldats rendus insomniaques par les pilonnages d'artillerie ou les bombardements.

Un brouillard épais planait sur la ville, vous mettant sur la langue un goût de suie. On distinguait à peine les voitures qui roulaient au pas, phares allumés. Les ruines des immeubles bombardés, crevant la brume, accentuaient cette atmosphère de rêve éveillé où l'on entendait marcher les gens sans les voir. La nuit déjà bien installée n'arrangeait rien.

La jeune femme releva le col de son imperméable. Des idées un peu folles lui traversaient l'esprit : que se passerait-il si elle ne parvenait pas à faire boire le somnifère à Vernon ? Devrait-elle se laisser faire pour gagner du temps, c'est-à-dire : accepter de coucher avec lui ? Elle n'en avait aucune envie ; de plus, ayant toujours eu les dandies en horreur, elle n'était pas sensible à son genre de beauté apprêtée.

Pourvu qu'il accepte de boire un verre avant de se mettre au lit ! Il était bien assez fat pour avoir mis une bouteille de champagne dans la glace et préparé deux coupes sur un plateau d'argent. Il faudrait faire vite, profiter d'une seconde d'inattention, verser la drogue en un tournemain... Mais elle savait également que Vernon Shieldrake, sachant la durée de l'escapade étroitement limitée, aurait tendance à brusquer les choses pour parvenir au plus vite à ses fins.

Une automobile sortit du fog, longea le trottoir. Un homme barbu, la casquette de golf enfoncée au ras des sourcils la conduisait. Il était roux, engoncé dans une veste à carreaux. Il arrêta le véhicule à la hauteur de Peggy et se pencha pour ouvrir la portière. Le premier mouvement de la jeune femme fut de s'éloigner. Sans doute ce type, la voyant plantée au bord de la chaussée, l'avait-il prise pour une putain. Comme elle prenait la fuite, la voix de Vernon l'arrêta.

– Hé ! Où filez-vous ? *C'est moi,* je suis déguisé. N'ayez pas peur !

Voyant qu'elle hésitait encore, il s'impatienta.

– Montez ! lança-t-il en essayant d'adoucir le ton de ses paroles. Je n'ai déjà plus que deux heures quarante devant moi. Ma liberté est étroitement mesurée et le compte à rebours est commencé depuis un moment.

Peggy obéit et claqua la portière. Quand elle fut assise à côté de Vernon, elle réalisa que le déguisement était approximatif : une perruque rousse, une barbe de filasse teintée qui tenait avec un élastique. Mais c'était suffisant lorsque la voiture roulait; la casquette achevait de rendre le jeune homme méconnaissable.

– Je suis forcé de me déguiser, expliqua ce dernier avec une grimace d'excuse. Dès que je sors de Shelton House je cours le risque de croiser cette idiote d'Olivia, Richie, ou même l'un des domestiques. Je suis forcé de prendre certaines précautions.

– Comment êtes-vous sorti? demanda Peggy. Vous prétendiez que votre femme vous tenait prisonnier.

– C'est mon secret, répliqua Vernon. Ne cherchez pas à comprendre. Le mystère, c'est le fortifiant de l'amour! Ouvrez plutôt la boîte à gants. Vous y trouverez une paire de lunettes, posez-les sur votre nez. Ne vous étonnez pas de n'y rien voir, ce sont des lunettes d'aveugle, totalement opaques, du modèle qu'on distribue aux blessés de guerre.

Peggy s'exécuta. Les lunettes étaient munies d'œillères latérales qui empêchaient de regarder en biais. Dès qu'elle les eut chaussées, elle sombra dans la nuit complète.

– Une version moderne du fameux bandeau noué sur les yeux, ricana Vernon. Ne m'en voulez pas, mais l'endroit où nous nous rendons à présent m'est prêté par un ami qui ne tient pas à ce que cela se sache. Jouez le jeu sans grogner, cela fait partie de l'escapade. Racontez-vous que vous êtes enlevée par un beau trafiquant de femmes qui va vendre votre corps à un sultan particulièrement attiré par les blondes laiteuses aux seins fermes.

Il fit de nouveau entendre son agaçant petit rire d'adolescent. Peggy espérait que Seth ne s'était pas laissé surprendre par le brouillard et qu'il avait pu démarrer juste derrière Vernon. Le fog rendait la filature difficile : si l'on restait trop en arrière on courait le risque de laisser filer le gibier, si l'on collait à ses pare-chocs, on avait toutes les chances de se faire repérer.

Shieldrake sifflotait. Maintenant que Peggy ne pouvait plus le voir, il jetait sûrement de fréquents regards à sa montre. La jeune femme essayait de prendre des repères auditifs, mais c'était difficile, le grondement du moteur couvrant les bruits de la rue. Un quart d'heure s'écoula, puis Vernon ralentit dans une rue que ne troublait pas le vacarme de la circulation. Instinctivement, Peggy imagina des maisons individuelles séparées par des jardins. Des *mews* ou de petits hôtels particuliers.

– Ne bougez pas, fit le jeune homme, et gardez vos lunettes, ne trichez pas.

Les pneus crissèrent sur le gravier d'une allée. Vernon sortit, sans doute pour aller refermer une grille. Peggy entendit la clef jouer dans la serrure. Si la filature n'avait pas été rompue par le brouillard, Seth devait en ce moment même se ranger contre le trottoir, quelques dizaines de mètres en amont.

– Venez, souffla Vernon en la saisissant par le poignet. Je vais vous guider.

Sa voix vibrait d'impatience sexuelle, et elle avait pris une note impérieuse dépourvue de tout romantisme. Peggy serra son sac contre elle. Elle buta sur une marche de ciment. La main de Shieldrake lui meurtrissait presque le bras. Ils escaladèrent ce qui semblait être le perron d'une maison entourée de gazon. La jeune femme sentait l'odeur de l'herbe, et celle, plus nauséeuse, d'un bassin mal entretenu rempli d'eau croupissante. Il y eut un nouveau bruit de clefs, de verrous manipulés. Vernon grommela un juron entre ses dents, puis il poussa sa compagne dans un vestibule carrelé. Peggy l'entendit refermer la porte.

– Venez, ordonna-t-il.

Il ne se donnait même plus la peine de jouer les séducteurs. D'ailleurs, pourquoi l'aurait-il fait? Qu'était-elle d'autre à ses yeux qu'une domestique acceptant de se mettre au lit avec le maître de maison en échange d'un cadeau?

– Tu peux enlever tes lunettes, annonça-t-il.

Peggy se débarrassa des verres opaques. Mais la nuit ne fit que succéder à la nuit. L'appartement était plongé dans les ténèbres, volets clos et tentures tirées. Vernon s'esclaffa, heureux de sa plaisanterie, puis il gratta une allumette et enflamma la mèche d'une bougie. Pourquoi ce choix de la chandelle? Par romantisme ou parce que ce secteur d'habitation était encore privé d'électricité? Il s'était débarrassé de son déguisement grotesque. Casquette, perruque et fausse barbe avaient été jetées en vrac sur une chaise.

– La chambre est par là... annonça-t-il. Nous n'avons pas beaucoup de temps et j'ai envie de toi.

– J'aurais bien bu quelque chose, se dépêcha de bredouiller Peggy.

Elle n'avait jamais été très à l'aise dans le rôle de séductrice, car elle ne parvenait pas à faire l'amour avec indifférence, en pensant à autre chose, comme le font la plupart des aventurières lorsque la situation l'impose. Elle lutta contre un début de panique. Qu'allait-il se passer si Vernon refusait de trinquer?

– Je dois avoir du vin au frais, grommela-t-il, furieux d'être arrêté dans son élan.

Il la regardait sans bouger. La flamme de l'unique bougie allumée laissait deviner un appartement encombré de gros meubles sombres, des étagères où s'alignaient des figurines du Staffordshire empoussiérées. Peggy songea qu'il louait la maison pour abriter ses frasques, et qu'on était obligatoirement tout près de Shelton House. Combien de temps comptait-il duper sa femme ? Cette histoire de coffre-fort ne pouvait pas durer éternellement. Mais avait-il réfléchi à cet aspect de la question ? Rien n'était moins sûr.

Shieldrake sortit de la pièce pour aller chercher le vin, et Peggy tira aussitôt la fiole de son sac. Tiny lui avait montré comment faire sauter le bouchon de caoutchouc d'un coup de pouce. Un fil ciré le retenait au goulot de la bouteille, évitant qu'il ne tombe dans le verre de la victime. Elle s'était entraînée à la maison, en fermant les yeux, mais, à présent, elle tremblait de se tromper de verre... Que se passerait-il si elle avalait la drogue et s'endormait ? Vernon la baiserait dans son sommeil pour l'abandonner ensuite sur un banc, dans un jardin public, pressé par les contraintes de son emploi du temps.

Elle frissonna encore une fois, dégoûtée à l'idée que ce jeune homme un peu mou puisse s'allonger sur elle. Décidément, elle faisait une piètre aventurière !

Shieldrake réapparut, portant un plateau sur lequel trônait une carafe de vin.

– Du Xérès, annonça-t-il. Je ne pensais pas que tu aurais besoin de t'anesthésier avant l'opération. Est-ce donc la première fois que tu te trouves dans ce genre de situation ?

Il versa le vin dont le glouglou résonna de manière disproportionnée dans l'obscurité.

Et soudain, Peggy fut assaillie par une impression étrange, irrationnelle : celle d'être observée par une tierce personne dissimulée dans les ténèbres de l'appartement. Elle n'aurait su dire pourquoi. C'était une certitude animale. *Il y avait quelqu'un...* elle en était sûre, quelqu'un qui se cachait, là, derrière une tenture ou à l'angle d'un couloir. À force de vivre en compagnie des fauves, elle avait développé un sixième sens très aiguisé qui lui avait plusieurs fois permis de se retourner à la seconde même où une panthère s'apprêtait à lui bondir sur les épaules. Cela se traduisait par une gêne dans la nuque, le besoin urgent de regarder par-dessus son épaule. Oui, elle en était certaine : il y avait quelqu'un... Vernon le savait-il? Faisait-il partie de ces pervers qui ressentent la nécessité d'être regardés pendant leurs ébats?

La peur s'empara d'elle, avec la conviction d'un danger imminent et terrible. Il allait se passer quelque chose, quelque chose qu'ils n'avaient prévu ni l'un ni l'autre. Il y avait un intrus, là, tapi dans l'ombre, un intrus dont Peggy pouvait presque sentir le regard sur sa peau.

« C'est Irina, pensa-t-elle dans une bouffée de pure terreur. Irina Shelton. Elle a fini par éventer la supercherie, elle a suivi Vernon. Elle est là... avec sa corde à piano. Et dès que nous serons au lit, elle viendra trancher nos deux têtes. »

– Tu n'as plus soif? interrogea Shieldrake qui l'observait, le sourcil froncé.

Elle se força à aller au-devant de lui, le poing droit serré sur la fiole. Il l'attira, l'embrassa violemment en lui pétrissant la poitrine. Tâtonnant derrière elle, Peggy chercha le verre du jeune homme. C'était moins facile que durant les répétitions, car il fallait compter avec les élans de Vernon qui avait entrepris de déboutonner son corsage. Il se comportait sans aucune élégance, en mâle pressé de prendre son plaisir. La fiole vidée, elle se dégagea, les épaules nues, emberlificotée dans le vêtement à demi dégrafé.

– Buvons, dit-elle avec un sourire mal assuré. Quoi que vous pensiez, je n'ai pas l'habitude des rendez-vous galants. Ne soyez pas aussi brutal. Laissez-moi un peu de temps.

Elle lui tendit le verre dans lequel elle avait versé la drogue, il le prit, mais sans se décider à le porter à ses lèvres. Peggy but. Elle avait le visage en feu. Les baisers avaient laissé des traces humides sur sa peau, elle aurait voulu les sécher d'un revers de manche. Allait-il enfin boire, oui ou non ?

– Ne perdons pas de temps, souffla-t-il en faisant un pas vers la jeune femme. Je sais que tu en as envie. Tu n'espères tout de même pas que je vais avoir pour toi les égards qu'on réserve aux femmes du monde ? D'ailleurs, tu sais ce qu'elles veulent, les femmes du monde, quand elles sont sur le point d'entrer dans un lit ? Être traitées comme des bonniches !

Il avait reposé le verre sur la table. Peggy se sentait devenir folle. Elle se demanda tout à coup si elle n'allait pas saisir le chandelier pour l'écraser sur la tête de Shieldrake, au risque de lui fendre le crâne.

Le regard de l'intrus était toujours fiché dans sa nuque telle une aiguille. Que ferait l'inconnu si elle agressait Vernon ? Se porterait-il au secours du jeune homme ? La fièvre la gagnait, elle était prête à imaginer n'importe quoi : un complice de débauche attendant de passer aux actes, une soubrette perverse, un voyeur payant fort cher pour assister aux ébats. Ce témoin invisible la paralysait et bouleversait tous ses plans. Elle n'avait qu'une hâte : que Shieldrake s'endorme. Dès qu'il basculerait dans l'inconscience, elle courrait déverrouiller la porte pour que Seth et Tiny puissent entrer.

– Un toast! lança-t-elle en levant son verre. Au plaisir que nous allons prendre!

– D'accord! grogna Vernon. Au plaisir, foutue garce!

Cette fois il but d'un trait et jeta le verre par-dessus son épaule. Peggy entama mentalement le compte à rebours. Seth lui avait affirmé que la drogue agissait en moins de cinq minutes, mais ce délai lui semblait tout à coup interminable.

Le mari d'Irina Shelton la saisit aux épaules et la poussa vers la chambre. L'étoffe du corsage céda, et elle se retrouva nue jusqu'à la taille.

– La salle de bains, implora-t-elle, laissez-moi passer dans la salle de bains.

Il ne l'écoutait plus. La chambre n'était qu'un gouffre noir qu'éclairait à peine la bougie demeurée dans le salon. Peggy essaya de se libérer, mais Shieldrake la renversa sur le matelas. Ses mains fouillaient sous sa jupe, abîmaient les bas que Peg avait eu tant de mal à se procurer au marché noir.

Au moment où il allait arriver à ses fins, Vernon se redressa soudain, les paumes pressées sur le visage.

– Merde! grogna-t-il. Qu'est-ce que j'ai?

Il se redressa et recula en titubant. Peggy le regarda sortir de la chambre et disparaître dans le couloir, pour se rendre dans le cabinet de toilette.

– Je reviens, aboya-t-il. Je vais juste me passer de l'eau sur la figure. Déshabille-toi et fourre-toi sous la couverture. J'en ai assez de tes simagrées. Je veux que tu sois prête quand je reviendrai.

La jeune femme se releva sur un coude et ramena sur ses épaules son chemisier déchiré. Elle avait du mal à respirer. Au bout d'une minute elle entendit Vernon grommeler, quelque part dans la maison.

– Bordel! s'écria-t-il soudain dans un sursaut de révolte, *qu'est-ce que...*

Puis il y eut un bruit sourd qui fit trembler le parquet, et Peggy comprit qu'il venait enfin de s'écrouler, foudroyé par le somnifère.

Elle se dressa et sortit de la pièce. Passant la main le long du chambranle, elle actionna l'interrupteur pour s'assurer qu'il n'y avait pas d'électricité. La lumière ne vint pas. Se guidant sur la flamme de la bougie, elle longea le mur. Vernon était affalé à l'entrée du cabinet de toilette, les jambes en travers du couloir. Peggy fit un pas de côté pour ne pas le frôler. Au moment où elle allait contourner le corps du jeune homme, son regard accrocha une grosse tache sombre sur la chemise. Une tache bizarre qui n'était pas là un instant auparavant. Elle pensa d'abord qu'il avait vomi, mais les souillures étaient vraiment trop sombres, cela ressemblait davantage à...

À du sang. Oui, à du sang. D'ailleurs il y avait un objet fiché dans la poitrine de Shieldrake, à la hauteur du cœur. Quelque chose comme le manche d'ivoire d'un couteau ou d'un coupe-papier.

Peggy s'immobilisa, terrifiée. L'intrus. C'était l'intrus qui...

Son instinct ne l'avait pas trompée. Il y avait bien quelqu'un d'autre dans la maison, quelqu'un qui venait d'assassiner Vernon Shieldrake.

Elle eut un mouvement pour se pencher sur le corps du jeune homme. À ce moment une masse dure s'abattit sur sa tête, derrière son oreille droite, et l'univers tout entier explosa sous ses yeux en une multitude d'étincelles dorées. Elle perdit connaissance et s'abattit sur le cadavre, la joue sur la tache de sang qui maculait la chemise du mort.

12

Quand elle reprit conscience la bougie s'était éteinte et la plus complète obscurité régnait dans l'appartement. Elle n'était plus couchée sur le cadavre de Vernon, mais elle sentait toujours, sur sa joue, la tache humide du sang coagulé. Elle avait très mal à la tête et son premier réflexe fut de rouler sur le côté pour vomir. Il lui fallut une longue minute pour analyser la situation. Enfin, entre deux spasmes, elle comprit qu'elle était attachée à un radiateur, les mains dans le dos, avec un fil de fer qui lui entaillait les poignets dès qu'elle faisait mine de bouger.

Elle resta un moment, haletante, le crâne habité par une énorme pulsation de souffrance. Elle avait l'illusion qu'un œuf de chair palpitait derrière son oreille, et qu'il allait bientôt éclore, laissant s'échapper sa matière cervicale. Le moindre mouvement était une torture. Le souffle court, elle essaya de s'allonger sur le parquet, mais dans cette position le câble métallique lui cisaillait encore plus la peau des bras.

L'assassin s'en était allé sans la tuer... Pourquoi? Parce qu'elle n'avait aucune importance pour lui? Parce qu'elle n'avait pas eu le temps de le voir? S'agissait-il d'Irina Shelton? Non, c'était peu probable. Irina n'aurait pas poignardé son mari. Elle aurait peut-être coupé la tête de sa maîtresse, oui, mais elle n'aurait pas assassiné Vernon.

Qui alors? Les suspects étaient sans doute légion. Combien de filles Shieldrake avait-il amenées ici depuis son mariage avec Irina Shelton? Sans doute toutes ses petites amies d'antan! Pourquoi l'une d'elles avait-elle soudain décidé de le tuer? Par jalousie? Non, c'était peu crédible.

« *Pour le tableau!* songea brusquement Peggy. Cet imbécile de Vernon s'est probablement vanté de la rente que lui procurait son double chantage auprès des deux familles. Une fille plus maligne que les autres s'est alors demandé pourquoi elle n'en profiterait pas, elle aussi! »

Oui, les choses s'étaient sûrement passées de cette manière. La fille en question s'était introduite dans la maison pour mettre la main sur la toile, et le hasard avait voulu que Vernon et Peggy débarquent au même moment, alors qu'elle était occupée à fouiller les placards. C'est sa présence que Peg avait détectée dans les ténèbres, son immobilité haletante et son odeur de sueur...

La femme avait profité de ce que le couple était dans la chambre pour tenter de filer, le tableau sous le bras, c'est alors qu'elle s'était heurtée à Vernon courant vers la salle de bains. Il l'avait reconnue, elle l'avait poignardé.

« Elle se trouvait encore dans la salle de bains quand tu t'es penchée sur le corps de Shieldrake, pensa Peggy. Elle t'a frappée avec un flacon de parfum, une brosse, n'importe quoi. Le couteau était resté planté dans le cadavre, c'est peut-être à cela que tu dois d'être encore en vie. Si elle avait encore tenu la lame dans sa main, elle t'aurait fait subir le même sort. »

Peggy ferma les yeux. Elle se sentait extrêmement lasse. La peur revenait, insidieuse. Que se passerait-il si Seth et Tiny s'étaient laissé semer? *Hein?*

Si le brouillard et la nuit les avaient égarés sur une fausse piste, cela signifiait que personne, à part la meurtrière, ne savait où elle se trouvait.

En ce moment même, Seth devait tourner sur le périmètre de Shelton House, cherchant à repérer la voiture dans laquelle elle était montée. Si, par malheur, Vernon Shieldrake avait rangé le véhicule dans un garage, il pouvait s'écouler des jours avant que Seth et Tiny ne parviennent à localiser le refuge secret du mari d'Irina Shelton.

Des jours... pendant lesquels elle aurait tout le temps de mourir de soif, dans l'obscurité d'une maison aux volets clos, en compagnie d'un cadavre.

Elle n'avait même pas la ressource d'appeler à l'aide. D'abord elle n'était pas certaine que sa voix puisse franchir l'épaisseur des tentures, des volets, ensuite elle ne tenait pas à ce que la police la trouve ainsi : attachée à quelques mètres du mort. De bien fâcheuses questions s'ensuivraient, et sa couverture de nurse ne résisterait pas à un examen approfondi, elle le savait parfaitement.

Il lui sembla qu'elle mourait déjà de soif. Les vomissures lui brûlaient la gorge et elle avait besoin d'un verre d'eau fraîche.

Combien de temps était-elle restée inconsciente? Deux heures, trois, davantage?

L'obscurité de la maison l'étouffait, et elle ne cessait de penser au cadavre étendu en travers du couloir. De temps à autre elle reniflait malgré elle, cherchant à repérer l'odeur du sang. Elle était à présent certaine que Seth ignorait où elle se trouvait. Ce damné brouillard avait cassé la filature dès les premières minutes, elle se rappelait d'ailleurs en avoir eu l'intuition, et il allait s'écouler des jours et des jours avant que ses deux complices ne parviennent à repérer la garçonnière de Shieldrake. Combien de maisons aux volets clos se dressaient-elles aux alentours de Shelton House ? Des dizaines, probablement. Beaucoup de résidences étaient inhabitées, leurs propriétaires étant morts ou ayant choisi l'exil loin des ruines de Londres. Visiter toutes ces demeures prendrait du temps, et si elle ne parvenait pas à se libérer d'ici là, elle serait morte de soif avant que Tiny ne réussisse à forcer la porte de la maison.

Elle songea à la panique qui devait régner en ce moment même à Shelton House. Elle se représenta Irina, la gouvernante irlandaise et le petit Richie, tournant autour de la chambre forte obstinément bouclée, et dont Vernon n'était toujours pas ressorti. Le délai de trois heures était expiré depuis longtemps, maintenant, sans que le caisson de fer ne restitue son prisonnier volontaire, et Irina tapait des deux poings contre le battant, imaginant son mari mort asphyxié entre les parois blindées. Olivia Oldfoks, toute pâle, ouvrait des yeux horrifiés en serrant son châle sur sa poitrine. Richie était sûrement le moins inquiet de tous puisqu'il détestait son beau-père. D'ailleurs, ne se réjouissait-il pas secrètement de la mort présumée de celui-ci ?

Qu'allait donc faire Irina ? Prévenir la police ? Personne ne connaissant la combinaison, il faudrait donc se résoudre à découper la porte du coffre au chalumeau, et cela prendrait des heures. Mais ensuite ? Que se passerait-il quand on constaterait que la chambre était vide ?

Peggy se tortilla, essayant de libérer ses poignets. La disparition de Vernon Shieldrake et du tableau maudit allait déchaîner les gazettes, on ne manquerait pas d'y voir un nouvel avatar de la malédiction du Coupeur de Têtes, et si personne ne découvrait le passage secret reliant le coffre à l'extérieur, le mystère demeurerait complet, faisant le bonheur des amateurs de frissons.

Peggy s'immobilisa, l'oreille tendue. La maison était désespérément silencieuse.

« Personne ne viendra, songea la jeune femme en proie à un subit accès de découragement, je vais crever là pendant que Seth et Tiny écumeront toutes les maisons vides du quartier... »

À présent, le sang coulait sur ses poignets entaillés, chaque mouvement de torsion allumait dans sa chair des douleurs insupportables, lui interdisant de poursuivre très longtemps ses efforts.

Elle resta haletante, le menton sur la poitrine, la sueur gouttant du front, dans un état second oscillant entre la torpeur et le sommeil.

Elle n'eut pas conscience de glisser dans le néant, et ce fut l'éclat brutal d'une lampe-torche qui lui fit rouvrir les yeux.

– Elle est là! souffla Tiny en se penchant sur elle. On l'a ficelée au radiateur. Vite, passe-moi la pince.

Peggy ne distinguait encore que des silhouettes. Elle reconnut la main de Seth sur sa joue.

– Bon sang, ma toute belle, murmura l'homme-canon, on t'a sacrément arrangée.

– Vous l'avez vu? balbutia Peggy tandis que Tiny sectionnait le fil de fer liant ses poignets. La fille qui est sortie d'ici? Celle qui a tué Vernon?

– Ma pauvre petite, murmura Seth, on n'a vu personne. On t'a perdue tout de suite, à peine quitté Hyde Park Corner. Le brouillard était trop dense et Shieldrake conduisait vite. C'est ma faute, je me suis trompé de voiture.

– Ça fait douze heures qu'on patrouille sur le périmètre de Shelton House, expliqua Tiny. On a passé en revue toutes les baraques inhabitées des environs. Qu'est-ce qui s'est passé ? Quand on a vu Shieldrake raide mort on a cru qu'il t'était arrivé la même chose.

– J'ai soif, bredouilla Peggy en s'allongeant sur le lit. Donnez-moi à boire.

Seth s'affaira. Peggy s'empara de la carafe d'eau qu'il lui tendait et but à s'en étrangler. Puis elle raconta du mieux qu'elle put ce qui s'était passé. Pendant qu'elle parlait, Seth avait allumé une lampe à pétrole trouvée sur un bahut. Peggy se redressa sur un coude. L'appartement était dans un désordre effroyable : les portes des armoires grandes ouvertes, les tiroirs renversés sur le plancher. On avait bouleversé toutes les étagères, éparpillant draps et couvertures aux quatre coins de la pièce.

– L'assassin cherchait le tableau, diagnostiqua Tiny, reste à savoir s'il l'a trouvé. Dieu ! Quel bordel !

Peggy se leva. La tête lui tournait. Cédant à un réflexe un peu puéril, elle chercha son imperméable pour s'en couvrir. Suivant Seth qui brandissait la lampe à pétrole au-dessus de sa tête, ils explorèrent la maison. Partout ils rencontrèrent le même spectacle. On avait fouillé les meubles, ouvert les placards.

Quand ils descendirent à la cave, ils virent tout de suite qu'on avait déménagé le tas de charbon et creusé dans la terre battue. Tiny s'accroupit au bord du trou, examinant le fond de l'excavation.

– C'était là, conclut-il. Regardez comme la terre est tassée bien à plat... et puis là et là... on distingue les marques faites par le tableau quand on l'a tiré de sa cachette. Shieldrake l'avait planqué sous le charbon, dans son emballage caoutchouc. C'était sans doute pour ça qu'il avait transformé la maison en chambre noire, pour ne pas risquer que la toile prenne la lumière du jour.

– Qui l'a pris? demanda Seth.

– On risque de ne jamais le savoir, fit Tiny d'un air dégoûté. Si l'une de ses petites amies l'a repassé, ça va être sacrément difficile de l'identifier. Bête comme il était, il n'a pas dû résister au besoin de se vanter de sa combine sur l'oreiller.

– Une chose est sûre, soupira Peggy. Le tableau a changé de main. Il est dans la nature... et nous avons échoué. Smith n'appréciera guère.

– Il faut essuyer tes empreintes et ficher le camp d'ici, décida Tiny. Nous sommes refaits. Quelqu'un vous a doublés, quelqu'un qui est entré sans effraction, et donc qui possédait la clef de la porte principale.

– Une des poules de Vernon, observa Seth. Elle a très bien pu prendre un moulage de la clef pendant que cet imbécile dormait.

Ils effacèrent les traces du passage de Peggy, nettoyant les verres et les taches de sang maculant le radiateur. À tout hasard, au cas où l'assassin aurait été assez pervers pour presser les doigts de la jeune femme sur le manche du couteau pendant qu'elle était inconsciente, ils nettoyèrent aussi l'arme du crime

– On ne découvrira probablement pas le corps avant une éternité, remarqua Peggy avec un frisson. Si l'assassin ne prévient pas la police, il n'y a aucune raison pour que quelqu'un mette les pieds ici avant des semaines.

– Sauf s'il avait un calendrier de rendez-vous bien rempli, dit Tiny. Mais même dans ce cas, il n'est pas certain que les filles courent prévenir les flics. À leur place, je refermerai soigneusement la porte et je ficherai le camp comme si de rien n'était.

Il regarda autour de lui, fit la grimace.

– Avec les tentures, les fenêtres closes et les volets fermés, l'odeur de décomposition ne filtrera pas à l'extérieur pour avertir les voisins. Quand on trouvera ce cher Vernon, il y a fort à parier qu'il sera complètement inidentifiable.

– Allons-nous-en, murmura Peggy.

Ils sortirent précautionneusement de la villa. Le jour était levé. Comme l'avait deviné la jeune femme, c'était une maison ceinte de hauts murs, entourée d'une pelouse spongieuse au centre de laquelle trônait un bassin couvert de feuilles mortes. Un garage abritait la voiture, invisible de la rue. Des arbres à feuillage persistant masquaient en grande partie la façade.

Ils se dépêchèrent de s'engouffrer dans la voiture. Peggy songea que si quelqu'un les observait en ce moment même, il ne manquerait pas de se rappeler ce couple accompagné d'un enfant qui était sorti un matin de la maison du meurtre.

– C'est drôle, dit-elle en s'asseyant sur la banquette. L'assassin a emmené la perruque et la fausse barbe… le déguisement de Vernon.

– À mon avis, renchérit Tiny, il a fait le ménage du haut en bas. Je n'ai pas trouvé autre chose que des vêtements masculins, pas même un second peignoir de bain ou un flacon de parfum. La dame – en admettant qu'il s'agisse bien d'une dame – a effacé toute trace de son passage.

– Et le couteau? s'enquit Peg.

– Un coupe-papier, fit Seth. Une espèce de dague florentine de pacotille. Je crois qu'elle venait d'un nécessaire disposé sur le bureau. L'assassin ne l'avait pas amenée avec lui. Il a dû s'en emparer lorsqu'il s'est senti menacé.

– Elle était là, dans la pièce, chuchota Peggy qui s'était mise à grelotter. Je l'ai deviné.

– Soit vous l'avez surprise alors qu'elle venait tout juste d'arriver... soit elle est entrée derrière vous et vous ne l'avez pas entendue s'avancer, fit Tiny.

– Qu'est-ce qui te fait penser ça? s'enquit la jeune femme.

– Le désordre. L'appartement était parfaitement rangé quand vous êtes arrivés. Si vous aviez surpris la fille en pleine cambriole, vous seriez tombés au beau milieu du bordel. Non... à mon avis l'assassin vous a suivis. Il est entré juste après vous et s'est caché dans l'obscurité, ce n'était pas très difficile. Je pense qu'il avait peur. Il a saisi la dague sur le bureau, peut-être dans l'idée de l'utiliser pour forcer les serrures, peut-être pour se défendre s'il était surpris.

Il se tut, et personne n'éprouva le besoin de relancer la conversation. Ils étaient vaincus et épuisés. Peggy souffrait terriblement des entailles encerclant ses poignets. Il faudrait dissimuler ces blessures qui ne manqueraient pas d'éveiller l'attention.

Ils rentrèrent à Belgravia tête basse, honteux de s'être ainsi laissé surprendre. Peg était trop fatiguée pour continuer à penser. Dès qu'ils furent en haut, Seth lui fit couler un bain brûlant, la déshabilla et l'aida à entrer dans la baignoire. Il la savonna ensuite avec une extrême douceur. La jeune femme se laissa aller, les yeux fermés. Tiny lui apporta de l'aspirine et des sulfamides de l'Armée pour saupoudrer ses plaies.

Quand elle émergea du bain, Seth l'enveloppa dans un peignoir et l'allongea sur le lit. Sans un mot, il entreprit de la soigner et de panser ses poignets.

À 10 heures du matin, les journaux étaient pleins de l'incroyable nouvelle : La malédiction du Coupeur de Têtes reprenait du service ! Vernon Shieldrake, le jeune mari d'Irina Shelton, avait disparu avec le tableau maudit !

Tour de passe-passe et coffre-fort magique! titrait le *Telegraph.*

Hier soir, à 20 heures 15 très exactement, écrivait le signataire de l'article, *le collectionneur Vernon Shieldrake – actuel détenteur de la toile énigmatique censée contenir la solution de l'énigme du Coupeur de Têtes – entrait dans la chambre forte où il avait l'habitude de conserver le tableau. Trois heures plus tard, il n'en était toujours pas ressorti, mettant sa famille aux abois. Son épouse, Irina, n'obtenant aucune réponse malgré tous ses efforts, a prévenu la police qui, elle-même, a dû convoquer les pompiers pour obtenir qu'on découpe la porte du coffre au chalumeau, besogne qui s'est révélée particulièrement ardue. À la stupeur de tous les témoins, la chambre blindée s'est alors révélée vide... Le collectionneur et son tableau s'étaient évaporés comme sous l'action d'une baguette magique! Faut-il voir là une vengeance de l'au-delà? On se rappelle que depuis quelque temps, Vernon Shieldrake annonçait à cor et à cri qu'il était sur le point d'élucider le mystère du tableau japonais. Cette prétention a-t-elle provoqué la colère des fantômes qui, comme l'on sait, sont tous des gens respectables n'aimant guère la publicité et préférant de loin la pénombre aux feux de la rampe? Affaire à suivre.*

La plupart des journaux avaient choisi d'adopter ce ton sarcastique. Il était évident qu'on ne prenait guère l'affaire au sérieux. Le luxe de précautions dont s'était entouré Vernon, le cérémonial de la pompe à air et du masque respiratoire détaillé par Irina, excitait la moquerie générale. Çà et là, on suggérait qu'il s'agissait d'une nouvelle tentative de Vernon Shieldrake pour se pousser sur le devant de la scène.

– Smith va venir aux renseignements, grommela Tiny en froissant le journal qu'il tenait entre les mains. Et les familles qui voulaient que tout soit fait dans la discrétion!

Dans toute la presse, la disparition de Vernon Shieldrake était prétexte à un historique détaillé de l'affaire des têtes coupées. Chacun y allait de son feuilleton horrifique : la roseraie, le duel, les têtes disséminées dans le parc. On s'appesantissait tout particulièrement sur le prodige du tableau condamné à s'effacer au grand jour. De vieilles photos furent exhumées des archives.

Peggy se désintéressa de cette littérature et dormit trois heures d'affilée. Ce fut la sonnerie du téléphone qui la réveilla. Quand elle ouvrit les yeux, Tiny se tenait sur le pas de la porte.

– C'est Smith, dit-il. Il veut te voir, il est furieux. Il t'attend à Mayfair, dans une heure.

Les poignets bandés, le col de l'imperméable relevé, Peggy se faufilait au travers des volutes du fog. Il pleuvait; une méchante petite pluie dure qui lui piquait les pommettes. Elle flottait, les genoux bourrés d'étoupe. Quand elle se glissa dans la station de métro désaffectée, la migraine lui battait les tempes.

Smith l'attendait, son éternel chapeau melon vissé sur le crâne. Il lui brandit sous le nez la dernière édition du *Star* où la disparition de Vernon Shieldrake occupait la première page.

– Qu'est-ce que vous avez fichu? aboya-t-il.

Nous avions parlé d'une opération en douceur. Nos commanditaires sont extrêmement mécontents, ces articles ne font que réactualiser toute l'affaire. Où est le tableau ?

Peggy prit une profonde inspiration et se lança dans la récapitulation des derniers événements. Smith l'écoutait, le sourcil bas, une expression d'incrédulité sur le visage. Très vite, la jeune femme comprit qu'il ne croyait pas un mot de ce qu'elle disait.

– Qu'est-ce qu'il y a ? lança-t-elle. J'ai l'impression que vous ne me dites pas tout.

– L'affaire se complique et les deux familles sont à bout, grogna Smith. Chacune d'entre elles a reçu ce matin même une lettre anonyme l'informant que le montant de la « rente » mensuelle était désormais doublé. Celui qui possède le tableau a décidé de reprendre à son compte le petit commerce de Vernon Shieldrake.

– Il fallait s'y attendre, soupira Peggy. Ce n'est pas un collectionneur qui a volé la toile, c'est un maître chanteur parfaitement au fait des manœuvres de son prédécesseur. Mais je vous répète que Shieldrake n'avait pas trouvé la solution de l'énigme. Il menaçait de révéler une vérité qu'il ne connaissait pas lui-même. Il s'agissait d'un bluff, rien de plus ! Je doute que le nouveau propriétaire soit en meilleure posture.

Smith eut un geste d'irritation.

– Peut-être, admit-il, mais tant que le tableau n'a pas été neutralisé la menace subsiste bel et bien. Il faut l'exposer à la lumière, ensuite on pourra prétendre tout ce que l'on voudra, aucune preuve ne pourra plus être étayée, c'est tout ce qui compte. Comment comptez-vous faire pour le retrouver ?

Peggy n'aimait pas le regard plein de sous-entendus qu'il posait sur elle.

– Dites-moi ce que vous pensez réellement, lança-t-elle, cessez de finasser !

– Très bien, si vous y tenez. En réalité, nos commanditaires ne sont pas loin de croire que vous avez tué Shieldrake pour vous approprier le tableau... et que le chantage vient désormais de vous. Ils sont humiliés d'avoir été roulés. Et si les choses ne rentrent pas très vite dans l'ordre, il se pourrait bien que vous ayez, à brève échéance, de graves ennuis. Les Stone-Martin et les Freemarks possèdent un dossier sur votre groupe ; s'ils le mettaient en circulation, Scotland Yard braquerait un œil acéré sur votre petite bande. Ce serait gênant.

– Vous nous menacez ? fit Peggy avec un haussement d'épaules. Nous n'avons pas le tableau. De toute manière, comme je vous l'ai déjà expliqué, le Coupeur de Têtes est sans aucun doute Irina Shelton elle-même. Les « familles » n'ont donc rien à redouter d'une éventuelle révélation.

– C'est une hypothèse qui n'engage que votre parole, lâcha Smith en faisant la moue. Je sais d'avance que les Stone-Martin et les Freemarks ne partageront pas ce point de vue. C'est comme si vous nous disiez tout à coup que le monstre du Loch Ness n'est pas un grand lézard mais un bel oiseau à plumes bleues. Les descendants de Doob et du colonel ont trop pris l'habitude d'être considérés comme des suspects pour changer leurs convictions du jour au lendemain. Ils veulent le tableau. Ils ont été très clairs sur ce point. Il faudra le leur amener et le soumettre à la lumière blanche en leur présence. Ils exigent de le voir noircir sous leurs yeux. Me suis-je bien fait comprendre ?

– Il n'existe qu'un seul moyen de renouer rapidement la piste, observa Peggy sans perdre de temps à protester. Être là pour la remise du versement et suivre celui qui viendra le chercher. Je suppose que la somme sera fournie en liquide ?

– Oui. Une grosse enveloppe à déposer dans les ruines d'un immeuble bombardé.

– On peut monter une surveillance, prendre en filature celui ou celle qui viendra récupérer le paquet. Il nous mènera bien quelque part et nous pourrons alors l'identifier.

– Ce serait préférable pour vous. La patience des familles est à bout. Certains de leurs membres exigeaient des représailles, j'ai eu du mal à les faire patienter. Ne vous croyez pas à l'abri, vous êtes au contraire très vulnérables... trop *particuliers*. Si l'on attirait les soupçons de la police sur vos trois têtes, vous auriez du mal à passer entre les mailles du filet. Essayez d'être efficaces. Trouvez cette toile, et finissons-en !

– Où et quand a lieu le rendez-vous ?

– Demain, j'irai déposer l'enveloppe dans les ruines du 45 Horton Street à 5 heures du matin. Les ordres sont de la glisser dans l'une des vieilles boîtes aux lettres calcinées qui pendent encore dans le hall. Je pense que le maître chanteur passera peu de temps après, pour mettre à profit la nuit et le brouillard. Le « 45 » est un immeuble très dangereux. Même les clochards ne s'y risquent pas. Croyez-vous pouvoir renouer la piste ?

– C'est le seul moyen rapide d'y parvenir. Sinon il faudra tenter de passer au crible les fréquentations de Vernon avant son mariage, cela risque de prendre une éternité.

– Je ne vous le conseille pas. Il faut désormais régler cette affaire très vite, obscurcir le tableau et oublier jusqu'à l'existence du Coupeur de Têtes.

Ils se séparèrent sans un salut. Peggy se sentait humiliée et inquiète. Il lui déplaisait d'être prise pour un petit *blackmailer* sans envergure.

De retour à Belgravia, elle mit Seth et Tiny au courant du programme. Ils décidèrent que Seth et Peggy prendraient l'affût, chacun de leur côté dans une voiture différente. Quant à « l'enfant », il chevaucherait une bicyclette, et jouerait les crieurs de journaux. Le reste de la journée fut occupé par ces préparatifs : vols de véhicules et mise au point des déguisements.

Peggy passa une mauvaise nuit. Les entailles de ses poignets s'étaient infectées et elle avait la fièvre. Elle ne cessa de se retourner d'un flanc sur l'autre, en proie à des cauchemars effrayants. À plusieurs reprises, l'image de Vernon Shieldrake, étendu mort dans les ténèbres de la villa aux volets clos, vint la hanter.

Ils se levèrent à 4 heures, pour gagner leurs postes de surveillance. Le brouillard était très épais et il faisait froid. Dès qu'ils approchèrent du 45 Horton Street, ils réalisèrent que la visibilité était réduite et qu'il leur faudrait faire preuve d'une grande vigilance.

Peggy, déguisée en ouvrière, un bonnet de laine enfoncé jusqu'aux sourcils, le bas du visage dissimulé sous une écharpe, attendait derrière son volant. Elle avait froid et redoutait par-dessus tout que le véhicule refusât de démarrer lorsque ce serait nécessaire. Tiny avait finalement choisi de se costumer en ramasseur de vieux journaux. Il allait et venait, sale à faire peur, une casquette à la David Copperfield posée sur la tête, un croc de fer à la main, fouillant dans les poubelles. Deux fois, déjà, il avait dû repousser un clochard qui lui reprochait d'empiéter sur son territoire. Seth était quelque part de l'autre côté des ruines, au volant d'une fourgonnette délabrée chargée de sacs de gravats.

Smith apparut enfin, dans un invraisemblable ulster jaune, toujours coiffé de son *bowler-hat*. Il escalada péniblement les tas de cailloux pour se frayer un chemin vers l'entrée de la maison. Il s'engouffra dans le hall où il ne s'attarda guère, sans doute à cause des risques d'éboulement. Peggy le vit traverser la rue, la tête enfoncée dans les épaules, l'air furieux.

Tout allait se jouer dans les minutes qui suivraient.

Un quart d'heure s'écoula, puis une silhouette montée sur un vélo sortit du brouillard. Elle portait un ciré noir au capuchon rabattu, un pantalon de velours et des bottes de caoutchouc. Sous la capuche, un bonnet et une écharpe ne laissaient émerger que les yeux. L'inconnu était de petite taille, ç'aurait pu être une femme... ou un adolescent. Le fog ne permettait pas d'en apprendre davantage. Le maître chanteur suivit la même route que Smith, un instant plus tôt, et réapparut presque aussitôt. Il enfourcha son vélo et s'élança dans la brume, courbé sur le guidon, pédalant comme un forcené.

Tiny bondit sur sa propre machine tandis que Peggy démarrait. La jeune femme conduisait, penchée sur le volant, les doigts crispés sur le cercle de Bakélite. Elle avait le plus grand mal à suivre les évolutions du fuyard au sein des volutes de brume. Si elle accélérait un peu trop, elle risquait de le renverser. Elle se demanda si l'inconnu se doutait qu'il était suivi, et, si c'était le cas, quel stratagème il comptait employer pour semer ses poursuivants.

Elle l'aperçut qui s'engouffrait dans une ruelle,

et remarqua avec stupeur la présence d'un panneau indiquant qu'il s'agissait d'un cul-de-sac. Elle leva le pied. C'était un étroit couloir de brique brune s'étirant entre deux bâtisses en ruines aux fenêtres murées. Un grand mur lézardé en bouchait le fond du passage, trente mètres plus loin. Peggy immobilisa la voiture en travers du chemin et descendit. Elle n'eut qu'à faire trois pas pour apercevoir le vélo, couché sur le sol, au pied du mur, la roue avant tournant encore sur elle-même. On avait freiné en catastrophe pour s'engouffrer dans l'une ou l'autre des bâtisses aux volets cloués.

Tiny arriva au même instant, le souffle court.

– Il est là-dedans, lança la jeune femme. Reste-là, j'y vais. Seth n'aura qu'à explorer l'autre côté.

Dès qu'elle se fut engagée dans les ruines, elle réalisa à quel point l'expédition était périlleuse. Autour d'elle, tout n'était qu'enchevêtrement de poutres calcinées, de planchers effondrés. À certains endroits, les étages abattus par le souffle des explosions constituaient un mille-feuille de gravats et de charpente rompue. Elle eut d'emblée l'intuition que le fuyard s'était évaporé. Un quart d'heure plus tard, elle buta sur Seth. Lui non plus n'avait rien trouvé.

– Laisse tomber, soupira-t-elle. Ça ne servirait à rien d'insister. Il est loin maintenant. C'est pour ça qu'il avait choisi Horton Street comme lieu de rendez-vous.

– Qu'est-ce que tu veux dire? murmura l'homme-canon.

– Tu ne comprends pas? martela la jeune femme gagnée par l'irritation.

– Si, fit Tiny en se glissant sous une poutre. Nous sommes tout près de la maison où l'on a tué

Vernon Shieldrake... et par conséquent, de Shelton House. Cela signifie que le souterrain utilisé par Vernon débouche ici, quelque part au milieu des décombres. Et si l'on poursuit le raisonnement jusqu'au bout, cela implique que le maître chanteur vient directement de Shelton House et qu'il y est retourné par la voie des égouts.

– C'est exactement ça, renchérit Peg. Notre Monsieur X est passé par la chambre forte. Il a ouvert la trappe secrète et est descendu dans le tunnel... en ce moment même il doit courir à dix mètres au-dessous de nos pieds, vers Shelton House. Et c'est là-bas qu'il nous faudra aller le chercher.

– Tu crois qu'il a ramené le tableau à la résidence?

– Sans aucun doute.

– Ça ne peut pas être Irina, fit remarquer Tiny, elle est riche, pourquoi ferait-elle chanter les Stone-Martin, les Freemarks? Ça ne tient pas debout. Elle n'a pas besoin d'argent.

– Qui reste-t-il? interrogea Peggy.

– Les domestiques, énuméra Tiny. La cuisinière, le vieux jardinier, Olivia la gouvernante, et... *Richie?*

Sa voix avait déraillé sur le dernier mot.

– Allons, dit-il précipitamment, ça ne peut pas être lui. C'est un gosse.

– Il est un peu plus grand que toi, plus corpulent, observa Peggy sans tenir compte de l'interruption. La capuche du ciré le grandissait, et il a pu la rembourrer avec du papier journal. Même chose pour les bottes. J'ai trouvé qu'il trébuchait beaucoup dans les gravats.

– Quels seraient ses mobiles? intervint Seth.

– Il détestait Vernon, répliqua Peg. Il a très bien pu vouloir s'emparer du tableau pour se venger, et parce qu'il considérait que l'énigme du Coupeur de Têtes était en réalité la propriété de son père. Cette façon d'entrer derrière nous dans la villa... c'est une manière de procéder totalement insensée, enfantine.

– Et comment a-t-il deviné que le coffre n'était qu'un leurre? interrogea Tiny

– Parce qu'il est malin, observateur, et qu'un jour, il a peut-être reconnu la silhouette de Vernon dans la rue, rétorqua Peg. Une perruque et une fausse barbe ne changent pas l'allure et la démarche d'un homme, surtout si on l'aperçoit de dos. On peut aussi envisager que Shieldrake s'est trahi, à un moment ou un autre. Il y a mille explications possibles. D'ailleurs, où se trouvait Richie quand Vernon m'a donné rendez-vous? Tout près, comme par hasard. Je l'ai croisé dans le couloir de l'office, il venait chercher des confitures pour se faire des tartines. Il a très bien pu écouter la conversation derrière la porte. Le lendemain, il lui a suffi de quitter discrètement Shelton House pendant qu'on le croyait endormi, dans sa chambre. Il n'avait pas besoin de la clef, il pouvait se glisser entre deux barreaux de la grille.

– Et il se serait rendu à Hyde Park Corner... mais par quel moyen? En volant un vélo dans un immeuble du voisinage?

– Pourquoi pas? Il y avait beaucoup de brouillard. Il a été plus chanceux que vous, voilà tout.

– Allons, ça ne tient pas debout, fit Tiny. Il n'aurait pas pu pédaler aussi vite. Shieldrake roulait à tombeau ouvert.

Peggy se renfrogna. Elle savait que Tiny avait raison. Elle ne pouvait pas tout expliquer, elle n'avait pas toutes les cartes en main, mais elle devinait qu'elle était sur la bonne piste.

– Shieldrake a été poignardé de bas en haut,

intervint Seth, par quelqu'un de beaucoup plus petit que lui. Le coup manquait de force, mais il a eu la « chance » de toucher une artère. Un gosse pris de panique aurait pu le piquer de cette façon.

– C'est du délire, s'entêta Tiny.

– Réfléchis, fit Peggy. En mettant la villa à sac, Richie a découvert la comptabilité de Vernon, les plans du coffre, de la trappe, du tunnel. Si bien que le lendemain, quand les pompiers ont découpé la porte blindée au chalumeau, il lui a été possible d'emprunter le passage secret pour sortir de la maison. Sa gouvernante n'est pas d'une extrême vigilance, j'ai pu m'en rendre compte. Elle passe la plupart de ses journées à écouter les monologues d'Irina en sirotant du brandy, si bien qu'elle vit constamment dans un état de torpeur alcoolique proche de la somnolence. Pendant ce temps, Richie est livré à lui-même, libre de ses mouvements.

– Mais pourquoi aurait-il repris le chantage ?

– Pour se constituer un trésor de guerre, pour fuir Shelton House où il se sent prisonnier, pour s'éloigner de cette mère qui lui fait peur. C'est un enfant, mais il est sans doute pressé de quitter sa cage dorée. Il est évident qu'Irina le tient cloîtré, comme Vernon, et qu'il en souffre.

– Tu crois qu'il sait qu'elle a peut-être tué son père ?

– Plus ou moins confusément.

Le silence s'installa. Le vent faisait craquer les charpentes détruites tout autour d'eux.

– Tu penses qu'on pourrait découvrir l'entrée du souterrain ? hasarda Tiny.

– Non, pas au milieu de ces ruines, c'est trop dangereux. On risque de tout recevoir sur la tête si l'on se met à fouiller dans les débris. Il faut retourner à la résidence comme si de rien n'était, et essayer de deviner où Richie a bien pu cacher le tableau.

– Merde ! siffla Tiny, retourner chez cette folle qui se promène avec une corde à piano dans la poche ! N'oublie pas que Vernon est toujours porté disparu. Tu imagines l'ambiance qui doit régner là-bas ?

– Il n'y a pas d'autre moyen, insista la jeune femme. C'est Irina elle-même qui nous a invités à venir lui rendre visite à notre retour de France. Le prétexte est tout trouvé.

Elle fit une pause, déglutit péniblement et ajouta dans un souffle :

– Il faudra que tu fasses très attention. N'oublie jamais que ce gosse est fou et qu'il a probablement tué son beau-père.

13

Ils avaient annoncé leur arrivée par téléphone, provoquant les bredouillements de joie d'une Olivia imbibée de brandy en dépit de l'heure matinale.

– Avez-vous lu les journaux ? demanda-t-elle en baissant la voix. Mon Dieu, quel malheur ! Madame Irina est complètement abattue, votre visite lui fera du bien. Nous n'avons vu personne à part ces messieurs de la police qui n'ont pas pris l'affaire très au sérieux. Pas un coup de fil, rien. C'est à croire que nous sommes lépreuses.

Quand ils se présentèrent devant la grille, le vieux jardinier vint leur ouvrir en grommelant. Ses mains arthritiques avaient toujours autant de mal à manier la grosse clef. Tiny était très tendu. Il n'ignorait pas que tout dépendait de lui, à présent. Si Richie avait tué Vernon Shieldrake, c'est qu'il commençait à déraper dans l'aberration mentale, dès lors, tout était possible et il faudrait se montrer prudent.

Le parc où s'attardait toujours le fog, prisonnier des hauts murs, avait un aspect encore plus sinistre que de coutume, et Peggy crispa instinctivement les muscles du dos. Cette fois, elle avait réellement l'impression de se jeter dans la gueule du loup. Elle serra les dents lorsque le jardinier septuagénaire fit grincer la grille en la refermant. Puis la clef craqua dans la serrure, bouclant le piège.

Olivia Oldfoks vint à leur rencontre, potelée, enveloppée dans son châle de grand-mère. Elle avait les pommettes enflammées par l'alcool, les yeux trop brillants.

– Comme je suis contente! lança-t-elle en saisissant les mains de Peggy. Je crois que j'étais en train de devenir folle. Vous ne pouvez pas savoir à quel point votre visite me réconforte, nous vivons comme des recluses. Et cette incroyable histoire! Dieu! Cette histoire...

Tiny cessa de prêter attention au bavardage des deux femmes pour concentrer son attention sur le parc. Lui aussi se sentait plus mal à l'aise que jamais, trop perméable à la fantasmagorie de cette bâtisse dont la façade trouait la brume telle la proue d'un vaisseau fantôme.

La silhouette de Richie se dessina dans le brouillard. Il portait un bonnet qui lui donnait des allures de gnome. Une expression effrayée déformait ses traits lunaires.

– Ah, dit-il sans entrain, tu es revenu? C'est drôle, les gens ne reviennent jamais d'habitude. Tu avais pourtant l'air bien pressé de t'en aller l'autre jour. Où étais-tu déjà? En France? Les mangeurs de grenouilles sont-ils aussi sales et bêtes qu'on le prétend? Quel peuple d'incapables, si nous n'avions pas gagné la guerre à leur place, ils parleraient tous allemand à l'heure qu'il est!

Olivia les pressa d'entrer dans la maison. Une odeur de brûlé flottait dans le hall. Une de ces odeurs âcres qui persistent bien après l'extinction des incendies.

Irina accueillit Peggy avec de grands gestes gauches. On eût dit qu'elle luttait contre la noyade au sein d'un tourbillon invisible. Elle était très pâle, les yeux rouges et gonflés. Son regard tressautait sans jamais se fixer. Elle regardait au travers des choses, comme si elle se découvrait soudain entourée de statues de cristal.

Elle sembla toutefois soulagée de voir Peggy, et Tiny en conclut qu'elle avait à coup sûr envisagé, au cours de ses insomnies, une fuite de Vernon en compagnie de la jolie nurse. Cette constatation allait-elle désamorcer sa folie?

– Vous ne pouvez pas savoir, murmura-t-elle. Je me suis meurtri les mains à taper sur ce fichu coffre. J'ai hurlé... J'étais persuadée que Vernon était à l'intérieur, qu'il avait eu un malaise et qu'il gisait sur le sol, asphyxié. Les policiers ne voulaient pas admettre que je ne connaissais pas la combinaison. J'ai bien vu qu'ils ne me prenaient pas au sérieux. Quand j'ai expliqué le fonctionnement de la chambre forte, ils ont échangé un regard de connivence. Je les ai suppliés de se presser, mais ils continuaient à tourner autour du coffre, sans se décider à faire quelque chose.

Richie saisit Tiny par la main et le tira à l'écart.

– Viens, dit-il. J'en ai marre de toujours entendre la même chose. Tu veux voir le coffre? C'est drôle, ils y ont fait un sacré trou. Tu aurais vu ça :

les flammes, les étincelles, ça crachait de partout. Ils ont brûlé le parquet. Il faisait une chaleur à se mettre tout nu. Olivia m'a empêché de regarder sous prétexte que ça allait me rendre aveugle.

– Tu avais peur?

– Tu veux rire? J'étais sacrément content, oui! J'espérais qu'on allait sortir le cadavre de cet imbécile de Vernon, la figure toute noire, tirant une langue de deux pieds. Je me préparais à danser la gigue. Mais il n'y avait rien. Les pompiers n'étaient pas très heureux.

– Ils n'ont pas trouvé cela mystérieux?

– Non, j'ai entendu l'un des inspecteurs dire que ma mère était une hystérique, et qu'elle avait tout imaginé.

Ils entrèrent dans la galerie d'exposition. Le périmètre de la chambre forte était effectivement constellé de brûlures, là où les gerbes d'étincelles avaient arrosé le parquet. Une grosse tranche d'acier reposait sur le sol : le morceau qu'on avait découpé dans la porte. Le métal, liquéfié sous l'action des chalumeaux oxhydriques, avait pris un curieux aspect pâteux.

– Ils se sont relayés pendant quatre heures, expliqua Richie. Ils n'arrêtaient pas d'entrer et de sortir pour amener d'autres bonbonnes. La sueur leur coulait sur le visage comme de l'huile. Quelle histoire!

– Mais où est passé Vernon? s'enquit Tiny.

Richie haussa les épaules.

– Bah! fit-il, il en a eu marre d'être retenu prisonnier par ma mère, il s'est offert des vacances. Il a dû soudoyer le jardinier pour se faire ouvrir la grille, ou bien il a escaladé le mur avec un grappin et une échelle de corde, comme dans les livres d'aventures. Il doit être loin à présent. Il va sans doute vendre ce foutu tableau et claquer l'argent avec des poules. Il reviendra quand il n'aura plus rien, et ma mère lui pardonnera tout, comme d'habitude.

Tiny s'accroupit pour examiner le battant blindé. Le trou était assez large pour permettre à un adulte d'entrer dans le réduit en rampant. Les étincelles avaient brûlé le tapis. Tiny se demanda où se trouvait donc la trappe permettant d'accéder au passage secret. Il y avait forcément un ressort, un bouton dissimulé, mais où ? La pompe à faire le vide ronronnait bêtement dans son coin, inutile.

– Ne restons pas là, fit Richie, ça pue. En plus le parquet est fichu, il faudra le faire restaurer. Et comment se débarrassera-t-on de ce foutu coffre, hein ? Tu sais qu'il a fallu abattre le mur de façade pour le faire entrer ? Quel gâchis. Tout ça pour cet affreux tableau qui porte malheur.

Ils sortirent dans le parc. Le brouillard les enveloppa aussitôt, et Tiny frissonna au contact de l'humidité en suspension dans l'air. Les massifs, les statues, dessinaient des ombres au sein du fog. Richie grimaçait, en proie à un tourment intérieur. Il avait perdu son assurance et se déplaçait en voûtant les épaules.

– En fait, murmura-t-il dans un élan incontrôlé, pour dire toute la vérité, je me demande si les fantômes n'ont pas fait disparaître Vernon pour le punir de fouiner dans leurs affaires. Ce serait possible, tu sais. Ils ont bien assassiné mon père ! Cet imbécile de Vernon se vantait un peu trop d'être sur le point de percer le secret de l'énigme, ça a dû finir par se savoir dans le monde des esprits. Ils les ont sûrement réduits en cendres, lui et le tableau. Pof ! Comme ça. Pour en finir une fois pour toutes.

Ils avaient pris le chemin de la roseraie, et Tiny ne put se défendre d'un certain malaise lorsqu'il s'avança sous la coupole de verre et d'acier. L'odeur des roses était lourde, trop sucrée. On manquait d'air.

– Regarde ! haleta Richie en désignant les fleurs. Elles devraient être fanées depuis longtemps, et pourtant elles sont toujours là... Tu as vu leur couleur. On les dirait trempées dans le sang. C'est horrible. Je suis sûr que leurs racines descendent jusqu'en enfer. Si on tirait dessus, on sortirait de terre des kilomètres de tiges pleines d'épines. Ce sont les yeux du diable. Tu sais : comme les périscopes des sous-marins ! Les démons nous regardent à travers elles, ils nous espionnent.

Il s'exaltait, devenait frénétique. Tiny eut envie de lui appliquer une gifle sur chaque joue ou de le secouer par les épaules. Il réalisa que l'angoisse de Richie était contagieuse et qu'il avait les mains moites. Il se força à raisonner : les roses appartenaient à une variété hivernale, la serre les protégeait du froid, leur couleur résultait de savants croisements. Il n'y avait là rien de surnaturel. Au moment même où il commençait à retrouver une certaine sérénité, la porte de fer de la roseraie claqua sous l'effet du courant d'air, produisant un bruit semblable à celui d'un coup de feu, et, l'espace d'une seconde, Tiny fut submergé par les images du duel qui s'était déroulé là, à l'endroit où il se tenait. Il s'en voulut de sa naïveté.

– Quand on se déplace dans la serre, continua Richie, les roses tournent la tête pour nous observer. Je m'en suis rendu compte. Regarde, en ce moment même, elles sont toutes braquées vers nous !

Tiny ne put s'empêcher de vérifier. Le gosse avait raison, mais cela ne prouvait rien puisque tous deux se tenaient dans une tache de soleil. Les fleurs, comme toutes les plantes, obéissaient simplement à la loi du phototropisme.

– Vernon est mort, assura Richie d'un ton lugubre. Je le sens. Il ne dégage plus d'ondes. Les fantômes l'ont détruit, son âme est peut-être ici, prisonnière de l'une de ces roses.

– Ce ne sont que des fleurs, fit Tiny. Tu t'énerves pour rien.

– Non! glapit l'enfant grassouillet. Si je prenais un sécateur pour les couper, tu verrais le sang jaillir de leur tige comme d'une artère. Il nous éclabousserait de la tête aux pieds, ce serait horrible!

– Ça suffit, lança Tiny, sortons d'ici.

Et il saisit son compagnon par le bras pour le pousser dehors. S'il restait une seconde de plus ici, Richie allait se rouler par terre en bavant. L'odeur d'herbe mouillée du parc leur fit du bien.

Richie prit la direction de la petite maison japonaise de Chi et s'engouffra dans le frêle abri aux cloisons de papier de riz. Là, il s'assit en tailleur, tête basse, contemplant ses paumes ouvertes comme s'il essayait d'y lire l'avenir.

– Mon père m'est apparu en rêve, dit-il d'une voix à peine audible. Il m'a prévenu qu'un grand danger me menaçait et que des événements terribles allaient se dérouler sous peu à Shelton House. Tu as eu tort de revenir, tu pourrais bien le regretter. Tu devrais ficher le camp puisque rien ne t'en empêche, toi. Tu n'es pas prisonnier, tu n'as pas de parents et tu es riche, tu ne connais pas ton bonheur.

– Tu voudrais t'enfuir? hasarda Tiny.

– Oui, fit Richie en écarquillant les yeux, si j'avais de l'argent je m'en irais tout de suite. J'achèterais un billet pour les îles, un faux passeport et je paierais une fille pour jouer les nurses.

Elle m'accompagnerait sur le bateau. Je m'en irais loin d'ici, peut-être aux Indes. Je deviendrais le meilleur ami d'un maharadjah, nous chasserions le tigre sur des éléphants. Pour mon anniversaire, il m'offrirait mon poids en pièces d'or. J'ai peur de cette maison. Personne n'y vient. Je n'ai jamais eu d'amis, dans le quartier tout le monde nous regarde de travers.

Il s'interrompit, leva sur Tiny un regard soudain acéré.

– C'est drôle, dit-il d'un ton méfiant. Tu as un regard bizarre. Comme si tu portais un masque d'enfant. Ce n'est pas la première fois que je le remarque. Tu as un regard de grande personne... Oui, c'est ça, tu es trop sérieux. Parfois je me demande si tu ne serais pas une créature envoyée par les démons, pour m'espionner. C'est drôle, d'ailleurs, la manière dont on est devenus amis...

Tiny sentit la chair de poule lui hérisser la nuque. Il s'efforça de demeurer impassible.

– Je sais que j'ai l'air trop sérieux, dit-il. On me l'a souvent reproché. C'est également pour ça que j'ai du mal à me faire des amis. En réalité c'est parce que j'ai eu des malheurs.

Les yeux de Richie, toujours fixes, au bord de l'hallucination, lui donnaient envie de se lever et de courir vers la grille du jardin.

Les chiens aboyaient, au fond du parc, comme s'ils flairaient l'angoisse de leurs maîtres. Tiny aurait donné n'importe quoi pour qu'ils se taisent enfin.

Il songea au corps de Vernon Shieldrake, perdu dans les ténèbres de la maison aux volets clos. Que se passerait-il si quelqu'un le découvrait ? La police débarquerait immédiatement à Shelton House, il faudrait répondre à cent questions, donner mille détails. Leur couverture ne résisterait pas à cet examen.

« Allons, se dit-il. Il n'y a pas de raison pour qu'on déniche le cadavre avant un mois, ne te ronge pas les sangs pour rien. »

Mais il savait que son argumentation ne tenait pas la route. Tout était possible puisqu'on ne savait rien des habitudes de Shieldrake. Pourquoi ce dernier n'aurait-il pas donné un double des clefs à une femme de ménage afin qu'elle nettoie la maison et remplisse le garde-manger en son absence, une fois par semaine, par exemple? La bonne femme était peut-être – en ce moment même – en train de gravir les marches du perron, dans deux minutes elle buterait sur le corps et pousserait un hurlement à faire mourir d'une crise cardiaque le canari des voisins. La police identifierait aussitôt Shieldrake dont la photo avait occupé la « Une » de tous les journaux, ces derniers jours.

– Nous allons disparaître, murmura Richie, les uns après les autres, comme mon beau-père.

– Arrête! siffla Tiny, exaspéré.

Le gros garçon se renfrogna. Tiny songea qu'il était suffisamment déséquilibré pour avoir tué Vernon et ne pas s'en souvenir. Après tout, l'hypothèse émise par Peggy n'était pas si bête : le chantage remplissait la caisse noire avec laquelle Richie comptait financer sa fugue prochaine. Mais qu'avait-il fait du tableau? L'avait-il enterré quelque part, en état de somnambulisme? L'avait-il abandonné dans le tunnel serpentant sous la maison? Tout était possible, et la résidence Shelton trop grande pour qu'on puisse s'y livrer à une fouille en règle.

Les chiens hurlaient toujours, glapissant d'une manière presque douloureuse.

– Qu'est-ce qu'ils ont, à la fin? s'impatienta Tiny.

– Vernon était leur maître, dit doucement Richie. C'est lui qui les nourrissait. C'est leur instinct qui parle. Ils savent qu'il est mort.

L'électricité étant en panne, il avait fallu allumer une lampe à pétrole pour éclairer le petit salon, Peggy n'aimait pas cette lueur jaune à l'odeur désagréable qui donnait à ses deux compagnes des têtes de vieilles femmes.

Olivia avait rapporté de l'office des sandwiches au *corned beef* et du thé très fort. Irina Shelton n'avait pas bougé depuis près d'une heure, elle fixait le ciel à travers les carreaux, comme si elle s'attendait à voir surgir la silhouette des Junkers-88 du Blitz, précédant de quelques minutes à peine les bombardiers lourds allemands, venus de France pour déverser leur provision de mort et de destruction sur Londres. Avec l'approche de la nuit, le silence se réinstallait, le brouillard sortait des coulisses pour prendre possession du parc.

– Mon Dieu, murmura soudain Irina, quand je pense au brouhaha qui régnait dans cette maison quand j'étais jeune fille! Toutes ces voix mêlées, la fumée des cigares, les rires des demoiselles, la musique des pianos, des violons. Les trilles des chanteuses, le grondement des hommes parlant politique et s'invectivant autour d'un bol de punch. Il fallait bien du talent pour parvenir à s'imposer au milieu de ce tohu-bohu. Il fallait vraiment posséder une personnalité hors du commun pour que les bavards daignent faire silence et vous écouter. Doob Stone-Martin était de ceux-là. Dès qu'il ouvrait la bouche, tous les regards convergeaient vers lui. Les danseurs se figeaient, les musiciens restaient, l'archet en l'air. On savait qu'il allait dire quelque chose de provocant, de terrible. Un bon mot qu'on répéterait à travers tout Londres, d'un salon à l'autre durant une semaine. Il avait un humour noir féroce, terrible. Mon père l'appréciait beaucoup. Il le surnommait : « mon coq de combat ».

Elle s'interrompit, inspira douloureusement, et souffla d'une voix sans force :

– Comme j'ai pu aimer cet homme.

Maintenant, elle scrutait le fog, comme si Doob allait soudain émerger de l'écran de brume. Peggy serra les doigts sur les accoudoirs du fauteuil, l'atmosphère devenait étrange, propice aux fantasmagories. Elle réalisa que son cœur battait trop vite. Elle aurait voulu se redresser, aller se passer de l'eau fraîche sur le visage, mais elle restait là, les joues brûlantes, le sang gonflant les tempes, alourdie d'une angoisse qu'elle ne parvenait pas à juguler.

Tout à coup, Irina tendit le bras pour saisir un gros album de cuir posé sur une crédence.

– Regardez, dit-elle en l'ouvrant. Ils sont tous là. Tous les invités de mon père. Tous ceux qui ont fait l'histoire de Shelton House. Et maintenant ils sont morts... Je suis la dernière à me souvenir encore de cette époque. Je suis la survivante. Je porte en moi la mémoire de la maison. Quand je ne serai plus là, tout s'effacera.

Elle tournait lentement les pages surchargées de photographies vieillottes. Peggy voyait défiler des jeunes gens portant canotiers et raquettes de tennis, des garçons de la bonne société affublés de maillots de rameurs et brandissant un aviron d'un air triomphant. Des photos de pique-niques, avec, au centre de la nappe posée sur le gazon, une bouteille de champagne français fichée dans un seau d'argent.

Ils souriaient, regardant l'objectif, prenant des poses d'hercules de foire. Les jeunes filles se protégeaient du soleil sous de délicates ombrelles, ils avaient tous vingt ans, les joues fraîches, et dans les yeux cette vivacité des jeunes athlètes pour qui la fatigue n'est qu'un prétexte à paresser sous un arbre en mâchonnant un brin d'herbe, pour qui avoir faim, se résume à grignoter du bout des dents un toast au caviar ou une lamelle de saumon fumé.

– Tous morts, soupira Irina. Parfois je me demande si la malédiction n'existe pas, réellement. Tous morts aujourd'hui... Les accidents, la guerre, les bombardements... Je suis la dernière. Lui, c'est Sean Bellamy, noyé au cours d'une régate, elle c'est Maggy O'Neal, tuée sous son cheval en sautant un obstacle. Et eux... Les frères Tread. Disparus en Afrique, sans doute tués par les sauvages. Elle, là, la petite brune pleine de taches de rousseur, Judith O'Callaghan, morte en donnant le jour à un enfant difforme. C'est comme si le sort s'était acharné sur eux, vous comprenez? Ils n'ont pas survécu très longtemps à la dernière fête. Comme si les soirées de Shelton House avaient consumé leur énergie vitale, leur interdisant tout espoir de lendemain. Les derniers, ceux qui avaient réussi à échapper au malheur, la guerre s'est chargée de les rayer de la liste. Et aujourd'hui, Vernon qui disparaît, inexplicablement... Il est entré dans le coffre et il n'en est pas ressorti, *je le sais*. Personne ne veut me croire mais c'est vrai. Je l'ai vu entrer dans la chambre forte pour y travailler à son mémoire. Je suis restée pendant trois heures dans la bibliothèque, à relire *Paradis perdu*, j'attendais que Vernon ait fini pour aller me coucher en sa compagnie. S'il avait rouvert la porte blindée j'aurais à coup sûr entendu le cliquetis de la serrure.

Les policiers prétendent que je me suis sûrement assoupie, et qu'il est ressorti sans que je ne m'en rende compte, mais je sais que c'est faux. Je n'ai pas dormi. J'adore Milton, je ne suis pas de celles sur qui la poésie agit à la façon d'un soporifique ! Vernon a disparu, aussi invraisemblable que cela puisse paraître : il a bel et bien disparu. Je me demande...

Elle eut un frisson, détourna les yeux avec gêne, et Peggy sut qu'elle pensait aux fantômes en colère, à Doob Stone-Martin qui, jaloux, était peut-être venu réduire en cendres Vernon Shieldrake, sa pauvre doublure. La détresse d'Irina lui faisait mal. Elle avait beau savoir que cette femme était une démente et une meurtrière, elle ne pouvait s'empêcher de la plaindre.

À cette seconde, les chiens aboyèrent, faisant sursauter Olivia qui s'était assoupie. Le châle dont ses épaules étaient couvertes glissa, et Peggy aperçut une grosse broche en or épinglée au-dessus du sein gauche de la gouvernante. Un déclic se fit en elle, et elle détourna les yeux pour ne pas se trahir. *Elle connaissait ce bijou.* Elle l'avait vu dans la vitrine d'un bijoutier de Belgravia, en haut de la rue qui menait à Shelton House.

– Il serait peut-être temps de faire rentrer les petits ? proposa l'Irlandaise en se redressant.

– Vous avez raison, approuva Peggy qui l'imita.

Elles sortirent dans le parc. Olivia s'était de nouveau drapée dans son châle. Peggy essayait de conserver une attitude naturelle, mais son regard revenait sans cesse vers la bosse que faisait le bijou sous la laine. Après avoir vainement appelé les enfants, elles se séparèrent pour chercher chacune de leur côté. Les garçons apparurent enfin, sur le seuil de la cabane aux cloisons en papier de riz.

D'un geste, Peggy fit comprendre à Tiny qu'elle avait besoin de lui parler. « L'enfant » s'attarda pour renouer un lacet.

– Allez devant, lança Peggy à l'Irlandaise, nous vous suivons.

Dès qu'ils furent seuls, Tiny chuchota :

– Je n'ai rien trouvé. Richie est en train de perdre les pédales. Il se pourrait bien que tu aies raison et que ce soit lui l'assassin de Vernon.

– Non, murmura Peggy. Il n'y est pour rien. Je sais qui a tué Vernon... et qui a volé le tableau. C'est Olivia. Olivia Oldfoks.

– Hé? fit Tiny. Cette bonne grosse fille un peu bête qui s'enivre au brandy. Tu es sérieuse?

– Oui, affirma la jeune femme en faisant quelques pas dans l'allée. Elle s'est acheté une broche. Une broche en or, très chère. Avec l'argent du chantage. Elle n'a pas pu résister au besoin de la porter sous son châle. Elle croyait que personne ne la verrait. Une gouvernante ne peut pas se payer un bijou pareil.

– Allons, Irina le lui a peut-être donné?

– Non, c'est une broche que j'ai vue chez *Meeks*... Elle s'est trahie. Elle n'a pas pu résister au besoin de se payer une folie. C'est elle qui a le tableau, j'en suis certaine. Il faut perquisitionner dans sa chambre, tout à l'heure, après le repas. Tu n'auras qu'à prétendre vouloir dormir, je t'accompagnerai au premier étage sous prétexte de te coucher.

– Pourquoi là-haut? Le tableau peut être planqué n'importe où!

– Non, je t'expliquerai.

Le repas fut morne, servi par la cuisinière taciturne. Personne ne semblait avoir d'appétit. Irina avait amené son album de photos à table, et le feuilletait entre deux bouchées. Quand vint l'heure de la sieste, Shelton House glissa dans une torpeur encore plus épaisse que de coutume. Irina s'assoupit dans son fauteuil tandis qu'Olivia continuait à lui faire la lecture, à voix basse.

Comme prévu, Peggy et Tiny se retrouvèrent au bas du grand escalier. Richie dormait déjà dans l'ancienne nursery. Bougon, il s'était couché en mâchonnant le pied gauche d'un vieux horse-guard de feutrine décolorée. Il n'avait pas tardé à sombrer dans un sommeil agité, et Peggy soupçonnait Olivia d'avoir versé du gin dans le chocolat du petit garçon pour avoir la paix. Il fallait mettre ce répit à profit, aussi les deux complices grimpèrent-ils rapidement à l'étage.

– Pourquoi justement sa chambre? demanda Tiny.

– C'est logique, répondit la jeune femme. Parce que c'est le seul endroit où la toile est en sécurité. Réfléchis un peu : partout ailleurs quelqu'un risquerait de mettre la main dessus. Si elle l'avait enterrée dans le parc, le jardinier aurait pu remarquer qu'on avait remué le sol... ou les chiens, en reniflant, l'auraient déterrée. Dans la maison, c'était impossible. Tu l'as dit toi-même, Richie passe ses journées à fouiner partout. La chambre forte est éventrée, ouverte à tous. Quant au passage secret, il est probablement infesté de rats, comme tous les égouts. Ces bestioles rongent n'importe quoi. Elles pourraient très bien se mettre en tête de bouffer la toile. Non, si Olivia a volé l'œuvre de Chi, c'est pour la conserver à portée de la main, là où elle pourra la surveiller en permanence.

Ils avaient atteint le premier étage. Parvenu devant la chambre de la gouvernante, Tiny posa la main sur la poignée de la porte. On avait fermé à clef, mais cela ne représentait pas un obstacle sérieux. En quelques secondes, il fit jouer les engrenages du verrou à l'aide d'un bout de fil de fer recourbé.

Ils entrèrent dans le repaire de l'Irlandaise. Tout était soigneusement rangé, d'une propreté austère. Sans un mot, ils entreprirent une fouille complète des lieux. La commode ne contenait que du linge de corps en coton blanc, des bas de laine, rien de très affriolant. Les objets de toilette se réduisaient au strict minimum, comme chez toute femme peu préoccupée de coquetterie. Quelques livres reposaient sur la table de chevet : un Dickens, une bible, un D.H Lawrence, et un opuscule sentimental intitulé *L'Abandonnée.*

– Rien, constata Tiny. On se croirait chez une nonne.

– Et sous le matelas?

– Tu veux rire?

Il se pencha tout de même, et se redressa aussitôt en sifflant entre ses dents, à la manière des voyous.

– Gagné, fit-il. *Ç'est là.*

Il souleva le matelas des deux mains, dévoilant le coin droit inférieur de l'enveloppe de caoutchouc noire protégeant le tableau japonais.

– Je vous conseille de ne pas y toucher, dit à ce moment même la voix d'Olivia Oldfoks derrière eux.

La gouvernante se tenait sur le pas de la porte, un gros revolver d'ordonnance au poing. L'arme était très lourde, et elle devait la tenir à deux mains pour empêcher que le canon ne s'abaisse vers le plancher. Aussi bizarre que cela puisse paraître, cet instrument lui donnait un air gauche assez attendrissant, sans doute parce qu'il soulignait sa maladresse native.

– C'est le pistolet de lord Shelton, se crut-elle forcée d'expliquer. Ne faites pas les imbéciles, c'est une arme qui a déjà tué beaucoup de gens. Des sauvages, aux Indes, par dizaines. Je savais que vous alliez venir ici. C'est à cause de la broche, n'est-ce pas? Je l'ai lu dans vos yeux. J'ai commis une erreur, mais c'était plus fort que moi, je n'ai pas pu résister. J'en avais tellement envie. Depuis deux mois, chaque fois que j'accompagnais Richie au square, je m'arrêtais pour la contempler. C'était une erreur... mais je ne pensais pas que vous oseriez revenir, et Irina n'a plus assez de tête pour s'arrêter à ce genre de détail.

– Alors vous reconnaissez avoir tué Vernon pour lui voler le tableau, dit Peggy.

– J'en avais le droit, siffla Olivia. À titre de dédommagement. J'en ai assez de vivre ici, entre Irina et Richie. Telle mère tel fils! Deux détraqués. Vous me croyez assez idiote pour ne pas avoir compris que c'est Irina le Coupeur de Têtes? Bon sang! Il ne m'a pas fallu longtemps pour le deviner! Les déambulations nocturnes, le piano enfermé, la corde rouillée. J'ai reconstitué tout le puzzle, moi aussi. Je ne suis pas aussi stupide que vous le croyez. Mais qu'est-ce que ça m'aurait rapporté de la dénoncer, hein? Elle est folle, elle ne se rappelle même pas ce qu'elle a fait. Elle a oublié tout ça depuis longtemps. C'est comme si ça s'était passé dans une autre vie.

Elle haletait, le visage très rouge.

– Je sais bien que vous n'êtes pas une vraie nurse, reprit-elle, et que le gosse n'est pas plus lord que moi je ne suis comtesse! Vous êtes des voleurs. J'ai surveillé vos allées et venues. J'ai tout de suite compris que vous étiez là pour le tableau. Personne n'a jamais pu supporter Richie plus d'une journée, alors, cette subite camaraderie, ça ne tenait pas debout! Il y avait forcément autre chose. Quelqu'un vous a envoyés pour récupérer la toile. C'est ça, n'est-ce pas?

– Comment avez-vous deviné que Vernon quittait Shelton House par le coffre? interrogea Peggy sans se donner la peine de répondre.

– Bêtement, répondit Olivia en haussant les épaules. Un hasard. Je l'ai reconnu dans la rue, *de dos*... Oui, même pas de face, mais en marchant derrière lui. Il était maquillé, grimé, avec sa fausse barbe, mais de dos, on identifiait tout de suite sa démarche maniérée. Il m'a semée; ce jour-là, j'ai compris qu'il s'échappait de la maison pendant ses soi-disant séances de travail. J'ai tout de suite pensé qu'il utilisait un égout désaffecté, quelque chose de ce genre, et qu'il allait prendre du bon temps dans une garçonnière. Je savais qu'il avait travaillé au service des abris pendant la guerre, il se vantait tout le temps d'avoir sauvé la vie à des milliers de personnes. J'ai cherché où pouvait bien déboucher le tunnel, mais c'était difficile. Il y avait trop de ruines aux alentours. Alors j'ai attendu. Quand je vous ai vue débarquer, j'ai su qu'il ne pourrait pas s'empêcher de vous donner rendez-vous, il était trop coureur. J'ai pris pour habitude de vous espionner dès qu'il essayait de vous entraîner dans un tête-à-tête. Je l'ai entendu vous fixer rendez-vous à Hyde Park Corner. Je me suis habillée en homme, avec un ciré, et j'ai quitté la résidence après avoir fait semblant de monter me coucher. J'avais pris la clef de la grille dans la cabane du jardinier. Irina n'a jamais prêté la moindre attention à mes déplacements. Je suis moins qu'un pot de géraniums, ici. C'est Vernon qu'elle surveillait. Elle n'était pas jalouse de moi, je suis trop laide pour ça. C'est d'ailleurs pour cette raison qu'elle m'a engagée. Parce que je ne risquais pas de séduire son cher époux! Dans l'après-midi j'avais loué une voiture. J'ai pris l'affût avec un peu d'avance, et je vous ai suivis. J'ai bien failli vous perdre dans le brouillard, mais vous m'avez finalement menée à la garçonnière. Je suis entrée juste derrière vous, avec le passe-partout dont les femmes de chambre se servaient ici pour faire le ménage dans l'aile des invités. À un moment, j'ai cru que vous m'aviez repérée.

– C'est vrai, fit Peggy. J'ai senti votre présence. Je savais qu'il y avait quelqu'un d'autre dans les lieux. Qu'est-ce que vous espériez faire?

– Je voulais fouiller la maison pendant que vous seriez occupés à faire l'amour, répondit Olivia avec une grimace. J'étais certaine que Vernon cachait le tableau à cet endroit. Je savais qu'il avait organisé une sorte de chantage. Je l'avais surpris dans la roseraie en train de compter des liasses de billets, or Irina ne lui donnait pas un sou. Je vous le répète au cas où vous n'auriez pas encore saisi : je sais me servir de ma tête. Ce que vous avez deviné, je l'avais reconstitué bien avant vous.

– Mais pourquoi vouliez-vous le tableau?

– Mais c'est évident! Parce que je ne supporte plus de vivre ici, avec cette dingue qui déambule chaque nuit, sa corde à piano dans la poche! Je tremble de peur à l'idée qu'un jour ou l'autre, elle décidera peut-être de me trancher la tête. Vous pensez que c'est une existence? Coincée entre une folle meurtrière et un gosse dégénéré?

– Pourquoi n'êtes-vous pas partie?

Olivia éclata d'un rire amer.

– *Et pour aller où, Grand Dieu?* ricana-t-elle. Qui voudrait engager la gouvernante de Shelton House? Je suis marquée! C'est comme si j'avais été la nurse d'Hitler! Personne n'a envie de me voir approcher un enfant. Vous croyez que je n'ai pas pensé à ficher le camp? Mais pour quoi faire? Vider les bassins à St-James Hospital? Devenir fille de salle? Torcher les éclopés, les infirmes? Très peu pour moi, ma belle! Il me fallait le tableau, pour me constituer une rente. Pour reprendre le chantage à mon compte. J'ai dû précipiter les choses parce que je sentais que vous étiez là pour la même raison. C'est pour ça que je vous ai suivis ce soir-là, avec l'espoir de vous coiffer au poteau.

– Mais vous avez tué Vernon.

Olivia détourna les yeux.

– Il m'a surprise dans le couloir pendant qu'il courait à la salle de bains. Je vous croyais au lit tous les deux, j'avais entendu le sommier craquer. Il m'a reconnue. J'avais un coupe-papier à la main. Je voulais m'en servir pour forcer les tiroirs. Je l'ai frappé, sans réfléchir. Ça a été instinctif. Je détestais cet homme. Il se moquait toujours de moi.

– Vous m'avez assommée.

– Oui, je ne voulais pas vous tuer. Je n'ai pas de haine envers vous.

– Mais vous m'avez attachée... Si personne n'était venu à mon secours je serais toujours là-bas, morte de soif à côté de Vernon.

L'Irlandaise haussa les épaules avec fatalisme.

– C'est vrai, mais j'ai pensé que vous seriez assez dégourdie pour vous libérer. Je savais que vous n'iriez pas vous plaindre aux flics. Je n'ai jamais cru à votre histoire de nurse et de baronnet. Vous êtes une aventurière... comme moi. Vous avez dressé le gamin à vous seconder dans vos sales coups. C'est moche.

– Vous avez trouvé le tableau, dit Peggy en faisant un pas vers le lit.

Aussitôt Olivia releva le canon du revolver. L'arme était trop lourde pour son poignet, et elle avait du mal à l'empêcher de piquer du nez.

– Oui, confirma l'Irlandaise. Vernon ne s'était pas donné beaucoup de mal pour le cacher. Dans la cave, sous le charbon, à l'endroit le plus noir de la maison. Dans son secrétaire j'ai trouvé son livre de comptes, les adresses des familles, le plan du souterrain, la manière d'y accéder. C'était un imbécile. Vous savez qu'il dépensait tout son argent avec les filles ? Des putains qu'il couvrait de cadeaux. Une véritable armée de putains qui lui coûtait très cher. Il tenait une comptabilité très stricte de tout cela. C'était un crétin, un jouisseur. Je ferai un bien meilleur usage de cet argent. J'y ai droit. J'ai assez souffert.

– Vous avez utilisé le souterrain pour aller chercher l'enveloppe, observa Peggy. C'était vous, sur le vélo ?

– Oui. Comme les pompiers avaient découpé la porte blindée, on pouvait entrer librement dans la chambre forte. Je suis passée par le tunnel, mais c'est un endroit effrayant, rempli de rats. Une portion d'égout à demi murée et qui débouche au beau milieu des ruines. C'est assez dangereux de passer par là, mais j'avais peur d'être suivie. Je voulais pouvoir semer mes poursuivants au cas où...

– Je n'appartiens pas à la police, déclara doucement Peggy. Que vous ayez tué Vernon Shieldrake ne me regarde pas et je ne vous dénoncerai pas davantage. Mais en échange de mon silence, vous allez me laisser emporter le tableau. Comme vous l'avez deviné, je suis ici pour ça. Uniquement pour ça.

Olivia secoua la tête. Une étrange férocité déformait ses traits.

– Pas question ! haleta-t-elle. Vous n'imaginez tout de même pas que je vais rester ici, en compagnie de cette folle jusqu'à la fin de mes jours ? J'en ai assez de me barricader chaque nuit, de trembler dès que j'entends craquer une latte de parquet, de me demander si c'est elle qui s'approche, sa corde à piano entre les mains. J'ai besoin de ce tableau. Je vais exploiter le petit commerce de Vernon. Dès que j'aurai mis assez d'argent de côté, je quitterai Shelton House, et j'irai refaire ma vie ailleurs. Il n'est pas question que vous touchiez à cette toile, c'est mon assurance sur l'avenir.

La tête enfoncée dans les épaules, elle plissa les yeux.

– Je vais vous expliquer, *moi,* ce que vous allez faire, dit-elle d'une voix sourde. Vous allez sortir de la maison sans demander votre reste. Dans deux minutes je vais ouvrir le chenil et lâcher les chiens. Ils me connaissent, c'est moi qui les nourris depuis la mort de Vernon, et ils ne me feront pas de mal. Ils vont se lancer à votre poursuite. Si vous traînez dans le parc, ils vous réduiront en charpie, et cela passera pour un accident. Je dirai à la police que j'ai vu votre fils jouer près du chenil, et qu'il a sans doute ouvert la porte par inadvertance. Si vous n'êtes pas idiots, vous filerez sans attendre. La grille du parc est fermée, mais le petit se glissera entre les barreaux, et vous, vous pourrez toujours l'escalader. Voilà exactement ce que je vais faire. Ne perdez pas de temps. Filez. Et ne regardez pas derrière vous.

Pendant qu'elle parlait, elle n'avait cessé de braquer l'arme sur Peggy, négligeant Tiny qui simulait la frayeur et s'était recroquevillé dans son coin tel un gosse pris en faute. Brusquement, « l'enfant » saisit la bible posée sur la table de chevet et la lança de toutes ses forces sur la gouvernante. L'épais volume relié de cuir frappa l'Irlandaise au poignet, faisant voler le revolver qui lui échappa, fila dans l'entrebâillement de la porte pour glisser sur le parquet ciré, et dévaler l'escalier avec un sourd fracas. Cette fois Olivia perdit toute réserve, les ongles en avant, elle se jeta sur Peggy pour lui lacérer le visage, mais celle-ci la cueillit d'un coup de poing sur le nez, comme elle agissait avec les fauves, lorsque ceux-ci devenaient trop menaçants. La gouvernante tomba à genoux, étourdie, les mains pressées sur la figure, du sang coulant entre ses doigts. Sans attendre, Peggy avait repoussé le matelas et saisi le tableau dans son enveloppe de caoutchouc noir.

– Fichons le camp ! siffla Tiny. Ligotons cette dingue et rentrons chez nous !

Mais il ne put finir sa phrase, Olivia Oldfoks se redressa d'un bond, l'écartant d'un coup d'épaule. Les mains occupées par le tableau, Peggy ne put intervenir. Déjà, la gouvernante était dans le couloir et dévalait l'escalier au risque de perdre l'équilibre et de se rompre le cou.

– Bordel ! hoqueta Tiny, elle va libérer les chiens. Il faut la rattraper, vite !

Ils se lancèrent sur les traces de la fuyarde, mais celle-ci, connaissant parfaitement la géographie interne du bâtiment, avait disparu.

Ils s'immobilisèrent au bas de l'escalier, ne sachant quelle direction prendre. Peggy se cramponnait au tableau, mais ses mains en sueur dérapaient sur l'emballage de caoutchouc.

– Vite ! lança Tiny, il faut traverser le parc.

– On n'en aura pas le temps ! haleta la jeune femme. Écoute ! Elle est au chenil.

Elle disait vrai. Les chiens hurlaient, déchaînés. Dans quelques secondes ils s'élanceraient hors de leur cage, excités par Olivia qui les conduirait vers la maison.

– On n'a pas le temps, répéta Peggy. Ils nous rattraperont au beau milieu de la pelouse.

– Où est ce foutu revolver ? grogna « l'enfant ». Il a dû glisser quelque part.

– Laisse, dit la jeune femme. Si on sort maintenant on se jette dans la gueule du loup. Il faut... Il faut rejoindre la galerie de peinture. Le coffre...

– Quoi ? gémit Tiny. Tu veux qu'on entre dans la chambre forte ?

– Oui ! Le passage secret... Notre seule chance d'en sortir vivant, c'est de descendre dans le souterrain.

– Mais la porte du coffre est trouée ! protesta Tiny, les chiens vont s'y faufiler.

– On bouchera le trou avec la table de travail. Il suffira que l'un de nous la maintienne pendant que l'autre cherchera l'entrée du passage !

Ils s'élancèrent, dérapant sur le parquet encaustiqué. Les hurlements des chiens se rapprochaient. Olivia devait les exciter. Dans quelques secondes les bêtes entreraient dans la maison...

Peggy et Tiny couraient, se cognant aux meubles, renversant les armures. Leur fuite bousculait des crédences, provoquant l'éparpillement des délicates figurines de porcelaine qui explosaient en touchant le sol. Enfin, ils atteignirent la galerie d'exposition et se ruèrent vers le coffre. À quatre pattes, ils s'introduisirent dans la chambre forte par l'orifice irrégulier découpé au chalumeau. Peggy tremblait de déchirer l'emballage de caoutchouc sur un faux mouvement. Si le tableau devenait noir en l'absence de tout témoin, personne ne croirait jamais qu'il s'agissait bel et bien de l'œuvre de Chi.

– La table ! lança-t-elle, à bout de souffle.

Il lui semblait percevoir l'écho d'une galopade lointaine, des bruits de griffes sur le parquet. La meute était dans les murs. Quelque part, la voix d'Irina Shelton s'éleva :

– Mais enfin... que se passe-t-il ici?

Tiny avait renversé la table de travail pour la pousser contre la porte. Le panneau de chêne occultait le trou ouvert par les pompiers, mais encore fallait-il le maintenir dans cette position pendant que les bêtes se presseraient de l'autre côté!

Peggy s'adossa au meuble pour essayer de le bloquer, hélas ses talons dérapaient sur le sol métallique du coffre.

– Cherche vite! dit-elle d'un ton suppliant, je ne sais pas si je pourrai tenir très longtemps.

Assez curieusement, le cube creux de la chambre forte amplifiait les bruits de l'extérieur. La galopade des chiens lâchés dans la maison s'y répercutait, déformée par l'écho. Les bêtes couraient, se cognant aux meubles, renversant bibelots et armures. Elles glissaient sur le parquet ciré et tombaient parfois avec des bruits sourds. On percevait nettement la voix aiguë d'Olivia qui les encourageait tel un chef de meute dans une chasse à courre. Peggy s'arc-bouta de toutes ses forces, en prévision du choc. Mais elle ne pesait pas très lourd, et elle ne savait pas si elle pourrait endiguer l'assaut des chiens lorsque ceux-ci tenteraient de forcer le passage. Les molosses entouraient déjà le coffre. Ils bondissaient contre les parois de métal, et leurs griffes crissaient interminablement. Peggy les imaginait sans mal : se bousculant, se mordant, affolés par la perspective de la curée. Ils ne mirent pas longtemps à se presser autour du trou et à donner des coups de tête dans le panneau de chêne qui bouchait l'orifice découpé au chalumeau. Peggy avait beau contracter les muscles des épaules, chaque nouveau choc la poussait en avant. Les bêtes grognaient, furieuses, se jetant contre le plateau de bois dans l'espoir de vaincre l'obstacle.

– *Dépêche-toi!* gémit la jeune femme en plantant ses talons dans le sol.

Tiny ne répondit pas. Depuis qu'ils étaient entrés dans le coffre, il inspectait systématiquement les parois, pressait chaque boulon au cas où les protubérances de métal auraient caché un bouton commandant l'ouverture de la trappe. À quatre pattes, il sondait les plaques de fer soigneusement soudées entre elles, mais la chambre forte résistait à ses investigations. Elle paraissait à peu près aussi étanche qu'un sous-marin.

Maintenant les chiens bondissaient sur le panneau de bois, et Peggy devait encaisser ces coups de bélier sans broncher. Elle sentait l'odeur des bêtes en furie. Parfois, quand la table s'écartait de quelques centimètres sous la pression d'un dogue, elle recevait dans la nuque des éclaboussures de bave. C'étaient des molosses adultes, pesant chacun près de quatre-vingts kilos. Des fauves caparaçonnés de muscles, sans une once de graisse. La résistance des proies, dont ils percevaient le fumet de peur et d'angoisse, les rendait fous. Ils voulaient mordre, déchiqueter, se partager les entrailles de ce gibier humain qui s'obstinait à se cacher au fond du terrier de fer.

Dominant le tumulte, la voix d'Irina Shelton retentit, quelque part au bout de la galerie :

– Olivia... Mais que faites-vous avec ces chiens? Qu'ils sortent de là. Olivia, vous m'entendez?

– Fichez-moi la paix, vieille folle! hurla la gouvernante, laissez-moi passer... lâchez-moi!

Les bêtes, perturbées par le conflit, hurlaient de plus belle. Probablement entouraient-elles les deux femmes en claquant des mâchoires, ne sachant plus à qui elles devaient s'en prendre. Peggy connaissait bien cette confusion qui s'empare régulièrement des animaux lorsque des humains commencent à s'affronter. Très vite, les bêtes devenaient folles, s'en prenaient à n'importe qui, sans plus faire la moindre distinction entre agresseur et victime.

Irina poussa un cri strident, comme si elle venait d'être mordue. « Si elle tombe à terre c'en sera fait d'elle », pensa immédiatement Peggy. La voix de Richie, effrayée, retentit dans le lointain : « Maman! Maman! » La cuisinière et le jardinier s'étaient mis de la partie et la plus totale confusion régnait à présent dans la galerie de peinture. Les aboiements des dogues dominaient tout, installant un invraisemblable chaos.

Irina poussa un nouveau cri de souffrance et de terreur, comme si les dobermans s'acharnaient sur elle. Peggy savait ces chiens peu fiables et difficiles à manier, surtout par des non-spécialistes. Sans notions réelles de dressage, on se laissait déborder. Les hurlements qui retentissaient de l'autre côté de la paroi blindée ne laissaient rien augurer de bon. Devenues folles, les bêtes se jetaient contre le coffre. Peggy, trempée de sueur, sentait ses paumes déraper sur le sol métallique. Privée d'appui, elle ne parvenait plus à maintenir la table en place. Brusquement, un choc plus violent que les autres écarta le plateau de chêne de l'orifice, le mufle d'un molosse s'engagea aussitôt dans le trou, les babines retroussées, crocs découverts. La jeune femme pesa de l'épaule, pour tenter de la repousser, mais le chien tenait bon. Il mordait le bois, sans tenir compte des esquilles qui lui lacéraient les gencives.

– Vite! supplia Peggy.

Tiny transpirait, gagné par l'affolement. Il n'était pas assez grand pour pouvoir explorer le haut des murs, et s'était hissé sur une chaise, en position instable, afin de palper les parois. Peg frappa du poing sur la truffe du molosse, lui arrachant un couinement de souffrance. La bête recula, mais ses griffes continuèrent à lacérer le plateau.

La dompteuse savait qu'elle ne résisterait plus très longtemps à la pression des animaux se bousculant aux abords du trou. Tous voulaient entrer, leurs corps formaient une masse compacte de muscles noués.

– Bon sang! siffla Tiny. Nous sommes idiots. Il n'y a pas de ressort secret... L'entrée est là, sous nos yeux, depuis le début!

Il se rua sur la fausse pompe censée faire le vide à l'intérieur du coffre, et l'étreignit pour tenter de la renverser. C'était un gros bloc constitué d'un moteur et d'une espèce de soupape produisant un halètement monotone, mais qui pesait un bon poids.

– Je n'y arrive pas! se désespéra « l'enfant ».

– Qu'est-ce que tu fiches? s'impatienta Peggy.

– Tu n'as pas compris? lança Tiny sans tourner la tête. C'est là-dessous, tout simplement... Le bloc est probablement monté sur charnières, comme une trappe, il suffit de le faire basculer.

Tout aurait été simple si Peggy avait pu l'aider, mais la jeune femme était clouée à la porte, les bras en croix, essayant de résister aux coups de tête des chiens. Tiny rassembla toute son énergie, jusqu'à ce que son visage devienne violet. Enfin le moteur s'arracha du sol pour basculer sur le côté, tel un capot qu'on soulève, démasquant un trou percé dans l'acier du plancher.

– Viens, haleta Tiny.

– Dès que je vais lâcher la table ils vont entrer! cria Peggy. Il faut la coincer. Approche la chaise...

Dans la minute qui suivit, ils essayèrent d'entasser tout ce que contenait la chambre forte devant l'orifice trouant la porte. La manœuvre serait difficile. Dès que Peggy cesserait de s'arc-bouter à la table, les molosses forceraient le passage. La jeune femme devrait donc se ruer vers le souterrain et rabattre la trappe le plus rapidement possible avant que les fauves n'aient le temps de s'y précipiter à sa suite.

– Ça ne marchera jamais, balbutia-t-elle.

– Si, lança Tiny en se penchant au-dessus du trou, ce n'est pas un escalier, c'est une échelle! Des barreaux encastrés dans un mur. Ils ne pourront pas nous suivre, viens!

– Ils vont sauter dans le vide!

– C'est un risque à courir. Viens.

– Prends le tableau et descends d'abord. Attends-moi en bas. Tu as ta lampe?

Tiny acquiesça. Glissant l'emballage de caoutchouc sous son bras, il s'engagea dans le tunnel vertical, se retenant d'une main aux barreaux. D'où elle se tenait, Peggy pouvait sentir le relent de moisi qui montait du passage. Elle regarda Tiny disparaître dans le souterrain avec un pincement au cœur. Maintenant c'était à elle... Combien de temps lui faudrait-il pour bondir vers l'entrée du conduit, saisir la trappe et la rabattre? Si elle cafouillait les chiens l'égorgeraient. C'était aussi simple que cela.

Elle inspira profondément, mesura la distance qui la séparait de l'orifice ouvert dans le sol. Puis elle se jeta en avant, s'arrachant la peau des cuisses sur les rivets du parquet métallique, et lança ses jambes dans le trou. Déjà les chiens repoussaient la table et passaient la tête dans la découpe de la porte blindée. Par bonheur, ils voulurent tous entrer en même temps, si bien qu'ils demeurèrent coincés dans l'orifice, aucun d'entre eux n'ayant assez d'intelligence pour céder le passage à son voisin. Peggy tâtonna du pied pour trouver l'appui des échelons. Elle faillit manquer son coup et tomber dans le vide. En équilibre instable, les mollets douloureux, elle se haussa pour saisir la poignée fixée sous le moteur amovible dissimulant la trappe, et tira. La grosse pompe se rabattit au moment même où le premier chien entrait dans le coffre. La plaque d'acier frappa la jeune femme à la tête, manquant de l'assommer, et elle se rattrapa *in extremis* aux échelons, étourdie par le choc. Au-dessus d'elle, le dogue s'acharnait sur la pompe, grattant l'acier avec fureur.

– Dépêche-toi, lança Tiny qui se tenait en bas, quelque part au-dessous d'elle.

Elle dégringola le long des barreaux plus qu'elle ne descendit. Tiny avait découvert une lampe tempête sur une caisse et l'avait allumée. La lumière jaune de la flamme éclairait la perspective d'un tunnel bas de plafond, à la voûte lézardée. Des rats bruns couraient le long des murs, affolés par la lumière, la présence des intrus, et sans doute l'odeur des chiens.

– C'est muré de ce côté, expliqua « l'enfant », il faut aller par là.

Brandissant la lampe, il prit la tête. Le passage était étroit, dans un état de délabrement avancé. Vernon avait disposé des planches sur le sol afin de pouvoir s'y déplacer sans mettre les pieds dans les eaux d'infiltration. Du coin de l'œil, Peggy aperçut une sorte de loge de maquillage improvisée avec des caisses, et une malle qui contenait sans doute des vêtements de rechange. Au bout du passage, ils trouvèrent deux bicyclettes accrochées contre la paroi. À cet endroit, des marches montaient vers une trappe dont les interstices laissaient passer la lumière du jour. Une barre de sécurité munie d'un cadenas fermait le battant, mais Tiny n'eut aucun mal à se défaire de cet obstacle de pacotille. Lorsqu'ils soulevèrent le battant, ils débouchèrent au beau milieu des ruines d'un immeuble bombardé, dans un fouillis de poutres calcinées et de gravats. Tiny souffla la lampe et la jeta dans le tunnel, après quoi, ils refermèrent le vantail et entassèrent des pierres dessus, au cas où Olivia aurait l'idée de lancer les chiens dans le souterrain.

Ils sortirent des décombres sur la pointe des pieds, s'attendant à recevoir un pan de mur sur la tête à tout moment. Ils regardaient sans cesse par-dessus leur épaule, redoutant de voir les molosses jaillir du tunnel. Par bonheur, ils purent sortir des ruines sans encombres. À l'instant où ils posaient enfin le pied dans la rue, la sirène d'une voiture de police retentit. Un fourgon passa devant eux sans s'arrêter, filant à toute allure vers Shelton House.

– Allez, soupira Tiny en saisissant la main de la jeune femme. C'est fini pour nous, ça ne nous regarde plus. On rentre.

14

Le scandale éclata dans les journaux du soir. Les premières pages des feuilles à scandale étaient pleines du *crime horrible* de la Maison Shelton.

Prévenue par le vieux jardinier, la police avait investi les lieux. Il avait fallu abattre les chiens devenus fous qui galopaient à travers toute la résidence. La maîtresse des lieux, Irina Shieldrake, avait été gravement blessée par les molosses, ainsi que son fils, le petit Richie. Les domestiques avaient eu le réflexe de se barricader à l'office d'où ils avaient téléphoné au commissariat du quartier. Seule, bizarrement indemne, la gouvernante Olivia Oldfoks avait été découverte au milieu de la meute qu'elle avait du reste tenté de lancer contre les constables. Quand on avait abattu les chiens, elle s'était écroulée, en pleine crise nerveuse, et spontanément accusée du meurtre de Vernon Shieldrake, toujours porté disparu.

Le superintendant O'Bryan s'est aussitôt rendu à l'adresse indiquée, expliquait le *Star. Aidé de ses hommes il a forcé la porte d'une maison apparemment abandonnée, mais qui abritait en réalité le cadavre de Vernon Shieldrake. Malgré l'état de la dépouille, il lui a été facile de vérifier qu'il s'agissait bien de l'époux d'Irina Shelton, le collectionneur bien connu, qui avait disparu dans des circonstances rocambolesques il y a une semaine à peine. À l'heure qu'il est on se perd encore en conjectures sur les ressorts secrets de cette affaire incompréhensible. Il semblerait qu'Olivia Oldfoks, la gouvernante du petit Richard, ait assassiné son maître pour s'emparer du fameux tableau japonais que celui-ci expertisait à ses moments perdus. Aux dires des enquêteurs, la pauvre femme ne jouirait pas de toutes ses facultés mentales et ne cesserait de proférer des accusations invraisemblables contre tous les familiers de la maison Shelton. Il est fort possible que le climat quelque peu oppressant de cette demeure au passé sinistre ait eu une fâcheuse influence sur l'esprit fragile de l'accusée.*

Pour l'heure, Irina Shelton est toujours sans connaissance au St-James Hospital. Le petit Richard, bien que souffrant de morsures multi-

ples aux jambes et aux bras, n'est plus en danger.

Rappelons que les animaux responsables de ce carnage avaient été achetés par Vernon Shieldrake lui-même, dans le but de se protéger des cambrioleurs et d'assurer la sécurité du mystérieux tableau japonais qui demeure, quant à lui, introuvable.

Peggy froissa le journal. Elle avait pris une douche, avalé un verre de Brandy et s'était changée. Ses mains tremblaient encore. De temps à autre, elle regardait l'emballage de caoutchouc posé sur le sol, à ses pieds. Elle l'avait longuement palpé, ne résistant pas au besoin de toucher les contours de la toile. Elle avait appelé Monsieur Smith dès qu'elle s'était sentie un peu mieux, l'homme lui avait donné rendez-vous le soir même dans la station de métro désaffectée qu'il affectionnait tant.

– Nos commanditaires seront là, avait-il précisé. Cette fois il faut en finir. Si tout est en règle je vous remettrai le reste de l'argent.

– Il faudra prévoir un éclairage rouge si vous voulez qu'on déballe le tableau devant eux, avait insisté Peggy.

– Ne vous inquiétez pas de ces détails, coupa Smith. Je sais ce que j'ai à faire.

À l'heure fixée, ils quittèrent tous les trois l'appartement de Belgravia pour n'y plus revenir. Seth avait entassé les vêtements dans trois valises, rangé la théière et les ustensiles de toilette dans une malle d'osier, puis il avait placé le tout dans le coffre de la Bentley. Peggy s'installa sur la banquette arrière, la housse de caoutchouc sur les genoux. Elle était triste à l'idée que dans un instant l'œuvre de Chi allait définitivement sombrer dans les ténèbres. La parenthèse mystérieuse se refermerait, et personne, jamais, ne pourrait plus contempler l'étrange peinture du petit jardinier trop discret. Mais Tiny avait raison : cela ne les concernait pas. Pas plus qu'il ne leur appartenait de révéler au monde la culpabilité d'Irina Shelton. La Coupeuse de Têtes resterait impunie mais condamnée à la solitude dans sa grande demeure plus vide que jamais, à remâcher les souvenirs d'une époque de passions troubles.

Seth s'installa au volant. Ils ne prononcèrent pas un mot pendant le trajet. Ils étaient tous les trois très tendus, redoutant un coup fourré de dernière minute. L'homme-canon avait glissé un colt Webley dans la poche de sa veste. Quand ils arrivèrent devant l'entrée de la station désaffectée, le brouillard du soir tombait déjà. Ils écartèrent les barrières et descendirent en frissonnant. Dès qu'ils furent sous terre, Tiny alluma une puissante lampe-torche. Ils marchaient éloignés les uns des autres, par précaution.

Sur le quai, ils découvrirent avec surprise que Smith avait dressé une tente d'allure militaire. Le petit homme en chapeau melon les accueillit sans un sourire, comme à son habitude.

– C'est un laboratoire photographique de campagne, expliqua-t-il sommairement. La lumière rouge est alimentée par une batterie, aussi ne traînons pas.

Il souleva un pan de tissu pour leur permettre de se glisser dans l'abri. Une ampoule inactinique pendait au plafond, éclairant le réduit d'une lueur sanglante. Deux messieurs très dignes se tenaient dans le fond, avec cet air hiératique qu'ont en commun les mannequins de cire et les gentlemen de la City. Ils ne bougèrent pas d'un pouce et n'ouvrirent pas davantage la bouche pour se présenter, mais Peggy savait qu'il s'agissait des représentants des familles Freemarks et Stone-Martin.

– Messieurs, annonça Smith, nous devons faire vite en raison de la durée limitée de l'accu. Dans un premier temps, nous allons examiner la toile à la lumière rouge afin de vérifier qu'il s'agit bien de l'objet du litige. Dans un deuxième temps, je vous demanderai à tous de bien vouloir chausser ces lunettes noires, ceci afin de ne pas être ébloui lorsque j'enflammerai le magnésium. Cette précaution n'est pas inutile, elle vous permettra d'assister à l'obscurcissement de la toile sans être aveuglés par l'éclair. Sommes-nous bien d'accord?

– L'argent... dit fermement Peggy. Nous voulons voir l'argent avant la destruction du tableau.

Smith grimaça comme si c'était là une terrible faute de goût, et se résigna à prendre sous la table une valise de carton qu'il ouvrit. Elle était remplie de billets usagés rassemblés en liasses. Seth en pêcha quelques-unes, au hasard, pour les examiner.

– D'accord, dit-il, ça va.

Peggy s'avança pour poser l'enveloppe de caoutchouc sur la table, et fit coulisser la fermeture à glissière. La peinture apparut dans la lumière sanglante, et tous retinrent leur respiration.

« C'est la dernière fois, songea la jeune femme avec un léger malaise. Personne ne la verra plus. Jamais. »

Les gentlemen fixaient la peinture avec un dégoût non dissimulé, comme si l'on exhibait soudain sous leurs yeux un cadavre remonté du caveau.

Peggy essaya de déglutir, puis s'aperçut qu'elle n'avait plus de salive. Elle scrutait le tableau avec une attention exacerbée. La scène peinte par le jardinier japonais était encore plus angoissante que sur toutes les reproductions qu'elle avait pu voir.

C'était bien Shelton House, avec son paysage nocturne à demi digéré par les ténèbres. Une énorme lune blafarde dominait la résidence, occupant tout le ciel telle la face d'un dieu complice. On voyait le parc, la verrière de la roseraie, et, sur le sol, les corps ensanglantés des deux duellistes.

Autour d'eux, surgissant des buissons de roses, les victimes décapitées formaient une étrange garde d'honneur. Chaque femme assassinée tenait sa propre tête entre ses mains, à la hauteur de son ventre, dans une attitude d'offrande. Les cadavres étaient costumés en soubrettes. Les roses avaient poussé sur elles, les enlaçant de leurs tiges épineuses, si bien que les jeunes mortes se fondaient dans la végétation de la grande serre. La lune blafarde dominait cette parade macabre, ciselant chaque détail de sa lumière cruelle.

– Bien, dit Smith d'une voix mal assurée. C'est effectivement la toile qui nous a causé tant de problèmes. Je vais vous demander de mettre les lunettes. Nous sommes tous pressés d'en finir.

Ils posa à l'une des extrémités de la table une coupelle contenant du magnésium et une boîte d'allumettes. Peggy jucha les verres fumés sur son nez. Ils étaient très sombres. Quand ils furent tous prêts, Smith enflamma la poudre qui chuinta en émettant une vive lueur. Peggy, qui fixait toujours le tableau, le vit s'obscurcir presque instantanément. En une fraction de seconde les personnages sombrèrent dans les ténèbres, comme s'ils venaient de se noyer dans le goudron, et, avant même que le magnésium ait cessé de brûler, la toile n'était plus qu'un rectangle de bitume.

– Voilà, conclut Smith, c'est fini. L'opacification

est chimiquement irréversible, il n'y a plus rien à craindre.

Il posa la valise de billets sur la table.

– Messieurs, dit-il en se retournant vers les gentlemen, vos tourments sont terminés. Personne ne pourra plus jamais consulter cette peinture. Je propose que nous l'abandonnions tout simplement ici, dans ce tunnel. C'est tout ce qu'elle mérite.

Les messieurs acquiescèrent. Ils semblaient pressés de partir. L'un des deux se pencha pour effleurer le rectangle obscur trônant au centre de la table, se ravisa et sortit. Smith leur emboîta le pas.

– À la prochaine, dit-il avec un sourire glacé. J'espère que vous serez plus efficaces, cette fois nous avons failli attendre.

Les trois amis restèrent sous la tente dont la lumière rouge donnait déjà des signes de faiblesse, tandis que les pas des commanditaires s'éloignaient dans le dédale des couloirs.

– On y va? s'enquit Seth en saisissant la valise.

– Je suppose que oui, soupira Peggy. On n'a plus rien à faire ici maintenant.

Ils sortirent de l'abri de toile, l'un après l'autre. La jeune femme se sentait mal à l'aise. En file indienne, Seth ouvrant la marche, la lampe dans une main, le bagage dans l'autre, ils remontèrent à l'air libre.

Ce n'est qu'au moment où elle ouvrait la portière de la Bentley que Peggy réalisa que Tiny tenait la toile obscurcie sous son bras.

– Mais pourquoi...? commença-t-elle.

« L'enfant » sourit mystérieusement.

– Une idée, comme ça... fit-il en se hissant dans le véhicule. Il faut que je vérifie quelque chose.

Lorsqu'ils furent chez eux, dans leur repaire, Tiny posa le rectangle de bitume sur la table et alla chercher une lampe *flood* de photographe. Il s'en servit pour éclairer le morceau de goudron en lumière rasante.

– Je l'ai vu parce que j'avais le nez au ras du tableau, expliqua-t-il, et que vous regardiez tous les personnages aux têtes tranchées.

– Qu'est-ce que tu veux dire? interrogea Peggy.

– Le grand guignol des filles décapitées, c'était pour détourner l'attention... commenta Tiny. Le seul endroit intéressant du dessin c'était la lune. Cette grande lune blanche au milieu du ciel si noir.

– Je n'y comprends rien! s'impatienta Seth.

– Mince! ricana Tiny. C'était sous notre nez depuis le début et nous ne l'avons pas vu. Il s'est sacrément fichu de notre gueule, le petit Japonais.

– Mais de quoi parles-tu, à la fin ? explosa Peggy.

– Vous n'avez pas pigé? s'esclaffa « l'enfant ». C'était simple comme bonjour. Il y avait un message, écrit en rouge au centre de la lune. La confession de Chi. Vous comprenez maintenant? *Écrite en rouge!* À la lumière inactinique on ne pouvait pas la voir... les lettres devenaient automatiquement invisibles! Ce n'était même pas dissimulé... ça s'étalait à notre barbe et nous n'en savions rien! Les rébus, les énigmes, c'était du flan, de la poudre aux yeux. La solution du problème était là, sur le devant de la scène, depuis des années.

Ils s'étaient tous rapprochés de la toile.

– C'est moins évident maintenant, dit Tiny, mais

ça peut encore se deviner en lumière rasante. Regardez : des signes rouges sur fond noir. Ce con de Smith aurait pu les voir s'il s'était donné la peine d'allumer sa torche. Regardez. C'est là, à l'endroit où se tenait jadis la pleine lune. Des idéogrammes japonais. Minuscules, par colonnes entières... Comme de petites araignées rouges.

Il disait vrai. Le tableau était devenu noir, mais les idéogrammes surnageaient encore, incompréhensibles. Pendant des dizaines d'années ils s'étaient tenus à la même place, invisibles dans la lumière pourpre des laboratoires. Une astuce élémentaire, presque insultante. Chi s'était bien moqué d'eux.

– Il faut trouver quelqu'un pour traduire ça, fit Seth d'une voix altérée.

– C'est facile, lâcha Tiny. Il n'y a qu'à se rendre au *Dragon de Soie.* Mon marchand d'opium se fera un plaisir de nous rendre service, c'est un Japonais émigré.

Ils prirent la direction de Soho, le tableau ténébreux sous le bras. De temps à autre, ils regardaient machinalement les fines colonnes d'idéogrammes, si rouges et si petites sur l'immensité de la toile maintenant goudronneuse. Peggy passa le doigt à la surface de la peinture, mais les caractères japonais avaient été tracés de manière à ne laisser aucun relief. On n'aurait pu deviner leur présence au toucher.

La fumerie où Tiny avait ses habitudes se nichait au fond d'une ruelle étroite, encombrée d'enseignes incompréhensibles. L'odeur des durians entassés aux étalages des épiceries asiatiques était très forte, incommodante. Çà et là, pendaient des poulets laqués, la carcasse vernissée de caramel durci. Tiny se fit reconnaître et l'on entra dans l'établissement par une porte étroite munie d'un judas. Le rez-de-chaussée offrait l'aspect rassurant d'un banal restaurant chinois, mais le sous-sol cachait la fumerie, avec ses nattes, ses paravents, et l'odeur douceâtre de l'opium qui jamais ne se dissipait. Un vieil homme apparut. Assez curieusement, il était vêtu d'un kimono de soie noire par-dessus lequel il avait enfilé un gros paletot de laine disgracieux. Son crâne chauve était protégé du froid par un béret de parachutiste qu'il avait tiré jusqu'à ses sourcils. Tiny l'entraîna à l'écart, lui montra le tableau. Le vieil homme hocha la tête et disparut avec « l'enfant » derrière un grand paravent à huit feuilles décoré dans le style *ukiyo-é*. Peggy et Seth demeurèrent à l'écart, ne sachant quelle attitude adopter. Il n'y avait pas de sièges, et ils n'osaient s'allonger sur les nattes. Finalement, un serviteur leur signifia de le suivre dans un discret cabinet et leur offrit du thé et des gâteaux au soja, gras, crémeux. Il s'écoula une bonne demi-heure avant que Tiny ne revienne. Il se hissa sur une chaise, posa le tableau devant lui, et resta un moment silencieux, comme s'il essayait de mettre de l'ordre dans ses pensées.

– Alors? se décida à demander Peggy.

– Alors c'est fini, dit « l'enfant ». Le problème est résolu. Vous voulez savoir?

– Bien sûr! grogna Seth. Le vieux t'a traduit le message?

– Oui, c'était bien la confession de Chi. C'était rédigé dans un style assez fleuri, par un lettré, et mon bonhomme avait parfois du mal à décrypter certains idéogrammes. Plus on grimpe dans l'échelle sociale japonaise, plus on connaît de signes calligraphiques. Ainsi les pauvres ne peuvent pas toujours lire ce qu'écrivent les riches.

Il fit une pause, ne cherchant pas à dissimuler son trouble.

– Je vais essayer de reconstituer le plus simplement possible la manière dont les choses se sont passées, annonça-t-il. En fait, tout est arrivé parce que Chi était amoureux fou d'Irina Shelton. Vous vous rappelez que le vieux lord l'avait ramené du Japon pour qu'il s'inscrive à Oxford ? Eh bien, c'est Irina qui lui donnait des leçons d'anglais, là-haut, dans la salle d'étude, celle qui jouxte le réduit où est caché le piano. Elle avait seize ans mais c'était une garce prétentieuse. Elle s'amusait avec Chi comme avec un petit singe que son père lui aurait ramené des colonies. Elle le rabaissait, lui faisait apprendre l'alphabet au moyen d'un abécédaire... Elle se moquait de sa prononciation zézayante, de sa manière d'escamoter les « r ». Quand il faisait des fautes, elle le punissait à coups de règle, quand il réussissait ses exercices, elle le récompensait en lui jouant du piano. Elle était très coquette, mais Chi supportait tout. En parfait amoureux transi, l'aimant en secret. C'est à cause d'elle qu'il a raté ses examens. Il n'avait plus le cœur à rien. Il a accepté de devenir jardinier pour continuer à vivre dans son ombre. Il savait qu'il n'avait aucune chance d'attirer son attention, mais il était prêt à tout pour la côtoyer. Il raconte que la nuit, il était si malheureux, qu'il mordait un bout de bois pour étouffer ses sanglots.

– Et puis, un beau jour, Doob Stone-Martin est arrivé, hasarda Peggy. C'est ça ? Et Irina est tombée folle amoureuse de lui.

– Exact, confirma Tiny. Et Chi a souffert le martyre. Mais il était très droit, fidèle comme un chien. Il était décidé à s'effacer devant le vainqueur. Après tout, il voulait le bonheur de la jeune fille, rien d'autre. C'était un modèle d'abnégation.

Il n'a réagi que lorsqu'il a vu que les infidélités répétées de Doob mettaient Irina au désespoir.

– Bon sang, haleta Seth. Tu veux dire que c'est lui qui a... *Que c'est lui le Coupeur de Têtes?*

– Oui, murmura Tiny. Il effaçait systématiquement toutes les femmes avec lesquelles Doob trompait Irina. Les soubrettes, les cuisinières. Il espérait que Doob comprendrait le message, et qu'il resterait ainsi fidèle à celle qui l'aimait plus que tout. La seule étoile digne d'être adorée.

– Il tuait les maîtresses de Doob en soulignant chaque fois leurs défauts au moyen de la symbolique de l'abécédaire, dit Peggy. La cervelle d'oiseau, la souris craintive, la langue de vipère... Il voulait montrer ainsi combien elles étaient peu dignes d'intérêt. Si communes en comparaison d'Irina. Bien sûr.

– Mais pourquoi la corde à piano? intervint Seth. La corde qu'il prélevait chaque fois sur le piano d'Irina?

– Parce qu'il tuait justement au nom d'Irina, dit Tiny, et parce qu'Irina souhaitait inconsciemment, elle aussi, la mort de ces femmes. Il portait en quelque sorte ses couleurs. Il tuait avec une arme bien à elle. N'oubliez pas qu'à l'époque, elle passait pour une pianiste virtuose. C'était symbolique. Il se substituait à elle, il était le bras armé de sa vengeance.

– C'est terrible, dit Peggy en sentant sa gorge se serrer. Comment peut-on arriver à un tel degré d'abnégation? Il agissait comme un esclave.

Elle se passa la main sur le front et fit la grimace.

– D'ailleurs, est-ce qu'il a vraiment agi à l'insu d'Irina, souffla-t-elle brusquement, ou bien est-ce qu'Irina l'a laissé faire... hein? A un moment ou un autre, n'a-t-elle pas deviné ce qui était en train de se passer, en se gardant bien d'intervenir parce que cela l'arrangeait justement ?

– On n'en saura jamais rien, fit Tiny. En ce qui me concerne je pense comme toi. Elle n'a rien dit. Elle est devenue sa complice tacite. Elle a choisi de fermer les yeux parce que Chi la servait comme une reine. Il était devenu son assassin attitré, il allait au-devant de ses désirs sans même qu'elle ait à formuler le moindre souhait. C'était parfait, idéal. Pendant tout ce temps, elle a fait semblant de ne pas comprendre. Parce qu'elle espérait, en définitive, que le complot de Chi lui ramènerait Doob.

– Mais Doob est mort...

– Oui, murmura Tiny en hochant la tête. C'est ce qu'elle n'avait pas prévu. Le dérapage.

– Quel dérapage... Tu veux parler du duel ? s'enquit Peg.

– Non, lâcha « l'enfant », c'est Chi qui a craqué. Il a tué Doob.

– Bon Dieu ! gronda Seth, et comment ?

– Chi a toujours prétendu aux gens de Scotland Yard que le moribond avait prononcé le nom du criminel... observa Peggy. Il a donc menti ?

– Non, fit Tiny. Chi était trop droit pour mentir. Le duel s'est déroulé de la façon suivante : Tu te rappelles que les invités s'affrontaient en une parodie de procès. Le dandy et le colonel s'accusant l'un l'autre d'être le Coupeur de Têtes ? Essaye de te représenter un peu la scène : l'aube se lève, tout le monde est ivre mort. On suspend la séance pour aller se rafraîchir. Mais Stone-Martin et Freemarks sont enragés, ils veulent en découdre. Ils prélèvent sur les panoplies de lord Shelton deux pistolets de duel à l'ancienne, à un coup. Ils chargent leurs armes et gagnent la roseraie. Personne ne fait attention à eux. Les convives ne pensent déjà plus qu'à leur lit. Certains prennent déjà congé. Maintenant les deux hommes sont dans la grande serre. C'est un duel sans témoin ni directeur pour donner le signal de l'affrontement. On se fait face, le pistolet à la main, le bras pendant le long de la cuisse. On se fixe droit dans les yeux, pour essayer d'anticiper le mouvement de l'adversaire. Cela se jouera à celui qui tirera le plus vite. Doob fait feu sur Freemarks. Comme il est vraiment très rapide, il surprend son adversaire et atteint le colonel en pleine poitrine. Celui-ci est rejeté en arrière par la violence de l'impact, son arme lui saute des mains et tombe dans l'herbe. Il n'a même pas eu le temps de tirer. Le fait de voir s'abattre son ennemi, du sang plein le plastron, dégrise Doob, il court se pencher sur le blessé. Il est effrayé par ce qu'il vient de faire. Il n'a jamais assassiné personne et demeure assommé par les conséquences de son geste. Tout à coup, il entend crisser le gravier derrière lui, il se retourne. C'est Chi qui est entré dans la roseraie, il a ramassé l'arme du colonel qui est toujours chargée et vise Doob à la poitrine. Il tire. Doob tombe, il meurt en disant quelque chose comme : « Chi, c'était donc toi le coupeur de têtes... » Le Japonais n'a donc pas menti aux policiers en affirmant avoir entendu le moribond prononcer le nom de l'assassin. Il a simplement omis de préciser que ce nom, c'était le sien ! Il a tué Doob parce qu'il était jaloux. Le duel lui fournissait une occasion rêvée. On savait les deux adversaires bons tireurs, le fait qu'ils se soient mutuellement fusillés n'étonnerait donc personne. Il a improvisé, avec une présence d'esprit remarquable. Puis il a traîné le corps de Stone-Martin à l'écart et brouillé toutes les traces. Sur le gravier c'était facile.

– Mais les deux détonations? fit remarquer Seth.

– La roseraie est loin de la résidence, répondit Tiny sans se démonter, et tout le monde était ivre ce soir-là. Et puis rien ne ressemble plus à une détonation qu'une porte qui claque. Or la porte de la roseraie a la fâcheuse habitude de claquer dans les courants d'air, j'ai pu moi-même le vérifier. Voilà comment les choses se sont déroulées. On a toujours cru que Chi protégeait quelqu'un par fidélité féodale. Qu'il taisait le nom du criminel pour ne pas porter ombrage à l'honneur d'une famille. On n'a jamais pensé qu'il se protégeait tout simplement lui-même. Il a essayé de le faire sans rejeter le soupçon sur quelqu'un d'autre, fidèle en cela, à son bizarre sens de l'honneur. Et quand il a peint le tableau, il a signé sa confession, mais une confession dont personne ne pouvait prendre connaissance. C'était un Asiatique, très subtil. Il n'a cessé de nous tendre des pièges où nous nous sommes tous enferrés. Et pourtant il s'est amusé à nous donner un indice, à nous tendre la perche en jouant avec l'expression : « faire la lumière sur toute l'affaire ». Pour faire la lumière sur l'affaire du Coupeur de Têtes, il fallait obscurcir le tableau, mais cela, les propriétaires successifs de la toile s'en sont bien gardés, l'œuvre avait désormais une trop grande valeur marchande! Chi a joué le jeu très intelligemment, trop intelligemment pour nous.

– Mais les têtes coupées qui articulaient « ma Greta », rappela Seth. Qu'est-ce qu'elles venaient faire là-dedans?

– Chi était au courant de l'obsession d'Irina. Il connaissait le cahier, la collection de photos de Greta Fox. Irina l'avait mis dans le secret. Lui aussi la surnommait « ma Greta », pour la flatter. C'était devenu pour lui un leitmotiv amoureux, un nom de code pour désigner Irina sans la trahir. C'est au nom de « Greta » qu'il a sacrifié les servantes de Shelton House, et, sur le tableau, ses victimes prononcent ce mot comme on psalmodie le nom de l'idole à qui on s'offre en holocauste. Chi n'a rien dissimulé. Il a tout mis dans son œuvre. Tous les éléments de sa machination. Le mode d'emploi était inscrit dans le rond blanc de la pleine lune, là où personne ne l'a jamais cherché.

Il se tut. Il n'y avait plus rien à ajouter. Tous regardaient maintenant le rectangle noir de la toile sur la table, entre les tasses de thé.

Peggy frissonna. Le vieil asiatique s'avança sur le seuil du cabinet, et, dans un anglais approximatif, leur demanda s'ils voulaient profiter de leur passage au *Dragon de soie* pour fumer quelques pipes qu'il se ferait un plaisir de leur préparer.

15

Comme chaque fois qu'ils parvenaient à la conclusion d'une affaire, ils firent trois parts de l'argent et se séparèrent. C'était devenu un rite dont ils ne comprenaient pas les fondements mais qu'ils se sentaient forcés d'observer. Soudain, et sans qu'ils sachent pourquoi, ils éprouvaient chacun un intense besoin de solitude. Si, passant outre, ils étaient restés ensemble, une tension intolérable se serait installée, et ils n'auraient pas tardé à se détester.

Ils se séparèrent donc, sans fixer aucune date de retour. Seth seul demeura au repaire, pour s'occuper du vieux lion. Il se contenta d'engager une jeune infirmière militaire qui venait tout juste d'être démobilisée, sans cacher son intention de la séduire au plus vite.

Peggy n'était pas jalouse. Elle savait qu'à chacune de ces séparations, ils essayaient en fait de s'inventer les uns et les autres une vie normale. Ils faisaient des « essais », jouaient la comédie à des hommes et des femmes de rencontre. Seth endossait le rôle du grand blessé de guerre; elle-même, Peg, s'essayait à la vie de jeune femme affranchie, quant à Tiny... Personne ne savait ce qu'il faisait en réalité, à part fumer de l'opium jusqu'à perdre contact avec la réalité. Seth avait émis l'idée qu'il cherchait peut-être une compagne atteinte de la même aberration génétique, mais Peggy n'y croyait guère. Elle redoutait que Tiny ne finisse par s'empoisonner en avalant des mixtures charlatanesques censées lui faire rattraper son retard de croissance. Et, au fond d'elle-même, elle se demandait si elle n'avait pas encore plus peur que ces mixtures n'agissent réellement, lui rendant un Tiny transformé en athlète de six pieds six pouces, un étranger avec qui elle n'aurait plus rien en commun, un intrus à qui elle ne saurait que dire...

Généralement, de telles pensées lui faisaient honte, et elle se dépêchait de les oublier.

Elle partit, donc, pour passer quelque temps à Brighton, pour marcher jusqu'au bout de la jetée sans avoir la tentation de lever les yeux pour guetter l'approche des Junkers-88 ou des V1 venus bombarder Londres. Tout cela était bien fini. Il faudrait s'y habituer.

Elle se promena longuement au bord de la plage qu'on achevait de déminer. Elle eut une brève aventure avec un aviateur qui voyait en elle une jeune veuve un peu triste.

Quand elle rentra à Londres, elle ne put se

retenir de passer devant Shelton House. C'était une belle journée d'hiver, sans brouillard, et, sous le soleil, la résidence brillait, plus blanche que jamais.

Elle aperçut Irina Shelton, dans le parc, étendue sur une chaise longue, un plaid écossais tiré sur les jambes. Elle paraissait somnoler. Richie, comme à son habitude, se livrait à un jeu bruyant sous le regard d'une nouvelle nurse. Rien n'avait changé.

Rien ne changerait jamais. Shelton House resterait toujours hors du temps, tel un hospice pour vieux fantômes. Un instant, Peggy fut tentée de sonner à la grille, mais elle se ravisa. C'était absurde. Qu'aurait-elle dit à cette femme ? « Vous ne le savez peut-être pas, mais c'est Chi qui a tué Doob Stone-Martin. Ce pauvre Chi que vous trouviez si cocasse, ce petit singe jaune que vous vous amusiez tellement à humilier parce qu'il ne se rebellait jamais. C'est lui qui a exécuté votre grand amour... » Oui, elle aurait pu dire cela, mais elle n'était pas méchante. D'ailleurs Irina Shelton n'était-elle pas déjà assez occupée à remâcher ses remords ? À quoi pensait-elle lorsque la nuit tombait sur Shelton House ? À Chi, qu'elle avait savamment manipulé en feignant d'ignorer ce qu'il faisait pour elle ? Aux femmes assassinées... Ou bien à Doob... encore et toujours à Doob, dont même la pâle doublure venait de lui être confisquée ?

Peggy s'éloigna de la grille car le vieux jardinier s'avançait dans l'allée, poussant une brouette trop lourde pour lui.

Elle remonta le col de son manteau neuf. Malgré le soleil, il faisait froid.

Elle décida de rentrer au repaire et d'aller caresser Conan, le lion, dont la crinière mitée virait lentement au gris. Et puis elle se ferait du thé. C'était à peu près tout ce dont elle avait envie :

d'un bon thé, avec beaucoup de lait et de vrai sucre.

Elle héla un taxi.

Quelques jours plus tard, un journaliste du *Whispers* affirma, sur la foi de révélations confidentielles, que le vol du célèbre tableau japonais retraçant les horreurs de la maison Shelton était bel et bien l'œuvre de Conan Lord, le cambrioleur sans visage, l'homme au masque de cuir.

CONAN LORD!
ENCORE ET TOUJOURS!
MAIS QUE FAISAIT DONC
SCOTLAND YARD?

Vous retrouverez Conan Lord dans
LE PIQUE-NIQUE DU CROCODILE,
à paraître en septembre 1995

IMPRIMÉ EN FRANCE PAR BRODARD ET TAUPIN
Usine de La Flèche (Sarthe).
ISBN : 2 - 7024 - 2524 - 0
ISSN : 0768 - 1089

Les Reines du Crime

Nouvelles venues ou spécialistes incontestées, les grandes dames du roman policier dans leurs meilleures œuvres.

ALLINGHAM Margery
2147 La mode est au linceul
2170 Des fleurs pour la couronne

ARMSTRONG Charlotte
2074 Et merci pour le chocolat
1740 L'étrange cas des trois sœurs infirmes

BACHELLERIE
1795 Pas de quoi noyer un chat *(Prix du Festival de Cognac 1981)*
1796 Il court, il court, le cadavre

BARNES L.
2126 Le blues de Miss Gibson
2193 Loin des yeux...

BLACKMON Anita
1956 On assassine au Mont-Lebeau

BRANCH Pamela
2131 Un lion dans la cave
2161 Comme un lundi...

BRAND Christianna
1877 Narcose

BROWN Rita Mae
2186 Morceaux choisis...

CANNAN Joanna
1820 Elle nous empoisonne

CHRISTIE Agatha
(86 titres parus, voir catalogue général)

CODY Liza
2138 Promenons-nous dans les bois
2208 Tête de noix
2202 Video-Dupe *(nov. 94)*

CORNWELL Patricia Daniels
2092 Postmortem *(Prix du Roman d'Aventures 1992)*
2120 Mémoires mortes

CURTISS Ursula
1974 La guêpe

DISNEY D.C. & PERRY G.
1961 Des orchidées pour Jenny

EEDY Clarice
2165 Est-ce possible?

GOSLING Paula
1971 Trois petits singes et puis s'en vont
1999 L'arnaque n'est plus ce qu'elle était
2088 Pour quelques flics de trop
2111 Larmes fatales
2178 On assassine au Paradis

HOWE Melodie Johnson
2095 La monnaie de sa pièce

HUGHES Dorothy B.
2043 Voyage sans fin
2070 La boule bleue

JAPP Andréa H.
2044 La Bostonienne *(Prix du Festival de Cognac 1991)*
2119 Elle qui chante quand la mort vient

JAPP Andréa P.
2118 La petite fille au chien jaune
2166 C.S. Meurtres

JONES Cleo
1879 Les saints ne sont pas des anges

KALLEN Lucille
1836 Quand la souris n'est pas là...

LANGTON Jane
2037 Le poète meurt toujours deux fois

LAWRENCE Hilda
2160 Jeux de mains
2201 Le chien du manoir

LONG Manning
1831 On a tué mon amant
1988 Aucun délai

McCLOY Helen
1841 En scène pour la mort
1855 La vérité qui tue
2067 La vierge au sac d'or
2079 Celui qui s'échappa

McDERMID Val
2173 Le dernier soupir

MILLAR Margaret
1928 Le territoire des monstres
1994 Rendons le mal pour le mal
1996 Des yeux plein la tête
2010 Un doigt de folie

2151 Et vous me trouverez bien mort
2187 Omelette canadienne

NATSUKI Shizuko
1959 La promesse de l'ombre
(Prix du Roman d'Aventures 1989)
2039 Hara-Kiri, mon amour

NIELSEN Helen
1873 Pas de fleurs d'oranger

PARETSKY Sara
2103 Qui s'y frotte s'y brûle
2136 Sous le feu des protecteurs
2148 Une médecine pas si douce
2182 Un clergé pas très régulier

RADLEY Sheila
2058 A tous les coups l'on perd

RENDELL Ruth
1501 Fantasmes
1521 Le pasteur détective
1532 L'Analphabète
1563 L'enveloppe mauve
1589 Etrange créature
1601 Le petit été de la Saint-Luke
1616 Reviens-moi
1629 La banque ferme à midi
1640 Un amour importun
1649 Le lac des ténèbres
1661 L'inspecteur Wexford
1688 Le maître de la lande
1718 La fille qui venait de loin
1747 La fièvre dans le sang
1815 Morts croisées
1866 Les corbeaux entre eux
1951 Une amie qui vous veut du bien
1965 La danse de Salomé
1978 La police conduit le deuil
1989 La maison de la mort
2000 Le jeune homme et la mort
2015 Meurtre indexé
2036 Les désarrois du Professeur Sanders

RICE Craig
1835 Maman déteste la police
1862 Justus, Malone & Co
1899 Malone cherche le 114
1962 Malone met le nain au violon
2167 Malone à Manhattan

RUTLEDGE Nancy
1830 La femme de César

SAINT-CLAIR Valérie
2156 Sous l'épée de Damoclès

SIMPSON Dorothy
1852 Feu le mari de madame

TEY Josephine
2094 Jeune et innocent
2137 En trompe l'œil
2179 Le monogramme de perles

THOMSON June
1857 Finch se jette à l'eau
1948 Dans la plus stricte intimité
1995 Bouillon de minuit
2153 Les carnets secrets de Sherlock Holmes

UHNAK Dorothy
2093 Le Registre
2109 La main à l'appât
2152 Un très mauvais souvenir
2197 Témoin à décharge *(oct. 94)*

ULLMAN A. & FLETCHER L.
2075 Raccrochez, c'est une erreur
2207 L'homme de la nuit *(déc. 94)*

Les Maîtres du Roman Policier

Première des collections policières en France, Le Masque se devait de rééditer les écrivains qu'il a lancés et qui ont fait sa gloire.

ALEXANDER David
2099 La tour prends garde...
ANDREOTA Paul
1935 La pieuvre
1975 Zigzags
BALL J.
2091 Dans la chaleur de la nuit
BARDIN John F.
2025 Qui veut la peau de Philip Banter?
BAXT George
2049 Le meurtre d'Alfred Hitchcock
2085 Crime et sentiment
2030 Par élimination
BERKELEY Anthony
1911 Le gibet imprévu
2116 Le meurtre de Piccadilly
BLAKE Nicholas
2158 Vaine carcasse
BOCA Gaston
2191 Les usines de l'effroi
BOILEAU Pierre
2114 Les rendez-vous de Passy
1938 La pierre qui tremble
1774 Six crimes sans assassin
2162 Les trois clochards
BOILEAU-NARCEJAC
1748 L'ombre et la proie
BONETT J. & E.
1916 Mort d'un lion
BRETT Simon
1972 Les gens de Smithy's
2102 Salades grecques
2155 D'amour et d'eaux troubles
2194 Mauvaise graisse *(oct. 94)*
BRUSSOLO Serge
2114 Armés et dangereux
2174 Le visiteur sans visage
2188 Le chien de minuit
(Prix du Roman d'Aventures 1994)
BURLEY W. J.
1762 On vous mène en bateau
CARR John Dickson
639 Clés d'argent et figures de cire *(nov. 94)*
1274 Impossible n'est pas anglais
1735 Suicide à l'écossaise
1785 Le sphinx endormi
1794 Le juge Ireton est accusé
1802 Le marié perd la tête
1843 Les yeux en bandoulière
1850 Satan vaut bien une messe
1863 La maison du bourreau
1883 Je préfère mourir
1891 Le naufragé du Titanic
1906 Meurtre après la pluie
1910 La maison de la terreur
1917 L'homme en or
1919 Service des affaires inclassables
1923 Trois cercueils se refermeront
1934 La flèche peinte
1986 La chambre ardente
1991 Hier, vous tuerez
2001 Capitaine Coupe-gorge
2005 Le mort frappe à la porte
2007 Il n'aurait pas tué Patience
2012 Celui qui murmure
2016 Le secret du gibet
2018 L'habit fait le moine
2024 Ils étaient quatre à table
2027 A la vie, à la mort
2033 Un coup sur la tabatière
2041 Les meurtres de la licorne
2045 Les démoniaques
2053 Le manoir de la mort
2056 Les neuf mauvaises réponses
2065 La mort sous un crâne
2078 La fiancée du pendu

2087 La maison de la peste
2096 La mort dans le miroir
2104 Le squelette dans l'horloge
2108 Le chapelier fou
2113 Le barbier aveugle
2125 Le fantôme du cavalier
2129 Feu sur le juge
2141 Papa là-bas
2159 L'arme à gauche
2172 Le huit d'épées
2183 L'homme qui expliquait les miracles

COLLINS Max Allan

2017 Pas de pitié pour ceux qu'on aime

COUGHLIN William

2185 L'ombre d'un doute

CRISPIN Edmund

839 Un corbillard chasse l'autre
935 Prélude et mort d'Isolde

DELTEIL Gérard

2030 Votre argent m'intéresse

DIDELOT Francis

784 Le coq en pâte

DUCHATEAU A.P.

984 La 139e victime
2020 Palmarès pour cinq crimes

ELLIN Stanley

670 Le compagnon du fou
682 La puce de Beidenbauer
702 La douzième statue
729 La dernière bouteille

FAIR A.A.

745 Bousculez pas le magot
941 L'heure hache
013 Une belle jambe
028 Dans le bain
062 Meurtre légal
072 La piste effacée
081 Une affaire en or
089 Le dessus du panier
101 Les femmes sont friponnes
107 Un colt dans le corsage
117 Qui rira le dernier?
134 Cousu de fil blanc
143 Une sacrée sarbacane
154 Meurtre par défaut
176 Le voyeur vindicatf
195 Cocottes et Cie *(oct. 94)*

FAST Julius

901 Crime en blanc

FREEMAN Austin

127 Les jeux sont faits
196 La femme du cocaïnomane *(oct. 94)*

GASPAR José da Natividade

457 Les corps sans âme
597 Congrès gastronomique

GERRARD Paul

1945 La chasse au dahu
1964 La javanaise
1985 Les incandescentes
2003 Le masque de verre
2019 La tournée du bourreau
2031 Le 36e dessous
2052 La porsche jaune
2066 Le pas des lanciers
2105 Le train du Mardi-gras
2150 Aux frontières de la peur
2177 Le mistigri
2203 Belle de mort *(déc. 94)*

GOODIS David

1823 La police est accusée

GRISOLIA Michel

1847 La madone noire
1874 La promenade des anglaises
2175 La maison mère

HALTER Paul

1878 La quatrième porte
1967 La mort derrière les rideaux
2035 La tête du tigre
2059 La septième hypothèse
2100 La lettre qui tue
2124 Le diable de Dartmoor
2171 Le roi du désordre
2190 A 139 pas de la mort

HARDWICK M. ET M.

2068 La vie privée de Sherlock Holmes

HAUSER Thomas

1853 Agathe et ses hommes

HEYER Georgette

297 Pourquoi tuer un maître d'hôtel?

HILL Reginald

2055 Un amour d'enfant *(Prix du Roman d'Aventures 1991)*
2080 Le partage des os
2090 C'est veuve et ça ne sait pas
2121 La vie en roses
2145 Pour adultes avec réserves...
2163 Retour vers le présent
2192 Les seins mènent en enfer

HULL Richard

2146 Le meurtre de ma tante

JAKES John

2205 Johnny Havoc *(déc. 94)*

JEFFERS H. Paul

1807 Irrégulier, mon cher Morgan

KAHN Michael
2200 La mort est une loterie *(nov. 94)*
KAMINSKY Stuart
2011 Le flic qui venait du froid
(Prix du Roman d'Aventures 1990)
2021 Quand Moscou fait la bombe
2042 Quand Moscou fait son cirque
2057 Qui a peur du grand méchant ours?
2086 Entre la faucille et le marteau
2128 Le caméléon rouge
2189 Les vacances de Rostnikov
KASSAK Fred
1943 Nocturne pour assassin
1981 Une chaumière et un meurtre
2004 Plus amer que la mort
2022 Crêpe-Suzette
2054 Bonne vie et meurtres
2061 Voulez-vous tuer avec moi?
2112 Carambolages
KERR Philip
2133 L'été de cristal
(Prix du Roman d'Aventures 1993)
2169 Chambres froides
LEBRUN Michel
1970 Un revolver, c'est comme un portefeuille
1993 Les ogres
LECAYE Alexis
2047 Chronique d'un juge ordinaire
2060 Meurtres en trente-six poses
2098 Julie Lescaut
2132 Les deux justiciers
2164 La juge et le marabout
2206 Les carnets d'Hyppolite Vernet *(déc. 94)*
LE MARREC Philippe
2123 Tout abus sera puni
(Prix du Festival de Cognac 1993)
LOVESEY Peter
2014 Pour le meilleur et pour la mort
2026 Tourne et tais-toi
2046 Abracadavra
2076 Le prince et les sept cadavres
2139 Un flic en voie de disparition
2184 Un flic en solitaire
MÉNARD Emmanuel
2084 La dernière victime
(Prix du Festival de Cognac 1992)
MILNE A.A.
1527 Le mystère de la maison rouge
NARCEJAC Thomas
2115 La police est dans l'escalier
POSLANIEC Christian
1998 Les fous de Scarron
(Prix du Festival de Cognac 1990
QUENTIN Patrick
1947 La mort fait l'appel
2140 La vérité du mensonge
2199 Meurtres sous contrat *(nov. 94)*
RAWSON Clayton
2142 Miracles à vendre
2204 Pas de bière pour le cadavre *(déc. 94)*
RICE Craig
1835 Maman déteste la police
ROSS Keeley
2110 L'ombre d'une chance
SÉCHAN O. et MASLOWSKI I.
395 Vous qui n'avez jamais été tués
(Prix du Roman d'Aventures 1951
SEIGNEUR Olivier
2180 Des lapins et des hommes
(Prix du Festival de Cognac 1994
SINIAC Pierre
1983 Sombres soirées chez Mme Glauqu
2023 Mystères en coup de vent
2071 Aime le Maudit
2106 Monsieur Cauchemar
STAGGE Jonathan
1789 Du sang sur les étoiles
1809 La mort et les chères petites
1833 Pas de pitié pour la divine Daphné
STEEMAN Stanislas-André
84 Six hommes morts
284 L'assassin habite au 21
1772 Quai des Orfèvres (Légitime défens
1864 Le condamné meurt à 5 heures
1955 Madame la mort
2006 La maison des veilles
2029 Feu lady Anne (L'adorable spectr
2040 Haute Tension
2063 Impasse des boîteux
2077 Virage dangereux
2122 Faisons les fous
2168 Autopsie d'un viol
STERLING Thomas
1992 Le tricheur de Venise
SYMONS Julian
2048 Un manuscrit en or massif
TERREL Alexandre
1757 La morte à la fenêtre
1777 L'homme qui ne voulait pas tuer
1792 Le croque-mort de ma vie
1867 Le croque-mort et sa veuve
1925 Le croque-mort a croqué la pomm

THOMAS Louis C.
1780 Poison d'avril
1969 La mort au cœur
2032 Les trente deniers
2051 Coup de sang
2073 Malencontre
2114 Crimes avec préméditation

UNDERWOOD Michael
1817 Trop mort pour être honnête
1842 A ne pas tuer avec des pincettes

VANCE Louis-Joseph
2118 Le loup solitaire

VERY Pierre
60 Le testament de Basil Crookes
1987 L'inconnue du terrain vague
2009 M. Marcel, des Pompes funèbres
2034 Le thé des vieilles dames
2038 M. Malbrough est mort
2069 Les veillées de la tour pointue
2135 Le réglo
2144 Les métamorphoses
2181 Les quatre vipères

VICKERS Roy
2083 Et la servante est rousse

WALLACE Edgar
2149 Les quatre justiciers

WALSH Thomas
1872 Midi, gare centrale

WAUGH Hillary
1814 Cherchez l'homme
1840 On recherche...
1884 Carcasse
2198 La faille *(oct. 94)*

Liste alphabétique complète des

Romans d'Agatha Christie

(Masque et Club des Masques)

	Masque	Club des masques
A.B.C. contre Poirot	263	296
L'affaire Protheroe	114	36
A l'hôtel Bertram	951	104
Allô ! Hercule Poirot ?	1175	284
Associés contre le crime	1219	244
Le bal de la victoire	1655	561
Cartes sur table	275	364
Le chat et les pigeons	684	26
Le cheval à bascule	1509	514
Le cheval pâle	774	64
Christmas Pudding (Dans le Masque : Le retour d'Hercule Poirot)		42
Cinq heures vingt-cinq	190	168
Cinq petits cochons	346	66
Le club du mardi continue	938	48
Le couteau sur la nuque	197	135
Le crime de l'Orient-Express	169	337
Le crime du golf	118	265
Le crime est notre affaire	1221	288
La dernière énigme	1591	530
Destination inconnue	526	58
Dix brèves rencontres	1723	578
Dix petits nègres	299	402
Drame en trois actes	366	192
Les écuries d'Augias	913	72
Les enquêtes d'Hercule Poirot	1014	96
La fête du potiron	1151	174
Le flambeau	1882	584
Le flux et le reflux	385	235
L'heure zéro	349	439
L'homme au complet marron	69	124
Les indiscrétions d'Hercule Poirot	475	142
Je ne suis pas coupable	328	22
Jeux de glaces	442	78
La maison biscornue	394	16
La maison du péril	157	152
Le major parlait trop	889	108
Marple, Poirot, Pyne et les autres	1832	583
Meurtre au champagne	342	449
Le meurtre de Roger Ackroyd	1	415
Meurtre en Mésopotamie	283	28
Le miroir du mort (dans le Masque : Poirot résout trois énigmes)		94

	Masque	Club des masques
Le miroir se brisa	815	3
Miss Marple au club du mardi	937	46
Mon petit doigt m'a dit	1115	201
La mort dans les nuages	218	128
La mort n'est pas une fin	511	90
Mort sur le Nil	329	82
Mr Brown	100	68
Mr Parker Pyne	977	117
Mr Quinn en voyage	1051	144
Mrs Mac Ginty est morte	458	24
Le mystère de Listerdale	807	60
La mystérieuse affaire de Styles	106	100
Le mystérieux Mr Quinn	1045	138
N ou M?	353	32
Némésis	1249	253
Le Noël d'Hercule Poirot	334	308
La nuit qui ne finit pas	1094	161
Passager pour Francfort	1321	483
Les pendules	853	50
Pension Vanilos	555	62
La plume empoisonnée	371	34
Poirot joue le jeu	579	184
Poirot quitte la scène	1561	504
Poirot résout trois énigmes	714	
(Dans le Club : Le miroir du mort)		
Pourquoi pas Evans?	241	9
Les quatre	134	30
Rendez-vous à Bagdad	430	11
Rendez-vous avec la mort	420	52
Le retour d'Hercule Poirot	745	
(Dans le Club : Christmas Pudding)		
Le secret de Chimneys	126	218
Les sept cadrans	44	56
Témoin à charge	1084	210
Témoin indésirable	651	2
Témoin muet	377	54
Le train bleu	122	4
Le train de 16 h 50	628	44
Les travaux d'Hercule	912	70
Trois souris...	1786	582
La troisième fille	1000	112
Un cadavre dans la bibliothèque	337	38
Un deux trois	359	1
Une mémoire d'éléphant	1420	469
Un meurtre est-il facile?	564	13
Un meurtre sera commis le...	400	86
Une poignée de seigle	500	40
Le vallon	361	374
Les vacances d'Hercule Poirot	351	275